rororo

Naoise Dolan, wurde 1992 in Dublin geboren. Sie studierte Anglistik in Dublin und Oxford und lebt heute in London. «Aufregende Zeiten» ist ihr erster Roman.

Anne-Kristin Mittag, 1988 geboren, lebt als freie Übersetzerin und Lektorin in München. Sie hat u. a. Ocean Vuong und Maggie O'Farrell ins Deutsche übersetzt.

«Eine urkomische, spitzzüngige Komödie – marxistisch, feministisch und wirklich fies.» *Zadie Smith*

«Lustig, klug und unerschrocken – ein triumphales Debüt.» *Hilary Mantel*

«Naoise Dolans Debüt ist ein gutes, ein aufregendes Buch. Wegen des schnoddrig-coolen Tons und vor allem natürlich wegen Ava, die zeigt, wie es sich anfühlt, Anfang 20 zu sein und nicht zu wissen, wo es langgeht.»
Frankfurter Rundschau

Naoise Dolan

Aufregende Zeiten

Roman

Aus dem Englischen von
Anne-Kristin Mittag

Rowohlt Taschenbuch Verlag

Die Originalausgabe erschien 2020 unter dem Titel
«Exciting Times» bei Weidenfeld & Nicolson, London.

LITERATURE IRELAND
Promoting and Translating Irish Writing

Dieses Buch wurde mit einer Übersetzungsförderung
von Literature Ireland publiziert.

Veröffentlicht im Rowohlt Taschenbuch Verlag,
Hamburg, Oktober 2022

Covergestaltung Cordula Schmidt Design, Hamburg,
nach dem Original von Hachette UK
Satz aus der Newzald
bei Pinkuin Satz und Datentechnik, Berlin
Druck und Bindung CPI books GmbH, Leck, Germany
ISBN 978-3-499-00509-1

Die Rowohlt Verlage haben sich zu einer nachhaltigen Buchproduktion verpflichtet. Gemeinsam mit unseren Partnern und Lieferanten setzen wir uns für eine klimaneutrale Buchproduktion ein, die den Erwerb von Klimazertifikaten zur Kompensation des CO_2-Ausstoßes einschließt.
www.klimaneutralerverlag.de

FSC
www.fsc.org
MIX
Papier aus verantwortungsvollen Quellen
FSC® C083411

Für meine Großmutter

Teil 1
Julian

1

JULI 2016

Das erste Mal ging mein Bankerfreund Julian im Juli mit mir zum Lunch, dem Monat, in dem ich nach Hongkong kam. Ich hatte vergessen, vor welchem Ausgang wir uns am Bahnhof treffen wollten, doch er rief an und sagte, er sehe mich vor der Kee Wah Bakery, ich solle dort warten. Es war schwül. Bürohengste mit Aktentasche trabten durch die Drehkreuze. Aus den Lautsprechern plärrte heiseres Kantonesisch, glockenhelles Mandarin und dann eine britische Frauenstimme: *Please mind the gap.*

Auf dem Weg durch die Bahnhofshalle und auf der Rolltreppe nach oben unterhielten wir uns darüber, wie überfüllt Hongkong sei. Julian sagte, in London sei es ruhiger, ich sagte, in Dublin auch. Im Restaurant legte er sein Handy mit dem Display nach unten auf den Tisch, was ich prompt nachmachte, als ob das auch für mich ein berufliches Opfer darstellte. Ich hatte im Hinterkopf, dass er zahlen würde, und fragte, ob er gerne Wasser hätte, doch er griff schon nach dem Krug und schenkte ein.

«Viel los bei der Arbeit», sagte er. «Die meiste Zeit habe ich keinen Schimmer, was ich da eigentlich mache.»

Das sagen Banker oft. Je weniger sie angeblich wissen, desto versierter sind sie und desto höher ihr Gehalt.

Ich fragte, wo er vorher gelebt hatte, und er sagte, er habe Geschichte in Oxford studiert. Leute, die in Oxford waren, mussten einem das immer unter die Nase reiben, auch wenn das gar nicht die Frage gewesen war. Dann habe es ihn wie «alle» in die City verschlagen. «Welche City?», fragte ich. Nach kurzem Schwanken entschied Julian, dass Frauen Witze machten, und lachte. Ich sagte, ich wüsste nicht, was ich mal werden wollte. Er fragte nach meinem Alter, ich sagte, ich sei gerade zweiundzwanzig geworden, woraufhin er meinte, ich sei ja noch ein Baby und würde es schon herausbekommen.

Wir aßen unseren Salat, und er wollte wissen, ob ich in Hongkong auch schon mit jemandem zusammen gewesen sei. Ich erwiderte, nicht wirklich. «Auch schon» konnte man so oder so verstehen, vermutlich hätte er das auch anders fragen können. In Irland sei man nicht «zusammen», sagte ich. Man vögelte ab und zu, und nach einer Weile sei man dann so gut wie verlobt.

Julian sagte: «Also wie in London, meinst du.»

«Weiß ich nicht», entgegnete ich. «War ich noch nie.»

«Du warst ‹noch nie› in London.»

«Nein.»

«Nie im Leben?»

«Nie», sagte ich nach einer gebührenden Pause – um durchblicken zu lassen, dass es mir auch auf seine Nachfrage hin leider nicht gelungen war, diesen Makel meiner Vergangenheit auszubügeln.

«Ava», sagte er, «das ist krass.»

«Wieso?»

«Es ist so ein kurzer Flug aus Dublin.»

Ich war selbst enttäuscht von mir. Er war auch noch nie in

Irland gewesen, aber es hätte nichts gebracht, zu kontern, dass der Flug in umgekehrter Richtung keineswegs länger war.

Wir unterhielten uns über Schlagzeilen. Er hatte in der *Financial Times* gelesen, dass der Offshore-Renminbi gegenüber dem Dollar schwächelte. Die einzige Nachricht, mit der ich aufwarten konnte, war, dass ein Tropensturm aufzog. «Stimmt», sagte er, «Mirinae. Und in der Woche darauf ein Taifun.» Wir waren uns einig, dass wir in aufregenden Zeiten lebten.

Beide Stürme trafen ein. Unabhängig davon gingen wir weiter zusammen Mittag essen. «Ich bin froh, dass wir Freunde sind», sagte er, und nichts hätte mir ferner gelegen, als einen Balliol-Absolventen eines Besseren zu belehren. Ich dachte, wenn ich Zeit mit ihm verbrächte, würde ich schlauer werden. Oder mich zumindest dafür wappnen, mit den seriösen Leuten, denen ich im Laufe meines Erwachsenenlebens begegnen würde, über Währungen und Indizes zu plaudern. Wir kamen glänzend miteinander aus. Ich genoss sein Geld, und er genoss es, wie leicht ich damit zu beeindrucken war.

2

In Dublin war ich traurig gewesen, beschloss, dass daran Dublin schuld war, und dachte, Hongkong würde helfen.

Die Schule, an der ich Englisch als Fremdsprache unterrichtete, lag inmitten der pastellfarbenen Türme eines Geschäftsviertels. Eingestellt wurden nur Weiße, aber das wurde so natürlich nicht gesagt. Lehrer fielen aus und wurden durch neue ersetzt wie Haifischzähne. Die meisten waren Backpacker, die das Weite suchten, sobald sie genug gespart hatten, um in Thailand zu sich selbst zu finden. Ich hatte keine Ahnung, wer ich war, bezweifelte aber auch, dass die Thailänder es mir sagen konnten. Weil ich unnahbar wirkte, gab ich hauptsächlich Grammatikstunden, bei denen es als Erfolgsindikator galt, wenn die Kinder einen nicht mochten. Was mal eine erfrischende Abwechslung davon war, wie Frauen für gewöhnlich beurteilt werden.

Die Schüler kamen einmal die Woche zum Unterricht. Abgesehen von der Mittagspause gingen die Kurse nahtlos ineinander über. Ich hatte bald den Ruf der Gräfin Koks der Schule, weil ich zwischen den Stunden pinkeln ging.

«Wo warst du, Ava?», fragte Joan, meine Vorgesetzte – die eine, heilige und apostolische, was ein lukratives Dasein ist, wenn auch nicht katholische, weil es das nicht ist – einmal, als ich von der Toilette zurückkam. Sie war eine der ersten Hongkonger, die ich kennengelernt hatte.

«Es waren doch nur fünf Minuten», sagte ich.

«Und woher kommen die Minuten?», entgegnete Joan. «Die Eltern zahlen für sechzig pro Woche.»

«Und wenn ich ein bisschen früher Schluss mache?», meinte ich. «Und dann ein bisschen später mit der nächsten Stunde anfange. Zwei Minuten von jeder Stunde.»

«Aber das heißt doch, zwei am Anfang und am Ende der Stunde, die dazwischen liegt.» Joan versuchte, pantomimisch ein Drei-Stunden-Sandwich darzustellen, womit sie sich als zweihändiger Mensch naturgemäß schwertat. Schließlich gab sie es mit einem verächtlichen Seufzen auf, als wäre das meine Schuld.

Ich musste mich an eine höhere Macht wenden.

Benny, der Schuldirektor, war vierzig und trug ein Baseballcap verkehrt herum, entweder um sich den Anschein zu geben, dass er die Arbeit mit Kindern liebte, oder um zu betonen, dass er sein eigener Chef war und sein Kleidungsstil niemandem gefallen musste, nicht mal ihm selbst. Geboren in Hongkong, Studium in Kanada, war er ein schmieriger Geizhals, dem noch ein Dutzend weiterer Schulen sowie – durchaus sprechend, fand ich – eine irische Seetangfirma gehörten. Von Letzterer sprach er immer als «daheim» in Connemara, wo keiner von uns beiden je gewesen war, was das Ganze wohl nur noch verheißungsvoller machte. Im Endeffekt ging alles auf sein Konto – was, wenn man so wollte, seiner Leidenschaft fürs Geldscheffeln ja durchaus entsprach.

Als Benny Ende Juli mit meinem Lohn ankam, sagte ich ihm, ich überlegte auszusteigen.

«Wieso?», fragte er. «Du bist erst einen Monat da.»

«Ich muss zwischen den Stunden aufs Klo. Sonst kriege ich Blasenentzündung.»

«Wegen so was kündigt man doch nicht.»

Er hatte recht. Abgesehen von allem anderen hatte ich auch nicht wegen ihrer rassistischen Einstellungspolitik gekündigt, weshalb es komisch gewesen wäre, hinzuschmeißen, nur weil ich nicht pinkeln gehen konnte, wann ich wollte.

Ich wusste, für Geld würde ich alles tun. In Irland hatte ich das ganze College hindurch ein Sparkonto gehabt, das ich charmant «Abtreibungsfonds» getauft hatte. Am Ende waren 1500 Euro drauf. Ich kannte ein paar, die gemeinsam mit ihren Freundinnen sparten, um sich im Unglücksfall gegenseitig auszuhelfen. Aber ich traute niemandem. Ich kratzte das Geld durch Kellnern zusammen und zahlte, nachdem ich genug für einen Eingriff in England hatte, weiter darauf ein. Es gefiel mir, den Kontostand wachsen zu sehen. Je reicher ich wurde, desto weniger wäre ich zu irgendetwas gezwungen.

Kurz bevor ich dann nach Hongkong ging, schrieb ich meine Abschlussprüfung. Während die Klausuren ausgeteilt wurden, rechnete ich im Kopf nach, wie viele Stunden ich gekellnert hatte. Wochen meines Lebens lagen auf diesem Sparkonto. Solange ich in Irland und Abtreibung dort illegal war, würde ich meine verlorene Lebenszeit weiter unter Verschluss halten müssen.

Am Abend gab ich den größten Teil meiner Ersparnisse für ein Flugticket nach Hongkong und ein Zimmer für den ersten Monat aus und fing an, mich auf Lehrerjobs zu bewerben. Drei Wochen später verließ ich Dublin.

In meiner ersten Woche wurden mir die typischen Merkmale von Hongkong-Englisch erklärt und dass ich die Kinder korrigieren sollte, wenn sie ihnen unterliefen. «Ich gehe schon» für «Ich ging» war falsch, auch wenn ich es nach den ersten paar Tagen problemlos verstand. *La* zur Betonung – *no la, sorry la* – war kein Englisch. Ich sah keinen Unterschied zu dem *sure*, das Iren wahllos überall einstreuten; es diente einem ähnlichen Zweck, *sure*, war aber auch kein Englisch. Englisch war Britisch.

3

AUGUST

Julian war nicht versessen darauf, sich nach der Arbeit noch in der Stadt zu treffen. Schon bald fuhr ich daher abends gegen neun direkt zu seiner Wohnung in den Mid-Levels. Ich sagte ihm, es sei unangenehm und entwürdigend, doch in Wirklichkeit nahm ich gern den Escalator nach oben. Ich betrat den überdachten Fußgängerweg an der Queen's Road und fuhr mit der Rolltreppe bergauf über Verkaufsbuden in der Stanley Street, Leuchtreklamen – Game & Fun, Happy Massage, King Tailor –, Hochhäuser und überdimensionierte Fenster in der Wellington Street. Vom Central Street Market stiegen fischige Schwaden hoch und danach kam die alte Polizeiwache, erbaut aus dicken weißen radiergummiähnlichen Ziegelsteinen. Wenn ich bei Julians Gebäude ankam, holte ich mir in der Lobby eine Besucherkarte und nahm den Aufzug in den fünfzigsten Stock.

Innen wirkte alles wie in einer Musterwohnung mit nicht sehr überzeugend herumstehendem Krimkrams, der jedem hätte gehören können. Sein offensichtlichster persönlicher Besitz war ein großes, graues MacBook Pro.

Wir holten uns was zu essen und ich machte den Abwasch, ehe wir uns mit einem Glas Wein ins Wohnzimmer setzten.

Der Kaminsims war kahl bis auf einen leeren silbernen Bilderrahmen und cremefarbene Kerzen, die noch nie angezündet worden waren. Am Fenster stand ein langes, braunes Ecksofa. Ich zog meine Schuhe aus, legte mich, die Füße auf der Armlehne, hin und schlug in Gesprächspausen abwechselnd die Beine übereinander.

Er rauchte billige Zigaretten, um sich zum Aufhören zu motivieren, sagte er.

Kennengelernt hatten wir uns im Raucherbereich einer Bar in Lan Kwai Fong, wo ihm entweder aufgefallen war, dass ich ihn anguckte, oder er zuerst mich angeguckt hatte, bis ich zurücksah. Doppeldeutigkeiten waren seine Stärke. Ihnen nicht ausweichen zu können meine Schwäche. Weil er an dem Abend sehr langsam sprach, hatte ich gedacht, er sei betrunken – allerdings setzte sich das nüchtern fort, woraus ich schloss, dass er reich war.

Nach einem Monat fragte er: «Lernst du alle deine Freunde in Bars kennen?»

«Ich habe keine Freunde», sagte ich. Er lachte.

Manchmal war er in der Stimmung, sich über die Märkte auszulassen. Dann wieder fragte er mir Löcher in den Bauch, ging aber nur auf meine Antwort ein, wenn sich daraus weitere Nachfragen ergaben. Ich hatte ihm das alles schon erzählt, aber er wollte es noch mal hören: die zwei Brüder, das braune Reihenhaus in einem der langweiligeren Vororte von Dublin, dass ich nach der Schule ein Jahr Auszeit genommen hatte, um Geld fürs College zu sparen. Dass ich mir nach 2008 mit meinem Bruder Tom ein Zimmer geteilt hatte, damit wir das zweite an einen anderen Studenten untervermieten konnten. Dass das längst nicht hieß, dass wir arm waren; eigentlich war es so ziemlich genau das, was mit Irland als Ganzem passiert war, woran die Machenschaften von Banken wie seiner durchaus nicht unschuldig waren.

Julian war in Eton gewesen und Einzelkind. Das waren die zwei am wenigsten überraschenden Dinge, die mir jemals jemand über sich erzählt hatte.

Er fragte, ob mein Akzent dort, wo ich herkam, vornehm war. Mir war noch kein Engländer begegnet, der sich nicht dafür interessiert hätte. Die meisten fragten allerdings nicht geradeheraus – auch Julian nicht, der lediglich wissen wollte, «was für einen» Dubliner Akzent ich hatte –, sondern brachten ihre Neugier irgendwie anders zum Ausdruck. Ich meinte, es sei ein normaler Dubliner Akzent. Er bat um Erklärung. Ich kannte mich mit britischen Akzenten nicht gut genug aus, um einen treffenden Vergleich zu ziehen.

«Aber wie klingt dann ein vornehmer Dubliner Akzent?»

Ich versuchte, es vorzumachen, und er sagte, es klinge amerikanisch.

Er erkundigte sich gern, was ich eigentlich mit meinem Leben anstellen wollte, wenn es an der Zeit war, mir einen richtigen Job zu suchen. Dann bestand er fast väterlich darauf, dass ich meinen Abschluss nicht an irgendwelche zweitklassigen Arbeitgeber verschwenden sollte, und brachte sogar ein überzeugendes Lippenbekenntnis zustande, dass er nicht schlechter von mir dachte, nur weil ich nicht in Oxford studiert hatte. Aber wenn es darum ging, welche Berufe in seinen Augen gut genug für mich waren, wurde er vage. Als Jurist sei man nur eine bessere Bürokraft. Als Consultant fliege man ans Ende der Welt, um PowerPoint-Scheiß zu machen. Als Buchhalter langweile man sich und werde obendrein schlecht bezahlt. Und als Bankerin zu arbeiten passe auf unerfindliche Weise nicht zu mir.

Ich mochte es, wenn er sich die Ärmel aufkrempelte. Er

hatte kräftige, quadratische Handgelenke und ausladende Ellbogen. Manchmal argwöhnte ich, er könnte mir anmerken, wie oft ich an seine Arme dachte. Er nannte mich schon für andere, viel banalere Dinge eine Spinnerin, weshalb ich das lieber nicht zugab.

Das erste Mal, dass ich im Gästezimmer schlief, war Mitte August, als Tropensturm «Dianmu» aufzog. Danach bot Julian mir jedes Mal an zu bleiben, wenn es auf Mitternacht zuging. Je nach Energielevel übernachtete ich entweder bei ihm oder nahm den grünen Minibus heim; der Escalator fuhr immer nur in eine Richtung: zur morgendlichen Rushhour abwärts, den Rest des Tages aufwärts.

Das waren die groben Umrisse, ohne dass man es beim Namen hätte nennen können; man konnte sagen, wir hingen rum, waren lose in Kontakt oder schauten mal zum Quatschen vorbei, aber das war zugegeben auch schon alles, was zwischen uns lief. Er stand unter solchem Zeitdruck, dass ich es ihm halb abnahm, er wolle sich aus bloßer Bequemlichkeit lieber bei ihm treffen.

Ich fragte, ob man als Banker überhaupt Zeit für eine Beziehung hatte.

«Auf der Junior-Ebene normalerweise nicht», meinte er. «Viele zahlen einfach dafür.»

Mir war nicht ganz wohl dabei, wie er «dafür» sagte, aber es brachte überhaupt nichts, mit Julian dem Banker eine Diskussion anzufangen. Er war so selbstsicher, dass ihm gar nicht auffiel, wenn ich ihn kritisierte: Er registrierte, dass ich etwas gesagt hatte, und nahm dann einen anderen Gesprächsfaden auf.

Wenn er beim Take-away für mich zahlte oder mich zum Essen einlud und ich im Gegenzug Zeit mit ihm verbrachte, fragte ich mich, ob er das als Bezahlung für ein leichteres «Dafür» ansah. Der Gedanke gefiel mir: dass meine Gesellschaft Geld wert war. Diese Bedeutung schrieb ihr sonst niemand zu. Wir saßen in Räumen mit hohen Decken und er sagte Sachen wie, dass der Hang Seng gefallen und der Shenzhen Composite gestiegen sei und der Shanghai Composite vor sich hin dümpele. Es war nicht wie bei normalen Freundschaften, wo ich mir Sorgen machte, ob der andere mich noch mochte. Er hörte sich gern laut denken, und ich kam zu dem Schluss, dass ich davon profitierte. Man konnte nie wissen, wann eine Information noch einmal wichtig wurde, weshalb man am besten so viele wie möglich davon mitnahm.

Eines Abends in seinem Wohnzimmer sagte ich ihm nach ein paar Gläsern, dass er attraktiv sei. Ich sagte es genau so – «Ich finde dich attraktiv» –, damit es nicht zu bedeutungsvoll klang.

«Du bist auch nicht gerade unattraktiv», erwiderte er.

«Vielleicht verstehen wir uns deshalb so gut.»

«Kann schon sein.»

Wir kannten uns seit ungefähr zwei Monaten, in denen ich insgesamt vielleicht dreißig Stunden in seiner Gesellschaft verbracht hatte – kaum mehr als einen Tag. Aber ich hatte mich schon an den Gedanken gewöhnt, dass er eine Gewohnheit von mir war.

Wenn ich nach Hause ging, sagte er immer: «Danke für deine Zeit.» Ich war nicht sicher, ob er es so förmlich ausdrückte, um sich eine ironische Hintertür offen zu halten wie ich, oder ob ihm einfach nicht bewusst war, wie hölzern das klang. Und er fügte noch hinzu: «Ich schreibe dir dann.» Anscheinend fand er, dass nur der Mann den ersten Schritt machen konnte. Schlimmer noch – es bedeutete, dass ich ihm nicht zuerst schreiben durfte, weil es dann so wirken würde, als hätte ich die Hoffnung begraben, dass er sich je wieder meldet, und keinen anderen Ausweg mehr gesehen.

Ich erklärte meinen Neunjährigen, dass man das *th* auf zwei unterschiedliche Arten aussprechen konnte. Der Laut am Anfang von *think* und am Ende von *tooth* war der stimmlose, der am Anfang von *that*, *these* und *those* der stimmhafte dentale Frikativ. Als Dublinerin war ich zweiundzwanzig Jahre herumgelaufen, ohne eins der beiden Phoneme bewusst geformt zu haben. Falls jemand gedacht hatte, dass mit meinem Englisch etwas nicht stimmt, hatte er es jedenfalls für sich behalten. Jetzt musste ich stimmhafte und -lose Frikative üben, damit die Kinder mir nachsprechen konnten.

Calvin Jong – ein Großmaul, aber nützlich – meldete sich freiwillig, bekam es aber nicht hin.

«Bewegt eure Zunge nicht und atmet», sagte ich. So stand es im Lehrerhandbuch, aber als ich es selbst versuchte, brachte ich einen Laut hervor, der anders war als alles, was ich je von einem englischen Muttersprachler gehört hatte – geschweige denn irgendeinem anderen Wirbeltier. Ich beschloss, Julian später danach zu fragen.

Schon bevor ich Julian kennenlernte, hatte ich meine Mitbewohnerinnen nicht oft gesehen. Wir wechselten kaum mehr als ein Hallo oder Gute Nacht.

Wir waren zu dritt. Ich hatte das Zimmer auf Airbnb gemietet und plante, so lange zu bleiben, bis ich die Kaution für etwas Dauerhafteres zusammen hatte, aber die anderen wohnten langfristig da. Emily war die Älteste und am zupackendsten. Mit neunundzwanzig lebte sie schon seit ein paar Jahren in Hongkong. Freya war ungefähr in meinem Alter; ihre Lieblingsbeschäftigung bestand darin, über die Arbeit zu jammern. Sie schlüpfte in ihren Schlafanzug, kaum dass sie zur Tür herein war, und besaß vier Paar Hausschuhe: Schlafzimmer, Bad, Küche, divers.

Emily musste immer ihren Senf dazugeben, wenn ich nach Hause kam. «Kannst du den Kühlschrank auch leiser zumachen?», lautete die Kritik des Abends.

«Sorry», sagte ich. Mir war schleierhaft, wie man einen Kühlschrank laut zumachen konnte, aber es verletzte wohl Emilys ästhetisches Gefühl.

Ich wachte auf, wenn sie sich morgens fertig machten – Löffelgeklirr in Schüsseln, Hähne spuckten Wasser nur unter Protest aus –, konnte mir aber nicht die Zähne putzen, solange das Bad noch besetzt war. Ich lag da und fuhr mir mit der Zunge über den nächtlichen Belag. Wir hatten oft Kakerlaken. Ich hätte schwören können, dass ich sie im Dunkeln hörte, auch wenn ich wusste, objektiv betrachtet war das unmöglich. Meist ging ich ohne Frühstück aus dem Haus, weil ich es einfach nicht über mich brachte, mich in der Küche mit den beiden zu unterhalten. Sie waren gar nicht so schlimm, ich wusste nur einfach nicht, was ich mit ihnen reden sollte.

Und so wurde es immer verlockender, über Nacht bei Julian zu bleiben.

4

SEPTEMBER

Nach ungefähr zwei Monaten schlief ich mehrmals die Woche bei ihm. Im Gästezimmer – das jetzt wohl meins war – gab es eine weiche Wolldecke mit Hahnentrittmuster und Bilder von London an der Wand. Eines Tages druckte ich bei der Arbeit ein Bild von Dublin aus und fragte, ob ich dafür den leeren Rahmen im Wohnzimmer nehmen dürfe. «Wenn du willst», meinte er. Er sagte, ich könne jederzeit bleiben, wenn er auf Geschäftsreise sei, aber ich wollte nicht – die Versuchung, in seinem Schlafzimmer herumzuschnüffeln, wäre zu groß gewesen. Wie es darin aussah, war mir immer noch ein Rätsel, aber ich stellte mir alles zusammengefaltet und strategisch optimal verstaut vor.

Eines Abends, als Julian im Ausland war, kam ich ins Airbnb zurück, und Emily fing mich ab, bevor ich in meinem Zimmer verschwinden konnte.

«Du hast dich in letzter Zeit nicht gerade oft blicken lassen», sagte sie.

«Wir können nicht alle gleichzeitig hier sein», erwiderte ich. «Da kriegt man ja Platzangst.»

«Dann lass uns was trinken gehen.»

«Klar», sagte ich. «Wann?»

«Morgen?»

Da kam Julian aus Singapur zurück. «Tut mir leid», sagte ich. «Ich bin mit einem Freund zum Essen verabredet.»

«Ist das der, bei dem du immer übernachtest?»

«So viele Freunde habe ich nicht.»

Emily machte sich daran, die hässlichen Sofakissen zurechtzuklopfen, als hoffte sie, mir würde auffallen, wie selbstlos es von ihr sei, mich nicht um Hilfe zu bitten. Der Stoff war super darin, Haare zu sammeln: vor allem ihre und Freyas, da ich ja nie zu Hause war, aber sie gaben mir trotzdem die Schuld.

«Man kann doch für einen Typen nicht alles stehen und liegen lassen», bemerkte sie.

«Wir sind nicht zusammen.»

«Warum bist du dann immer bei ihm?»

Ich hörte nicht mehr hin. Wenn sie sich darüber beschweren wollte, dass ich nie da war, sich aber aufregte, sobald ich durch die Tür kam, brauchte es niemanden zu wundern, dass ich lieber bei Julian blieb.

Ich erzählte ihm am nächsten Abend von dem Streit. Er zog an seiner Zigarette, nickte und sagte an den richtigen Stellen «Ja klar».

«Hattest du mal Mitbewohner?», fragte ich.

«Ja klar, in Oxford, und am Anfang in London. Die meisten waren okay. Einer war ein kompletter Spinner. Das war in meinem Abschlussjahr. Er schrieb an seiner Diss über irgendein existenzielles Dilemma. Man hörte ihn die ganze Nacht murmelnd auf und ab tigern. Und er nahm nie feste Nahrung zu sich – schmiss alles in diesen Scheißmixer. Er lebte von Smoothies. Ich glaube, er wurde Jahrgangsbester.»

«Alleine zu wohnen ist also besser?»

«Auf jeden Fall.»

Keiner von uns beiden sprach aus, dass er seine Wohnung eigentlich nicht mehr für sich hatte. Wir leerten den Wein, und er ging eine zweite Flasche holen. Meine Jeans hatte am Oberschenkel eine kaputte Innennaht. Ich pulte daran herum und zuckte zurück, als ich seine Schritte hörte.

Ich fragte: «Wie war eigentlich deine letzte Freundin so?»

Er schwenkte sein Glas. «Sie war nett. Sie wurde wieder nach London versetzt.»

«Wie lange ist das her?»

«Ein paar Monate.»

«Bereust du irgendwas?»

«Überhaupt nicht. Ich blicke eigentlich nicht zurück.»

Wir tranken unseren Wein und genossen das einträchtige Schweigen. Übrigens waren *seine* Kissen schön – hubbeliger Cord, Baumwollsatin in Gold und Elfenbein. Ich nahm eins und umschlang es mit beiden Armen.

«Als du mal gesagt hast, dass du gern Geschichtslehrer wärst, hast du mich da eigentlich nur verarscht?», fragte ich.

«Voll. Ich freue mich, wenn andere das machen, aber ich für meinen Teil klammere mich lieber an die trübe Aussicht, mal ein Haus zu besitzen.»

Das mit dem Geschichtslehrer hatte er am ersten Abend gesagt, und ich war nicht sicher gewesen – war es immer noch nicht –, ob er es ernst gemeint hatte. Ich wandte ein: «Und wenn du ein Haus haben könntest, egal was du arbeitest?»

«Der Gedanke ist mir nie gekommen, weil das ganz bestimmt nicht zu unseren Lebzeiten passiert. Vielleicht wäre ich in Oxford geblieben und hätte mit Geschichte weitergemacht. Aber es hat keinen Sinn, sich darüber den Kopf zu zerbrechen. Ich habe allen Respekt vor Leuten, die ihrer Leidenschaft nachgehen, aber mir ist Sicherheit wichtiger.»

Ich fragte mich, ob darin eine versteckte Spitze enthalten war.

«Könnte schlimmer sein», sagte ich. «Du könntest keine Leidenschaften *und* keine Sicherheit haben.»

«Um das klarzustellen, Ava: Wir sind beide gefühlsamputiert, aber wenigstens kann ich Miete zahlen?»

«So in der Art.»

«Wir sind wirklich die neue Belle Époque.»

«Bankerärsche und Schnorrer.»

«Nicht alle Banker sind Ärsche.»

«Stimmt, nur du.»

«Nur ich.»

«Ich unterhalte mich gern mit dir», sagte ich – recht dümmlich, wie mir klar wurde. «Ich fühle mich dadurch geerdeter, als könnte dann jemand bestätigen, dass es mich gibt.»

«Gut.»

«Hast du mich gerne bei dir?»

«Ja», antwortete er. «Du bist angenehme Gesellschaft. Und wenn ich den Platz habe und gern mit dir teile, spricht doch nichts dagegen.»

«Du meinst, es passt dir gerade.»

«Nicht ‹passt›. Das klingt, als wäre ich berechnend. Ich sage, es ist sinnvoll.»

Auf einmal schien er mir auf der Couch näher zu sein als noch vor einem Moment, auch wenn er sich nicht gerührt hatte.

«Wenn es nicht mehr sinnvoll wäre, würdest du mich dann trotzdem noch einladen?», fragte ich.

«Du meinst, ob ich etwas tun würde, das mir nicht sinnvoll erscheint?»

Ich beugte mich vor, um mir nachzuschenken. Unsere Beine berührten sich.

«Lass, ich mach schon», sagte er und lehnte sich beim Eingießen weit rüber.

Ich wartete.

In seinem Zimmer machte er klar Schiff – zog die Rollos herunter, dimmte das Licht, schob Sachen vom Bett –, während ich meine Halskette abnahm und sie langsam auf den Nachttisch gleiten ließ, damit das Metall nicht auf das Holz rasselte. Weil ich seinen Blick spürte, versuchte ich, mir meine Neugier nicht anmerken zu lassen.

Meine Haare waren im Weg. Er bekam ein paar Strähnen in den Mund, dann verhakten sie sich im Reißverschluss auf meinem Rücken, und er sagte: «Ich hoffe, das endet nicht in der Notaufnahme.» «Echt», erwiderte ich, «ich nämlich schon.» «Du redest manchmal so einen Scheiß», meinte er.

5

OKTOBER

Ewig hielt ich es nicht in einem Airbnb aus, doch ich hatte noch immer keine Zweimonatskaution zusammen. Am ersten Oktober brachte ich meine Sachen bei Julian vorbei und erklärte, ich hätte keine Zeit für Besichtigungen. Er meinte, ich könne fürs Erste ruhig bleiben.

«Nimm das Gästezimmer», sagte er. «Ich werde nachts angerufen.»

Wir schliefen weiter miteinander.

Mitte Oktober kam Taifun «Haima», der letzte der Saison. Wir saßen im Haus fest, bis das Hong Kong Observatory Entwarnung gab. Julian trug einen «Freizeitpulli», in obligatorischen Anführungszeichen. Bei ihm lief vieles unter Freizeit, wozu er immer Anführungsstriche in die Luft malte.

Ich fragte, warum wir so lange gebraucht hatten, um was miteinander anzufangen.

«Ich wollte mich nicht aufdrängen», erwiderte er.

Die Antwort, die mir eigentlich vorgeschwebt hatte, war: Du machst mich nervös. Es war mir gar nicht in den Sinn gekommen, er könne sich in irgendeiner Form «aufdrängen», und ich war perplex, dass er es so sah.

Seine Bettlaken waren sehr weiß. Als ich einmal darauf

blutete, sprach er von einem Weinfleck – entweder euphemistisch, oder weil ihm die Vorstellung, dass ich Merlot süffelte, mehr behagte als die, dass ich menstruierte. Anfangs war mir nicht geheuer, wie sehr ihm daran lag, dass ich kam. Offenbar war ich unbewusst davon ausgegangen, es müsste zu meinem Schaden sein, wenn er was von mir wollte. Er mochte es, gebissen zu werden, doch man musste den richtigen Moment abwarten, und manchmal dachte ich: So viele Gebiete, auf denen ich es nie zur Expertin bringen werde, und ich habe mich dafür entschieden – was meinen inneren Monolog wohl auch nicht gerade schmackhafter machte.

Ich recherchierte die Wissenschaft des Beißens, las irgendwo, dass es ihn noch lange danach schmerzen würde, und war mir sehr im Klaren darüber, was diese Information in mir auslöste.

Er genoss es, wenn ich mich über Männer lustig machte, die auf Sexkomplimente standen. Es bestätigte ihn in der Annahme, dass er nicht dazuzählte, und stellte zugleich sicher, dass mir ihre Lieblingsausdrücke trotzdem über die Lippen kamen. Wenn ich beim Essenbestellen pingelig war, sagte er, es mangele mir an Appetit. «Gar nicht wahr», versetzte ich dann augenzwinkernd. Ich hatte das Gefühl, jemanden geknackt zu haben, der zu vornehm für die Du-bist-so-gut-im-Bett-Masche war, er hatte das Gefühl, in meine Verachtung für Männer, die sich davon beeindrucken ließen, eingeweiht zu sein, und erfahrungsgemäß saß ich ihm gegenüber, ließ meinen Fuß an seinem Bein hinaufwandern und sagte, er sei gut im Bett. Dann fragte ich nach Wasser und betrachtete seine Hände beim Eingießen.

Ich konnte kaum etwas gut, aber mit Männern konnte ich, und Julian war der bisher reichste unter ihnen.

Joan behielt mich oft länger da, damit ich «ihr half», Vokabellisten zu erstellen. Auf Hongkong-Englisch konnte «jemandem bei etwas helfen» heißen, dass man es machte und der andere untätig dabeisaß. Joan hatte eine Schwäche für diese Verwendung.

In dieser Woche enthielt die Liste der Zwölfjährigen den Begriff *mind*. Im Wörterbuch standen vier Bedeutungen: Die Verantwortung haben für oder sich kümmern um; übelnehmen oder sich stören an; der Sitz des Verstandes (Iris Huang blickte zwischen den Stühlen umher); ein großer Geist (Iris Huang starrte auf einen Stuhl).

In Dublin würde dieses Wörterbuch den Kindern nichts nützen. *Mind yourself* («Mach's gut!»), wenn jemand das Haus verließ, war anders als *Mind yourself* («Vorsicht!») wenn jemand ein Sägemesser in die Hand nahm. *Don't mind him* bedeutete, dass derjenige einen aufgezogen hatte, und *Mind him* hieß entweder, auf ihn achtzugeben oder sich vor ihm vorzusehen. Und all diese Abwägungen fanden in einer *mind* statt, und zwar hoffentlich der eigenen.

In Hongkong machte ich überhaupt nichts anderes, auch wenn ich mir nicht immer im Klaren darüber war, in welcher Bedeutung des Wortes.

Julian hatte gern viel zu tun. Er habe ja so viel zu tun, zog ich ihn manchmal auf. Ich möge nur einen einzigen Tag mal mehr zu tun haben als er. Er müsse mir mal ein Programm machen, damit ich auch keine Zeit hätte.

«So schlimm ist es auch nicht», sagte er. «Warum bist du eigentlich scharf darauf?»

«Es ist ein Statussymbol. So nach dem Motto: ‹Was bin ich nur gefragt in der hochqualifizierten Arbeitswelt.›»

«Nur sind nicht die Reichen so, sondern Leute wie ich.»

«Aber du bist doch reich.»

«Bin ich nicht.»

«Du musst aufhören, so zu tun, als sei dir das nicht bewusst», meinte ich. «Es macht sich nicht gut.»

Unser Wohlstandsgefälle war zu krass, als dass ich mich dadurch unwohl gefühlt hätte. Es war ein Unterschied von so absurden Ausmaßen, dass ich dafür nur ein müdes Lächeln übrig hatte. Außerdem sprach mich das in meinen Augen von jeglicher Notwendigkeit frei, den unweigerlich damit verquickten Genderfragen auf den Grund zu gehen, dass er immer zahlte – zum Glück, da ich es mir gar nicht anders hätte leisten können. Wenn etwas ein Prozent von seinem oder zehn Prozent von meinem Einkommen kostete, warum sollte er es dann nicht übernehmen?

Ich googelte die Gehaltsspanne von Junior Vice Presidents bei seiner Bank: 137 000 bis 217 000 Euro im Jahr, plus Bonus und Mietzuschuss. Ich versuchte, mich damit zu trösten. Wenn er so viele Nullen kassierte und sich trotzdem nicht reich fühlte, bewies das doch, dass mich schnöder Mammon nicht glücklich machen würde. Ergo brauchte ich mir auch keinen echten Job zu suchen. Allerdings fiel mir sonst nichts ein, was mein Leben besser machen würde.

Bei ihm zu wohnen brach wahrscheinlich mit der kapitalistischen Vorstellung, dass ich nur einen Wert hatte, wenn ich meinen Lebensunterhalt selbst bestritt. Oder vielleicht machte es mich auch zu einer schlechten Feministin. Ich konnte das immer noch aufdröseln, sobald die Erfahrung hinter mir lag; bis dahin hatte es wenig Sinn, sich den Kopf darüber zu zerbrechen. Vielleicht gefiel es mir am Ende ja gar nicht, mit ihm zusammenzuwohnen? Dann musste ich eine andere Lösung finden, und es war durchaus möglich, dass mir keine der Alternativen besser gefiel.

Mam sagte immer: «Das ist genug.» Wenn man die Heizung über siebzehn Grad drehte – das ist genug, Ava. Wenn man beim Einkaufen ein zweites Schälchen Kirschen nehmen wollte – genug. Ich hatte ihr nicht erzählt, dass ich jetzt bei Julian wohnte. Für sie wäre er mehr als genug, sprich zu viel.

Ich rief sie an einem Wochenende an, als Julian verreist war.

«Gibt's was Neues?», fragte sie im deutlichen Ton des Vorwurfs, dass ich nur dann anrief, wenn es etwas mitzuteilen gab. Mam war ein echtes Genie darin, sich den Wink mit dem Zaunpfahl laut vernehmlich zu verkneifen.

«Nicht viel», sagte ich.

«Wie geht's der einen?»

Wenn nicht anders angegeben, war damit Joan gemeint.

«Gut», antwortete ich.

«Dem andern?»

«Gut.»

Benny. Als ich Mam das erste Mal von meinen Chefs erzählt hatte, hatte sie gesagt: «Sie schauen, dass du nichts anstellst.» Bei späteren Anrufen versuchte sie immer herauszufinden, ob ihnen das gelang oder sie dabei Hilfe brauchten.

«Irgendwelche Jungs?», fragte Mam.

«Leider nein», sagte ich.

Ich versuchte, so zu klingen, als ob ich Ausschau hielt. Mam pflegte die vage Vorstellung, dass Mädchen auf der Suche nach einem Freund in Nachtclubs gingen, und so sah sie auch mich gern vor sich, das junge Ding. Ich hätte ihr sagen können, ich ging nicht, weil mein Freund schon älter war, nur war er nicht mein Freund, und Clubbing hatte ich schon immer gehasst.

«Es ist nicht leicht, bei dir auf dem Laufenden zu bleiben», sagte Mam. Diese Bemerkung stand selten in einem besonderen Zusammenhang zum Vorhergehenden, aber sie fand es pädagogisch wertvoll, sie hier und da einzustreuen.

«Wie geht's Tom?», fragte ich.

«Gut. Habe ich dir erzählt, dass er jetzt ausgezogen ist?»

«Ja.»

«Guter Junge. Tüchtig. Die meisten in seinem Alter hätte man schon vor die Tür setzen müssen.»

Sie wollte nicht von mir hören, es sei doch gut, dass ihr Jüngster nicht mehr auf sie angewiesen war. Ebenso wenig wollte sie meine Bestätigung, dass sie jetzt ausgedient hatte, weil er das Nest verließ, bevor er mit dem College fertig war. Mam war auf Gesprächsverläufe dieser Art spezialisiert, wo man sich mit jeder Bemerkung nur tiefer hineinritt.

(Das hatte ich Julian erzählt, und er meinte, er hätte nie gedacht, dass ich von einer Linie rätselhafter Frauen abstamme. Ich fragte: «Warum Frauen? Warum denkst du, dass bei mir ein weibliches Muster vorliegt? Vielleicht sind die Männer in meiner Familie ja auch rätselhaft.» Er sagte: «Aber du gibst doch zu, dass du es bist.» Und ich sagte: «Vielleicht, vielleicht habe ich auch eben nur in Rätseln gesprochen.»)

«George geht's gut», fügte sie hinzu. Ihr Hörverständnis ordnete sich mütterlichem Optimismus unter – ich hatte nach Tom gefragt, folglich müsse ich ja von beiden Brüdern hören wollen. «Er ist zufrieden mit seinem Bonus, hat er dir das erzählt?»

«Nein», sagte ich.

Hatte er. George war Sanierungsberater, was in erster Linie bedeutete, dass er Unternehmen half, Mitarbeiter loszuwerden, ohne ihnen eine Abfindung zahlen zu müssen. Ein brummendes Nebengeschäft betrieb er damit, Frauen um ihren Mutterschaftsurlaub zu bringen.

«Und man hört, dass jemand aus seinem Team es zum Senior Consultant bringt», fuhr Mam fort. «Er arbeitet hart – er und Tom. Zwei richtige Arbeitstiere.»

Die Wendung «Arbeitstiere» brachte mich auf «Arbeitshäuser» und dann darauf, in was für einer komfortablen Lage George sich befände, wenn er eins in einem viktorianischen Roman betreiben würde. Wenn ich meinen Collegeverstand einschaltete, wusste ich, dass viel mehr Menschen ihren Job verloren hatten, als Banken wie Julians Subprime-Roulette spielten, doch der Collegeverstand hatte einen Regler, den ich auf- oder herunterdrehen konnte, je nachdem, ob ich die Leute hasste oder mochte.

«Und ich?», fragte ich. «Bin ich ein Arbeitstier?»

Ich versuchte, witzig zu sein – ein Fehler. Bei Ferngesprächen war Mam nicht zu Späßen aufgelegt.

«Du kriegst nicht genug Schlaf», sagte sie.

Ich stellte mir gern vor, dass auf Julian daheim in England eine Frau wartete. Ich bin eine falsche Schlange, dachte ich dann. Dieses Weinregal war ein Hochzeitsgeschenk, und ich parke dort Jack Daniel's, weil ich nämlich überhaupt keinen Geschmack in gar nichts habe. Sie ist katholisch – im Sinne von abtrünnigem englischem Adel, nicht irischer Armut – und wird niemals in die Scheidung einwilligen, und außerdem kann ich sie als die Frau, die ihn schon liebte, bevor er – kreativ gesehen – in Leben und Investmentbanking erstickte, sowieso nicht verdrängen.

Ich fragte nach dem Weinregal, und er sagte, es gehöre zur Wohnung.

Ich wünschte, Julian wäre verheiratet. Dann stünde es in meiner Macht, sein Leben zu zerstören. Außerdem würde es einen annehmbaren Grund liefern, warum er nicht zu viel Nähe zwischen uns zuließ. Die glaubhaftere Erklärung lautete: Er war Single, und mir mochte vielleicht ab und zu das Kunststück gelingen, dass er mich vögeln wollte, aber eine feste Beziehung mit mir wollte er nicht. Das verletzte mein Ego. Ich wollte anderen mehr bedeuten als sie mir.

In Wirklichkeit lagen die Dinge so, dass ich irgendwelchen Kleinkram erledigte und dafür Zeit mit ihm verbringen durfte. Er bat mich einmal im Scherz, sein Bücherregal neu zu sortieren, und als ich es dann tatsächlich tat, meinte er, ich sei ein Genie. Der Zustand der Buchrücken ließ darauf schließen, dass er Tennyson mochte, ebenso Nabokov; es konnten aber auch Secondhandausgaben sein, oder jemand hatte sie sich ausgeliehen. An einem Wochenende machte ich den Fehler, ihn daran zu erinnern, dass er noch für Seoul packen müsse, und danach erwartete er das jedes Mal von mir, wenn er auf Geschäftsreise ging.

«Du bist so ein Faulpelz», sagte ich. «Dann kann ich es ja gleich selbst machen.»

«Hau rein», sagte Julian, was nicht die Antwort war, auf die ich hinausgewollt hatte. Aber vielleicht machte es ja auch Spaß – ungefähr so, als ob man Barbie für einen abwegigen Beruf ausstaffierte. Seine Sachen sahen alle gleich aus, und einen Kulturbeutel mit Zahnbürste und Rasierzeug hatte er immer gepackt. Kondome ließ ich weg – nicht weil es mich stören würde, wenn er mit anderen was anfing, sondern weil es womöglich passiv-aggressiv gewirkt hätte.

Ich hatte keine Ahnung, wann er mit seinen Eltern telefonierte. Er spielte auf Unterhaltungen mit seiner Mum an, miteinander sprechen hörte ich sie aber nie. Schließlich fragte ich nach.

«Wir haben einen festen Rhythmus», erklärte er. «Sie ruft mich alle paar Tage in der Mittagspause an.»

«Wie spät ist es dann in England?»

«Sechs Uhr morgens, aber da ist sie schon auf, um im Garten zu arbeiten.»

«Und dein Dad?»

«Habe ich dir das nicht erzählt? Er ist hier.»

«In Hongkong?»

«Er ist Dozent für Geschichte an der HKU. Sie haben sich scheiden lassen, als ich zehn war.»

Und das kam nach vier Monaten Bekanntschaft ans Licht. Ich hätte gern gewusst, was er noch so alles unterschlug und ob darunter nicht – versuchen kann man's ja – so etwas wie eine Ehe sein könnte.

«Wie oft siehst du deinen Dad?», fragte ich.

«Ein paar Mal im Jahr. Wenn wir es schaffen.»

«Wo wohnt er?»

«Drei Metrostationen von hier.»

«Und du siehst ihn ein paar Mal im Jahr.»

«Genau, wenn wir es schaffen.»

Engländer waren komisch.

Julian hatte sich die Namen meiner Eltern gemerkt und ließ sie, wohl um mich auf irgendeine unerfindliche Weise aufzuziehen, häufig fallen.

«Hast du in letzter Zeit von Peggy gehört?», fragte er etwa, oder: «Wie gehts Joe?» Seine Eltern hießen Miles und Florence. Ich fand den Vergleich aufschlussreich; er nicht. Klassenzugehörigkeit war für Briten wie Demut: sie existierte nur, solange man sie leugnete.

Am nächsten Morgen stellte ich mir auf der Rolltreppe nach unten sein Elternhaus in Cambridgeshire vor. Groß, dachte ich, und leer: Häuser glichen ihren Besitzern. (Ich kam mir boshaft vor, doch vermutlich würde er darüber nur lachen. Dabei fiel mir wieder ein, dass ihm nichts, was ich sagte, etwas anhaben konnte.) Es war nicht anzunehmen, dass Julian mich Florence jemals vorstellen würde, dennoch malte ich mir aus, wie ich zum Essen bei ihr eingeladen wäre, nur wir zwei. Ich würde «Gnocchi» falsch aussprechen, und sie würde das Wort den ganzen Abend lang umgehen, um mich nicht in Verlegenheit zu bringen. Ich würde ihr unverwandt in die Augen blicken und denken: So kann ich dich um jedes Wort bringen, das du kennst. Ich würde sie eins nach dem andern wie Trüffeln einsammeln, und du würdest sagen: «Nur zu», und das würde ich dir dann auch nehmen, und dann wärst du sprachlos.

Als ich an jenem Abend wieder in die Mid-Levels hinauffuhr, beschloss ich, dass es schon sehr schmeichelhaft wäre, wenn Julian seinen Ehering nicht tragen würde. Falls nämlich doch, hätte ich es wahrscheinlich so ausgelegt, dass er glaubte, ich wollte hoch hinaus.

Immer wenn Julian im Ausland war, ging ich mit den anderen Lehrern was trinken. Als ich das erste Mal mitkam, fragte Ollie aus Melbourne: «TST oder LKF?», um gleich darauf klarzustellen, was er meinte – Tsim Sha Tsui, Lan Kwai Fong, die Ausgehviertel –, als hätte er einschließlich des Vorschullehrplans den ganzen Tag nichts Selbsterklärenderes erklärt. Es ging entweder in Speakeasys ohne Schankkonzession, die düster und ungemütlich waren, oder Rooftop-Bars mit schimmernden Lichtern im Hintergrund. Bisher hatte ich an diesen

Abenden meine Energie gefühlt auf den kläglichen Versuch verschwendet, eine Persönlichkeit zu entwickeln. Wenn man nämlich keine hatte, konnten alle anderen mehr Raum für die eigene beanspruchen.

«Hast du einen Freund?», fragte Briony aus Leeds.

«Kann sein», sagte ich, vier Cocktails intus.

«Anders gefragt, bist du auf der Suche?»

«Kann sein.»

Dann verwickelte mich Madison aus Texas in eine Unterhaltung mit zwei Männern. Der eine, auf den sie ein Auge geworfen hatte, sagte, von ihren Titten würde er gern mal eine Line ziehen. In TST und LKF gab es in der Regel drei Typen von Männern: Tekkie, Konzernfuzzi, Rugbyrudel. Madisons zwei katapulierten sich glatt in die Tekkieschublade, als sie sagten, sie fühlten sich Männern im Anzug überlegen – leichter könnte man sich davon abgrenzen, dachte ich, wenn man keinem Job nachging. Madisons abgeschlagener Kandidat berührte mich am Arm. Ich zuckte zurück, und er fragte, ob ich Mädchen mochte. Ich hätte gern geantwortet: Meine sexuelle Vorliebe ist, dass ich dich nicht mag.

Ich ging zur Toilette und rief Julian an. Ich fragte: «Kokst du?»

«Was?»

«Ich habe gehört, dass alle Banker koksen.»

Ich hatte gelesen, dass ein nicht näher bezeichneter körperlicher Aspekt seiner Frau den Kunstkritiker John Ruskin in seiner Hochzeitsnacht abgestoßen haben soll, und erst da wurde mir bewusst, dass haargenau das meine Angst war, wenn jemand mich nackt sah. Julian sagte nette Dinge über mein Äußeres, und ich kriegte nur «danke» heraus, was aufrichtig klingen, aber nicht implizieren sollte, dass ich der gleichen Meinung war. In seinen Armen fragte ich mich, a) warum ich so kalt und undankbar war, und b) ob mich jemals jemand lieben würde; wusste, die Antwort lautete, a) dass ich es nicht anders wollte und b) nein; und sagte dann irgendwann: «Ich mag deine Arme.»

Man konnte auch ganz ohne Männer auskommen, und für mich war diese Haltung von nicht unbeträchtlicher Eleganz. Allerdings waren so viele Leute anderer Meinung, dass ich es doch für das Beste hielt, mir einen zu halten. Wenn man zu lange Single war, musste man traurig tun, was ich hasste. Es gab andere Dinge, über die ich wirklich traurig war.

Wie in der Männerfrage dachte ich, keinen Sex zu haben, wäre eigentlich die schicklichere Wahl – und wenn doch, dann mit jemandem, der sich ein gewisses Maß an Objektivität bewahrte. Außerdem brauchte ich Sex, sonst würde ich nie aufhören, nachzugrübeln. Wir mochten es beide lieber, wenn ich oben war, und ich fragte mich, ob das irgendwas über unsere Beziehungsdynamik aussagte. Jegliche koitale Neigungen sollten einem doch tiefere Erkenntnisse über einen selbst liefern, fand ich, und wenn nicht, hatte man eine blasse Fantasie.

Er war nicht zärtlich im Bett, ließ mich aber die Arme um seine Brust legen.

«Was wäre, wenn wir gleichaltrig wären?», wollte ich wissen.

Er fragte, was ich meine.

«Würdest du dich auch für mich interessieren, wenn ich genauso wäre wie jetzt, nur in deinem Alter?»

«Was glaubst du denn, wie alt ich bin?»

«Weiß ich nicht», sagte ich, ohne dass mir Statistiken über das durchschnittliche Heiratsalter bewusster gewesen wären als irgendwem sonst. «Dreißig?»

«Achtundzwanzig», sagte er. «Wenn du achtundzwanzig wärst, könnte ich damit auch leben, glaube ich.»

Ich war enttäuscht und begriff, ich hatte wohl erwartet, dass er darauf stand, dass ich zweiundzwanzig war. Sonst hatte ich nämlich nichts, was er nicht hatte.

Später googelte ich, was jeder gegoogelt hätte. Ich fand neunundzwanzig im UK, aber einunddreißig in Hongkong, überlegte mir, dass keine der beiden Statistiken aussagte, wann – oder ob – sich Männer seiner spezifischen sozioökonomischen Schicht und emotionalen Veranlagung verlobten, und vermutete in Bezug auf Letzteres, dass er Single war und nicht mit mir zusammen sein wollte. Darüber vergoss ich nicht mehr Tränen, als irgendwer sonst es an meiner Stelle getan hätte.

6

NOVEMBER

Im November gingen wir mit Ralph, «Räif» gesprochen, in der Aberdeen Street brunchen. Er hatte mit Julian am Balliol studiert, arbeitete jetzt bei derselben Bank und besaß angeblich eine ganze Flottille irischer Urgroßeltern (zwei, um genau zu sein: ein Urgroßelternteil auf jeder Seite, weshalb ihm Irland moralisch gesehen ein ganzes Großelternteil schulde.) Er hatte zugunsten strengerer Grenzkontrollen für den Brexit gestimmt und einen irischen Pass beantragt, um dadurch nicht aufgehalten zu werden. Im Laufe des Gesprächs nannte er sich einen «alten PPE-Hasen», der «quasi ganz vorn bei der Oxford Union mitgemischt» habe. Julian sagte: «Du bist dreißig, Ralph.»

Ralphs Freundin Victoria war ein schöner Kleiderständer. Sie war so schön, dass ich nicht kapierte, warum sie sich überhaupt mit mir unterhielt. Manchmal sagte ihr Blick: Ich weiß es auch nicht. Wir redeten und redeten in übereinstimmender Verblüffung darüber, wie so etwas sein konnte, wenn es doch keiner von uns richtig vorkam. Ralph beobachtete uns und schien zu denken: Reden können Frauen.

«Du kommst aus Irland», sagte Victoria wie zu meiner Information. «Ich war schon mal in Dublin.»

«Hast du das Book of Kells gesehen?», fragte ich in der Hoffnung, sie würde nein sagen, da ich es selbst nie gesehen hatte. Natürlich hatte sie es nicht nur gesehen, sondern auch einen umfangreichen Essay während ihres Studiums an der St Andrews darüber geschrieben. Julian argumentierte gegen ihre Geschichtsschreibung, worauf sie nickte, als würden sie in vereinter Anstrengung ein klobiges Möbelstück hochheben. Ab und zu berührte sie ihre Trapeze-Bag von Céline, und ich dachte: Sie ist noch da, Victoria. Sie läuft dir nicht weg. Die Kuh ist tot.

In der Woche darauf leerten wir mit den beiden sechs Flaschen Rosé in einem Speakeasy im Zwanziger-Jahre-Stil. Auf der Toilette erzählte mir Victoria, dass sie Ralph mit einem verheirateten Hedgefonds-Typen betrog. Sie meinte, was einem vorher keiner über Affären verriete, sei, dass man die administrativen Herausforderungen nicht unterschätzen dürfe. Dann fragte sie, ob ich es komisch fand, wenn Julian behauptete, zwischen uns würde nichts laufen, dabei sehe das doch ein Blinder. Ich meinte nein. «Es ist komisch», sagte sie mit Bestimmtheit. Und fügte hinzu: «Fickst du mit ihm?», was mir auf seine Weise wie eine bemerkenswerte Fügung vorkam. Sie sagte es so, wie man vielleicht «Vapest du mit ihm?» fragt – noch so ein Satz, der mir nie über die Lippen kommen würde. Ich erwiderte, ich mache dies und das. «Schon klar», sagte sie. Dann: «Sind das deine echten Wimpern?»

Der Hongkong-Winter war angebrochen. So nannte ich es, Hongkong-Winter, weil ich meinen irischen Pass offiziell aufgeben müsste, wenn sich zwanzig Grad Celsius für mich schon winterlich anfühlen würden. Dabei war ich seit fast fünf Monaten von zu Hause fort und fand es wirklich kalt.

Mein Kontostand wuchs jetzt, vor allem da ich keine Miete

mehr zahlte. Ich gab kaum Geld aus. Lieber sah ich es als Zeit, von der ich später noch zehren konnte. In der Straße, in der meine Schule lag, kam ich an Touristen vorbei, die Streetfood futternd unter Baugerüsten hindurch in Gebäude hinein- und herauslatschten, um in billigen Telefonshops zu feilschen. Die britischen Touris trugen Shorts, und die Einheimischen im Wollmantel behandelten sie wie Luft: Zwischen den Jahreszeiten gab es ein kleines Zeitfenster, in dem man Wintersachen tragen konnte, und niemand hatte das Recht, ihnen das kaputtzumachen.

Julian kündigte an, dass er im Dezember in Tokyo sei, warum auch immer er mir das sagte. Konkreter ging es aber nicht um einen seiner geschäftlichen Wochenendtrips, sondern um drei Wochen. Ich nickte und stellte kluge Fragen, während ich den Müll trennte. Wir hatten uns Dim Sum geholt. Gewissenhaft spülte ich die ölige Verpackung ab.

«Was machst du da?», fragte ich.

«Geschäfte. Geld.»

«Immer wenn ich sage, dass du mit Geld arbeitest, kommt von dir so: Ava, ich bin kein Retailbanker, ich bin Investmentbanker.»

«Am Ende läuft schon alles aufs Geld hinaus», sagte Julian. «Vom netten Mann, bei dem du deine Kreditkarte beantragst, unterscheidet mich das Abstraktionsvermögen. Und das Risikolevel.»

«Bitte erzähl mir mehr davon, wie sehr du schwarze Zickzacklinien liebst und rote Zickzacklinien hasst.»

«Wenn ich meine Arbeit mit einem Satz erklären könnte, würde sie wohl kaum so viel einbringen.»

«Hirnchirurgen.»

«Was?»

«Hirnchirurgen können mit einem Satz erklären, was sie machen», sagte ich. «Sie operieren Gehirne.»

«Was mache ich nur ohne deine schlauen Kommentare in Tokyo», meinte er. «Schreib Tagebuch.»

Dieser Austausch war für Julian in mehreren Punkten erhellend gewesen. Ich hatte ihm gesagt, dass er a) einen angesehenen, gut dotierten Job hatte, b) ich nicht und c) er Frauen mit losem Mundwerk mochte, um das Unangefochtene seines Status zu brechen – Frauen, die andere Männer schnippisch fanden, sie diese Männer wiederum erbärmlich, sich aber in seinem Wohnzimmer ziemlich wohl fühlten. Oder zumindest eine von ihnen, ein Prototyp, gar niemand, an dem ihm besonders viel lag, ihr Stolz war nämlich auch eine Gemeinsamkeit von ihnen.

Der Blowjob erwies sich ebenfalls als erbaulich.

Männer – damit kam ich klar.

Wie immer packte ich für ihn und warf noch ein paar T-Shirts dazu, für den Fall, dass er seinen Sinn für Mode außerhalb der Arbeit beweisen musste. Ich zeigte auf die wie Sushi gerollten Klamotten und sagte, ich hätte mir mindestens ein neues iPhone verdient. «Und ob», meinte er. «Ich komme mit einem Koffer Veblen-Gütern zurück.» Ich fragte, was das auf Englisch heiße, und er sagte: Luxusartikel. Im Gegensatz zu normalen Gütern steige die Nachfrage mit dem Preis.

Während ich mit halbem Ohr seiner Erklärung lauschte, grübelte ich darüber nach, warum ich ihm einem blies, wenn er so was machte wie zu sagen, er fahre für drei Wochen weg, und damit durchblicken ließ, dass er mich nicht brauchte; ob ich das Packen bewusst zwischen Blowjob und Geschenken eingeschoben hatte, um nicht das Gefühl zu haben, Letzteres sei die Belohnung für Ersteres; ob ich umgekehrt so was machte wie für ihn zu packen, weil ich Angst hatte, er würde mir nichts kaufen, nur weil ich ihm einen geblasen hatte, und dann anhand dieses einzigen Maßstabs seiner Zuneigung der Wahrheit ins Gesicht sehen müsste, wie wenig ihm das bedeutete; ob Letzteres nicht umso deprimierender war, weil es ihm anscheinend mehr bedeutete, wenn ich für ihn packte, als wenn ich ihm einen blies, und so gut war ich jetzt auch nicht im Kofferpacken; und wie in aller Welt ich mir weiterhin überzeugend vormachen konnte, dass ich hier die Oberhand hatte.

Ich sagte: «Also sind iPhones Veblen-Güter und Brot nicht.»

«Genau. Das heißt, Brot ist ein Giffen-Gut. Was machst du, wenn ich weg bin? Ich kann ein paar Museen heraussuchen.»

«Ich bin kein Kind mehr. Das kann ich selbst.»

«War nur ein Angebot.»

«Kann ich nicht mitkommen?», fragte ich ironisch.

«Ich hab doch so viel zu tun», antwortete Julian ironisch. «Es wäre dir gegenüber nicht fair.»

Es ist nie fair, schoss mir durch den Kopf – ernst diesmal. Wenn es fair wäre, würdest du nicht so viel Geld für mich ausgeben. Der Gedanke stand mir ausformuliert vor Augen, ehe mir einfiel, darüber zu erschrecken.

«Ich weiß, du willst nicht, dass ich fahre.»

Als er das sagte, wäre ich am liebsten an sein (potenziell eheliches) Weinregal gegangen, hätte mir seinen marmeladigsten Cabernet Sauvignon gegriffen, ihn behutsam aufgeschraubt und über sein MacBook gekippt. Ich ließ es bleiben. Er würde sich morgen ein neues kaufen, sich über die verbesserte Touch Bar freuen und mir bis zu irgendeinem zukünftigen Zeitpunkt, wenn er auf einmal Beweise für meine Verrücktheit bräuchte, glatt ins Gesicht leugnen, dass ich die Sache mit dem Wein abgezogen hatte. Und nichts davon würde mich dem näher bringen, warum mir seine Bemerkung so zu schaffen machte.

«Alles okay, Ava?», fragte er.

«Alles gut.»

Ich verachtete ihn. Dass ich ihn bei mir haben wollte – das musste er mir nicht erst einreden. Er hatte eine Gefühlsregung an mir beobachtet, die ich nicht hatte unterdrücken können, und es ausgesprochen – was ihm zugutekam, nicht mir. Es bewies, dass Privatschulknaben auf der Arbeit anderer Trittbrett fuhren. Er modulierte seelenruhig seine vornehm geschliffenen Frikative, weil er es konnte, weil er und seine Vampirklasse auf einer gewissen abstrakten Ebene – kleiner hatte ich es nicht? – für immer von den Leben zehren würden, die sie in ihren Fabriken und sonst überall aussaugten. Wenn mir nach Weinen zumute war, dann hauptsächlich wegen meines sozialen Gewissens.

Er öffnete das Fenster und zündete sich eine Zigarette an.

«Lass uns über was anderes reden», sagte ich.

Julian stimmte zu. «Tokyo?»

«Gut. Kannst du Japanisch?»

«Kein Wort.»

«Konichiwa», schlug ich vor.

«Super, jetzt habe ich ein Wort.»

«Eigentlich sind es zwei. Auf Japanisch. *Konichi* und *wa.*»

«Ava, ist alles okay?»

«Alles gut.»

«Hör zu, ich hab dich wirklich ganz gern.»

«Ich auch», sagte ich. Was keinen Sinn ergab – «Ich auch» hieß ja, ich hatte mich selbst ganz gern –, aber das war ihm egal.

An diesem Abend spielte ich ihm länger als gewöhnlich vor, dass ich ihn nicht wollte, was so ziemlich das Gegenteil klarmachte. Es machte mir nicht so viel Spaß wie sonst oder war so befriedigend, wie es fraglos gewesen wäre, mit einer Machete durch eine Reihe seiner Hemden zu schlagen, aber mir gefiel das Eindeutige daran. Wenn Alphamänner einen leckten, war das beinahe shakespearesk – die Helden sind gefallen.

Danach stibitzte ich mir einen seiner berühmten Freizeitpullis, und er sagte, er mochte es, wie meine Ohren abstanden; es machte einen aufmerksamen Eindruck. Ich fragte, ob er damit sagen wollte, ich sehe aus, als könnte ich gut hören, und er sagte nein, nicht ganz, aber ich wirke dadurch wachsam.

«In viktorianischen Zeiten», sagte ich, «schnitten sich die Frauen eine Locke ab und gaben sie dem Mann mit.»

«Ich will deine Haare nicht.»

«Ich beschreibe ja nur den Brauch.»

«Okay. Tolle Beschreibung. Ich will deine Haare trotzdem nicht.»

«Willst du was anderes von mir?»

«Ich habe deine Nachrichten», sagte er. «Die sagen wahrscheinlich mehr über dich aus als deine Haare. Und ich will diesen Pulli wieder zurück.»

«Ich mag dich lieber im Anzug», sagte ich.

Er verstand nicht genug von meinen politischen Ansichten, um zu begreifen, wie peinlich oder persönlich dieses Geständnis war.

7

DEZEMBER

Als Julian und ich uns am Flughafen verabschiedeten, zwang ich mich dazu, mich als Erste umzudrehen. Ich sah zu den Stahlträgern auf und tastete nach meinem Koffer, ehe mir wieder einfiel, dass ich gar keinen dabeihatte, weil nicht ich es war, die wegflog.

In den zwei Monaten, bevor ich bei ihm eingezogen war, hatte ich den Eindruck gehabt, er sei kaum da. Wie sich herausstellte, verbrachte er jedoch ziemlich viel Zeit zu Hause, und wir hatten viel Sex. Der schlagartige Entzug davon gefiel mir nicht. Ich wollte nichts essen, es fühlte sich ohne Gesellschaft überflüssig an. Allein in der Wohnung textete ich ihm, aber er antwortete erst Stunden später oder gar nicht. Stattdessen ging ich dazu über, ihn anzurufen. Ich glaubte, er könnte meiner Stimme anhören, dass ich in einem seiner Hemden in seinem Bett lag.

Am Ende seiner ersten Woche in Japan fragte ich ihn am Telefon, wie es so war. Er meinte, sauberer als in Hongkong, und fügte hinzu, vermutlich würde ich jetzt mehr lesen, wo er nicht da war.

«Anders gesagt», entgegnete ich, «glaubst du, dass ich außer dir keine Freunde habe.»

«Du brauchst keine Freunde.»

«Klingt wie etwas, das so ein creepy eifersüchtiger Freund sagen würde.»

«Dann ist es ja gut, dass ich nichts davon bin, stimmt's?»

In dem Moment wünschte ich mir, ich hätte mir diese Bemerkung für ein persönliches Gespräch aufgespart. Seine Stimme klang matt und einstudiert neutral, wie ein Arzt, der einem gegen Ende einer Schicht, in der er bereits reihenweise schlechte Nachrichten überbringen musste, eine negative Prognose stellt.

«Das sagst du dauernd», erwiderte ich. «‹Übrigens, ich bin immer noch nicht dein Freund, nur damit du's weißt.› Ich bin nicht dumm.» Letzteres hatte neutral klingen sollen, wirkte jedoch schärfer als gedacht.

«Mir ist klar, dass du nicht dumm bist.»

«Warum wiederholst du dich dann ständig? Gibt es vielleicht etwas, das ich wissen sollte?»

Wahrscheinlich nicht. Er hatte von Anfang an klargestellt, dass er gerne Zeit mit mir verbrachte, aber nichts Ernstes wollte. Seine Ehrlichkeit verletzte meinen Stolz, weshalb ich mir sagte, dass er log. Und ich konnte mich nicht mal aufrichtig in Selbstmitleid suhlen, weil ich mich ja gar nicht nach der Erwiderung von Gefühlen sehnte. Was ich wollte, war, dass Julian mehr für mich empfand als ich für ihn. Dafür hätte doch keiner Verständnis. Ich wollte ein Machtgefälle, und zwar zu meinen Gunsten.

«Ich weiß nicht, warum du immer glaubst, dass ich lüge», sagte er.

«Na gut, du bist kein Lügner», erwiderte ich. «Zufrieden?»

«Ganz happy. Könntest du mir das auf LinkedIn bestätigen?»

«Ich melde mich nur an, um dich hinzuzufügen.»

«Ich versteh schon, warum es sich vielleicht ungehörig anfühlt, bei mir zu wohnen, bis wir so weit sind.»

Ich stand vom Bett auf und stellte mich an die Balkontür.

«Warum kaufst du mir Geschenke?», fragte ich.

«Stört es dich?»

«Nein. Aber ich bin neugierig.»

«Ich meine», antwortete er, «es kostet ja nicht allzu viel.»

Ich entschied, dass er das absichtlich gesagt hatte, was nicht so schlimm war wie der Gedanke, es könnte ihm aus Versehen herausgerutscht sein.

«Wenn ich so eine Schnorrerin bin», meinte ich, «kannst du mich doch jederzeit loswerden.»

«Könntest du kurz zu dem Moment zurückspulen, in dem ich dich eine Schnorrerin genannt habe? Den habe ich wohl verpasst.»

«Das ist eben mein Eindruck.»

«Du kannst mir nicht einfach jede paranoide Vorstellung unterschieben, die dir gerade in den Sinn kommt.»

«Ich bin also eine verrückte, irrationale Frau.»

«Wenn du besser zuhören würdest, Ava, würdest du merken, dass ich dich sogar für äußerst zurechnungsfähig halte. Ich gehe davon aus, dass hinter deinen Worten irgendeine Absicht steckt. Ich versuche herauszufinden, welche das sein könnte.»

«Man kann nicht ‹äußerst› zurechnungsfähig sein. Entweder man ist es oder nicht. So wie man in Hongkong nicht ‹äußerst› arbeitsberechtigt sein kann.»

«Och, ich denke, man kann schon sagen, dass ich als weißer britischer Banker in Hongkong äußerst arbeitsberechtigt bin.»

Ich lachte. Ich war immer erleichtert, wenn er so was über sich selbst sagte, nach dem Motto: Dann kann er ja auch nicht sauer sein, wenn es von mir kommt. Oft behaupten die Leute

Dinge von sich, um der Kritik anderer zuvorzukommen, doch ich sah auch nicht ein, weshalb ich permanent gut mit Männern können sollte.

«Aber sonst geht's uns gut?», entgegnete ich.

«Ich bin Leute wie dich nicht gewohnt», sagte er.

Manchmal konnte ich gut mit ihm und manchmal er mit mir, manchmal konnten wir gut miteinander und manchmal beide gar nichts. Das Ganze war so verwirrend, dass ich mir wünschte, einer von uns hätte ein für alle Mal das Sagen, und es hätte mir nicht mal was ausgemacht, wenn er das gewesen wäre, auch wenn das eindeutig nicht zutraf, oder ich würde ihn eben einfach gewinnen lassen – worauf er das Interesse verlieren und mich durch ein Model ersetzen würde, weil die dünner sind, oder einen Dackel, weil die weniger haaren.

«Bist du ein Hundemensch?», fragte ich.

«Was? Nein.»

«Ich auch nicht. Mir ist da eine etwas größere Herausforderung lieber.»

Wir lachten über die Männer, in deren Ohren solche Sätze Musik waren.

«Hör mal», sagte er, «ich mache jetzt besser Schluss. Ich habe morgen ein Meeting nach dem andern. Aber es war nett, mal wieder zu reden. Wir hören uns, Babe.»

Das gefiel mir – Babe. Ich fühlte mich damit gut aufgehoben.

Ich ging mit den anderen Lehrern in eine Bar in TST. Wir bestellten Drinks und rieben wahlweise Leuten unter die Nase, dass wir vergeben waren, oder gingen damit hausieren, dass wir es nicht waren. Scott aus Arkansas sogar beides. Ich fragte, warum er behauptete, Single zu sein, wo er doch erst vor drei Sekunden seine Freundin erwähnt hatte. Er sagte, er habe sie erfunden, weil ich ihn einschüchtere. Ich fragte mich, ob er ohne Drogen wohl ein besserer oder schlechterer Mensch war.

Im Club am Ende der Straße fing Madison aus Texas an, mit mir zu tanzen. Wir bewegten uns kaum, aber sie streifte meine Hüfte. Mir fiel ein, wie ich einmal am College im Workmans mit einem Mädchen, das total voll war, rumgeknutscht und ein Mann im Poloshirt gefragt hatte, ob er zugucken dürfe. Du guckst doch schon, hatte ich gedacht. Männer waren selten echte Voyeure – man sollte sich doch bitte schön im Klaren darüber sein, dass sie da waren.

Madison sagte, sie beneide mich, weil ich so easy als die Geheimnisvolle rüberkomme. Männer mögen das, sagte sie. Madison dachte immer, es würde mich freuen zu hören, was Männer mochten.

Sie streichelte meinen Arm, als Scott aus Arkansas dazukam. Scott sagte, seine Mitbewohnerin sei nicht da. Madison sagte: «Das klingt interessant, oder, Ava?» Noch etwas, von dem Madison dachte, es sei für mich von Interesse. Ich fragte Scott, ob er damit sagen wolle, seine Freundin sei nicht da, und ob sie eine Vereinbarung zur Monogamie hätten, und Madison sah mich an, als wäre ich ein kleines Kind, das seine Tante nach ihrer Scheidung fragt. Scott war auf Drogen besser, entschied ich, insofern seine Fähigkeit, überzeugend zu lügen, darunter litt.

Ich fragte mich, was Julian anderen Frauen über mich erzählte.

Madison versuchte, mich zu küssen. Ihre Zunge schmeckte billig, wie nach etwas aus der Dose.

«Du hast mir noch nicht verraten, ob du auf Frauen stehst», meinte sie.

Ich sagte: «Ich verrate anderen so einiges nicht.»

8

«Mam glaubt, es gibt da jemanden», sagte Tom am Telefon.

«Wieso?», fragte ich.

«Sie meint, eine Mutter weiß so was, und deshalb weiß sie es. Zirkelschluss, aber was willst du machen.»

Er erzählte mir von der Uni. Er studierte halbherzig Philosophie, lieferte aber seine Hausarbeiten ab und ging zu Vorlesungen und so weiter. Ein Dozent hatte gesagt, dass ihm ein durchschnittlicher Abschluss bevorstand, was ihn nicht so kränkte, wie es mich an seiner Stelle gekränkt hätte. Mam löcherte ihn dauernd mit Fragen, wie es danach weitergehen sollte.

«Hör mal, was ich dir eigentlich noch sagen wollte», meinte ich unvermittelt. «Erzähl's nicht Mam, aber es gibt wirklich jemanden.»

«Okay.»

«Es ist nichts Ernstes, aber schön bisher. Er ist allerdings stinkvornehm. Nicht auf Dubliner, sondern auf britische Art. Er sagt Sachen wie ‹alsdann› und ‹empor›.»

«Und wahrscheinlich gefällt dir genau das», meinte Tom.

«Was soll das denn heißen?»

«Ach komm, Ava.»

Es stimmte schon, dass Julian meinem Beuteschema entsprach. Meine beiden Exfreunde daheim waren auf Privatschulen in South Dublin gewesen und wussten alles über Rugby. (Dass sie sich eigentlich überhaupt nicht dafür interessierten, machte es zu einem umso größeren Statussymbol.) Es war die Art von Theorie, die ich ganz leicht über andere aufstellen konnte: Ava steht auf reiche Partner, weil sie damit ihre eigenen Abstiegsängste zerstreuen will. In Wirklichkeit wird ihr beim Sex mit reichen Typen umso schmerzlicher bewusst, dass sie selbst nicht reich ist, aber sie kann es einfach nicht lassen.

Doch zu einem solchen Schluss über mich selbst zu kommen, fühlte sich allzu pauschal an. Ich konnte einfach nicht umhin zu glauben, dass mehr dahinterstecken müsse.

«Und du?», fragte ich Tom.

«Im Moment gibt es niemanden», sagte er. «Ich erzähl's dir, wenn doch.»

«Das sagst du immer. Und dann kommst du mir drei Monate später auf einmal so: Ach ja, da war jemand, aber das ist schon vorbei.»

«Ich erzähle es dir nicht, bis ich sicher bin, dass es was Ernstes ist. Und sobald ich mir sicher bin, ist es aus.»

«Und hast du dabei auch ein Wort mitzureden?»

«Manchmal bin ich sogar derjenige, der Schluss macht. Aber ich sehe es nie kommen. Und so was nennt sich Selbsterkenntnis.»

«Davon hast du mehr als ich», erwiderte ich.

«Gar nicht, du kennst dich vielleicht sogar zu gut. Du kannst dir alles einreden, und dann kann es dir keiner wieder ausreden.»

«Hast du deshalb nicht weiter nach Julian gefragt?»

«Ist Julian der böse Engländer?»

«Nenn ihn nicht so.»

«Er ist trotzdem ein Engländer.»

Ich gab zu, dass das den Tatsachen entsprach.

«Hör zu», sagte Tom, «ich kann dir keinen Rat geben.»

Ich wünschte, schon. Bei mir lief es ungefähr darauf hinaus: Ich bin froh, dass Julian keine Nähe will, und sauer auf ihn, weil er meine nicht sucht. Ich wohne umsonst bei ihm und beschwere mich darüber, was das mit uns anstellt. Ich hasse es, ihn zu brauchen, aber statt endlich mein Leben in die Hand zu nehmen, mache ich seine Spielchen mit, die genauso gut meine Spielchen sein könnten, weil ich gar nicht mehr so genau weiß, wer eigentlich damit angefangen hat.

Das hätte ich gern jemandem erzählt, und derjenige sollte entweder sagen: Ava, du verlangst zu viel, oder: Ava, wir haben alle unser Kreuz zu tragen, aber deins hat die meisten Nägel. Alles außer: Klingt kompliziert.

«Ich will dich nicht aufhalten», sagte ich.

Tom hatte sogar mehrere Eisen im Feuer.

Bei der Arbeit stellte ich mir all die Annehmlichkeiten vor, die mir in den Schoß fallen würden, wenn ich ein anderer Mensch wäre. Sobald ich mich dabei ertappte, mit offenen Augen zu träumen, listete ich zum Ausgleich Dinge auf, die ich an mir nicht mochte. Die Kinder schrieben Aufsatzgliederungen, und ich dachte: Plattfüße, plumpe Hände, tollpatschig, duckmäuserisch. Als Matthew Yim eine Frage stellte, fühlte ich mich unsanft gestört. Auf dem Poster an der Wand gegenüber stand LOKALE PRÄPOSITIONEN. Darunter hockten Frösche in verschiedenen Positionen: auf dem Tisch, unter dem Tisch. Ich dachte: käseweiß, feindselig gegenüber Menschen, die mir nichts als Freundlichkeit erwiesen haben, wahrscheinlich schlecht im Bett.

Im Lehrerzimmer unterhielten sich die anderen über adoptierte versus biologische Kinder. Ich warf ein: «Ich würde adoptieren. Ich würde keinem meinen Genpool zumuten wollen.»

«Och, sag doch so was nicht», meinte Madison aus Texas.

Auf die Liste kam noch: Humor erschließt sich nicht jedem.

In der dritten Dezemberwoche, am Tag vor Julians Rückkehr, schickte ich ihm eine Message.

> hey ich wollte mich noch dafür entschuldigen wie ich dich behandelt habe. ich hab mich dir gegenüber echt unnötig mies verhalten und rechtfertige das als gelebten sozialismus, obwohl es genau das nicht ist. ich will mich nicht selbst als schlimmen menschen bezeichnen, weil ich weiß dass ich das nur mache damit du es dann nicht mehr sagen kannst. aber es ist schön dich in meinem leben zu haben.

Das schickte ich auf dem Balkon ab. Wenn ich jetzt mein Handy über das Geländer schleuderte, würde ich nie erfahren, ob er zurückschrieb. Von oben sah der Innenhof vor der Lobby wie eine kleine Mosaikfliese aus. Ameisenmenschen führten ihre Lebensgeschichte mit demselben Grad an Selbstversunkenheit auf, mit der ich meine eigene erlebte.

Julian antwortete ein paar Stunden später.

> Danke für deine Nachricht. Ich weiß, dass dir das nicht leicht gefallen sein kann. Wir sehen uns morgen.

Das hätte alles heißen können, einschließlich dessen, was es vordergründig hieß.

Ich überraschte ihn am Flughafen. Die Ankunftshalle war riesig, doch er ragte heraus. Bei der Passkontrolle hatte er alles griffbereit, um keine Zeit zu verschwenden. Er begegnete meinem Blick schon von weitem. Ich flog ihm entgegen.

9

Kurz vor Weihnachten wurde es ruhiger in der Bank. Julian schien das zu missfallen. Sein Managing Director hatte finster angedeutet, dass Julian sich über seinen Bonus freuen würde, was entweder erste Sahne oder gar nichts verhieß. «Hengeveld ist ein sadistisches amerikanisches Arschloch», sagte Julian, «also sehr wahrscheinlich Letzteres.» Er machte keine Pläne, die von dem Geld abhingen, und war dann jedes Mal ratlos, was er damit anstellen sollte. Ich sagte, das müsse hart für ihn sein.

«Was sucht eigentlich das ‹amerikanisch› in dem Satz?», fragte ich.

Julian zog sein Jackett aus, warf es aufs Sofa und sich selbst hinterher, nach dem Motto: Erklären, bitte.

Ich sagte: «Es scheint dich mehr zu wurmen, wenn deine Vorgesetzten aus Amerika kommen.»

Julian erklärte, dass es da einen wichtigen Unterschied gebe. Wenn ein amerikanischer MD morgen früh etwas auf seinem Schreibtisch liegen haben wollte, sagte er, dass er es morgen früh auf seinem Schreibtisch liegen haben wollte. Dagegen sagte ein britischer, es sei nicht so dringend; morgen früh würde reichen.

An diesem Abend probierten wir es mal mit dem Kochen, wobei ich es so formulierte – lass es uns mal mit dem Kochen probieren –, damit Julian es als kulturelle Aktivität verstand, ungefähr wie einen Töpferkurs. Beim Gemüsehacken bemerkte er, dass er das auch beruflich machen würde, wenn es besser bezahlt wäre als bei der Bank. Ich fragte, ob er irgendwas nicht für Geld machen würde, und er meinte, nein, wahrscheinlich nicht.

«Ich sollte noch erwähnen», sagte er, «dass ich mich mit meinem Vater treffen muss.»

«Ist doch ganz normal», meinte ich. «An Weihnachten.»

«Nur, wenn ich Weihnachten mit Miles verbringen muss, du aber gern mit mir feiern würdest, heißt das, wir müssen beide hin.»

«Wieso nicht», sagte ich. «Ich würde ihn sehr gern kennenlernen.»

«Er wird dich mögen. Er verabscheut den ‹Neoliberalismus›, auch wenn ich nicht wüsste, dass er einen konkreten Begriff davon hat.»

Ich deckte Besteck und Weingläser ein. Nach dem Essen las er einen seiner viktorianischen Schinken und motivierte sich zum Aufhören, indem er eine Schachtel «besonders übler» chinesischer Zigaretten wegqualmte. Ich sah mir Sachen auf dem Handy an und teilte meine geistige Energie gleichmäßig auf zwischen a) Spekulationen darüber, ob die politische Gesinnung seines Vaters bedeutete, er fühle sich womöglich aufgrund latenter Daddy Issues zu mir hingezogen, und b) diesen normalen und natürlichen Gedankengang vor Julian zu verheimlichen. So sah unser Leben aus. Wir waren die Summe der Routinen, die wir um einander errichtet hatten.

Joan sagte, ich solle den Kindern Weihnachten in Irland nahebringen. Als ich meiner eigenen Schilderung so zuhörte, bekam ich plötzlich Zweifel, ob meine Familie wirklich so etwas machte. Ich sagte, die Leute gingen ins Geschäft und kauften sich einen Baum, und hatte das Gefühl, das sei alles nur frei erfunden.

Die Kinder zeigten kein Interesse. Joan sagte immer, ich solle meinen Mehrwert ausspielen und ihnen Sachen erzählen, die ein einheimischer Lehrer nicht wüsste. Aber es machte nicht den geringsten Unterschied. An Weihnachten schneie es manchmal, sagte ich, meistens jedoch nicht. Die Leute würden ins Meer hüpfen. Es sei sehr kalt. Aber es werde wärmer wie überall sonst, und die Weltmeere würden wahrscheinlich noch zu unseren Lebzeiten ansteigen und alles überschwemmen.

Diese Woche stand in jeder Stunde im Mittelpunkt, wer über die Ferien am weitesten wegfuhr – Mary Yeung nach Bangkok, Xiu Jiong Sun nach Sydney, Emmeline Fan nach New York. Manche besuchten ihre Familie. Andere hielten sich an das unverbrüchliche Prinzip, dass von Reichen keine Sesshaftigkeit zu erwarten war.

Als wir an dem Abend zumachten, schimpfte Joan über eine Mutter aus Peking, die den Unterrichtsprospekt in Kurz- und Langzeichen haben wollte. Zwischendurch nagte sie an Fischbällchen auf einem Bambusspieß. Ich sah eine Chance, mit Joan zu bonden, und erzählte ihr, dass es über die irische Orthographie ähnliche Debatten gegeben hatte. Sie setzte ihr Schälchen ab und fragte, welche jetzt die gültige sei. Ich sagte, die vereinfachte, und Joan kaute weiter. Sie hegte in vielerlei Hinsicht einen Groll gegen Festlandchina. In Bezug auf Hongkongs politische Autonomie mochte das noch in einem gewissen Verhältnis stehen, in Bezug auf die Touristen eher weniger.

Am letzten Tag vor den Ferien sagte sie, ich sollte an Weihnachten meine Mutter anrufen.

«Mache ich», sagte ich.

«Es ist wichtig.»

«Sie haben recht, Joan.»

«Mütter sind wichtig.»

«Stimmt.»

10

Miles plauderte mit dem Kellner auf Kantonesisch. Hin und wieder deutete er dabei auf einen von uns, während Julian seine Mails auf dem Handy aktualisierte.

Es war Heiligabend. Wir hatten uns in der Aufzugslobby an der Percival Street getroffen. Das Hochhaus hatte dreißig Stockwerke und mindestens genauso viele Restaurants. Die Einrichtung des Lokals, in das wir gingen, bestand aus einer dunklen Holzvertäfelung, Papiertrennwänden und runden Mahagonitischchen. Miles' Gespräch mit dem Kellner hatte damit angefangen, gemeinsam vegetarische Optionen für mich auszuloten, doch ich hatte den Verdacht, dass sie vom Thema abgekommen waren.

«Mit Einheimischen würde er sich nie so lange abgeben», sagte Julian, nachdem der Kellner gegangen war. «Er will klarmachen, wie gut er mit Gweilos kann.»

«Oder vielleicht war er auch nur nett», sagte Miles. Er war dreiundsechzig, hatte Julian gesagt. Wie sein Sohn trug er am liebsten Hemden. Anders als Julians hatten seine Nadelstreifen und mussten gebügelt werden.

In der Bahn auf der Hinfahrt hatte Julian mich ermahnt, ich solle unsere Beziehung nicht zur Sprache bringen. «Sag einfach nichts», fuhr er fort. «Es wäre nicht das einzige Proboscideum im Raum.» Ich hatte erwidert: «Warum sagst du es ihm nicht einfach? Das macht einen Elefanten weniger, falls ‹Proboscideum› irgendso ein großkotziger lateinischer Witz sein soll.» Julian meinte: «Ich will nicht, dass er es weiß. Und außerdem ist ‹Proboscideum› kein großkotziger lateinischer, sondern großkotziger taxonomischer Witz.» Ich hatte entgegnet: «Aber du hast gesagt, dass er es schon weiß.» Und Julian hatte gesagt: «Stimmt. Ich kann auch damit leben, wenn es sein muss. Ich will es nur nicht.»

Ahnung von Latein, Ahnung von Taxonomie, mit genug Intellekt gesegnet, um es zu verschmerzen, wenn man ihn großkotzig nannte, vorausgesetzt, man konnte es mit seiner Vorliebe für Hänseleien von Frauen aufnehmen. Für mich war das kein Spaß. Ich fand auch die Formulierung «seine Vorliebe für Hänseleien von Frauen» grammatisch interessant. Manchmal kam es mir vor, Julian habe es zum einen z. B. so eingerichtet, dass sein Vater mich kennenlernte, es aber zum anderen dann so hingedreht, dass er dabei nach wie vor als der Distanziertere dastand – und Distanz war etwas, das ich, wie er wusste, zugleich wollte und nicht wollte, und was er als Zuckerbrot bzw. Peitsche zu diesen widersprüchlichen Ebenen des Verlangens hochspielte, doch darüber konnten sich die Historiker noch die Köpfe zerbrechen, wenn wir längst tot und interessant waren.

Der Kellner kehrte mit drei Gläsern heißem Wasser zurück. «Erzähl mal, Ava», sagte Miles, «was sagst du zur Wahl?»

«Der in Hongkong?», fragte ich.

«Ja, genau, für den Regierungschef im März.»

«Hör auf, sie in die Mangel zu nehmen», warf Julian ein. «Das sind doch sowieso alles Festlandmarionetten.»

Ich hätte dankbar sein sollen, war es aber nicht. Dachte er, ich würde mit Miles nicht fertig? Zufällig kannte ich keinen einzigen Kandidaten, aber das wusste Julian ja nicht.

«Na schön, aber du, Julian?», sagte Miles. «Lam oder Tsang? Da du ja weiß Gott nicht auf den Underdog setzen wirst.»

«Stimmt nicht. Ich war bis zuletzt auf Blairs Seite.»

«Und von Anfang an gegen Corbyn.»

«Ich will gern zugeben, dass ich ein Vorurteil gegen gefährliche Irre an der Parteispitze hege.»

«Denk an meine Worte, Ava», sagte Miles. «Das Einzige, was schlimmer ist als ein politisch gemäßigter Dad, ist ein politisch gemäßigter Sohn.»

«Wie viel zahlt die Uni eigentlich ihren Reinigungskräften, Miles?», fragte Julian.

«Beschämend wenig», sagte Miles. «Beinahe könnte man meinen, dass gesellschaftlich relevante Arbeit im Kapitalismus nicht gerecht entlohnt wird.»

«Ich frage mich ja, was mehr Jobs schafft – dass ich Kapital dorthin lenke, wo es das Wachstum am meisten ankurbelt, oder dass du darüber Bücher schreibst, inwiefern mich das zu einem bourgeoisen Schmarotzer macht.»

«Die Bücher auf jeden Fall. Scharen von *Guardian*-Fritzen halten sich gerade eben damit über Wasser, so zu tun, als hätten sie sie gelesen.»

«Wogegen ich sie umsonst lese», sagte Julian. «Vielleicht bin ich hier ja der Kommunist.»

Miles wendete sich mir zu. «Was hat dich nach Hongkong geführt, Ava?», fragte er.

Ich sagte: «Ich arbeite als Lehrerin.» Ich versuchte, meine Stäbchen auf dem Rand der Schüssel abzulegen, ehe mir ein kleine hölzerne Ablage zu diesem Zweck auffiel. Ich stand immer auf dem Schlauch, wenn mir jemand unverkennbar eine

Frage stellte, um mich in die Unterhaltung einzubeziehen. Wie ausführlich konnte ich antworten, ohne dessen Großzügigkeit überzustrapazieren?

Miles fragte: «Lehrerin für was?»

«Englisch.»

«Sag ihr, was du über Irland denkst», meinte Julian. «Das wird ihr gefallen.»

«Zuerst würde ich gern hören», erwiderte Miles, «was du denkst, dass ich über Irland denke.»

Julian sagte: «Etwa nicht, dass die Unabhängigkeit pure Zeitverschwendung war, weil der Freistaat den Übergang zum reinen Kommunismus noch nicht vollzogen hat?»

«Danke für das ‹noch›. Aber ich glaube nicht, dass das eins zu eins meine These wäre. Dagegen bin ich schon der Meinung, dass die Republik jene Sozialisten, die für sie gekämpft haben, verraten hat.»

«Wann hätten wir denn dann abziehen sollen?», fragte Julian. «Überall, wo die Briten später als aus Irland abmarschiert sind, war es für dich zu spät, in Irland dagegen zu früh.»

«Wann habe ich gesagt, dass es in Irland zu früh war?»

«Dir passt nicht, was nach unserem Rückzug passiert ist. Das einzige Alternativszenario wäre, länger zu bleiben.»

Miles pustete auf seinen Tee. «Dass du das als einziges Alternativszenario betrachtest», entgegnete er, «sagt mir alles, was ich über die historische Fakultät in Oxford wissen muss.»

«Ich glaube, mein ideologischer Starrsinn stammt von einem etwas früheren Einfluss», meinte Julian.

Danach sprachen sie eine Weile nicht mehr über Politik.

In der Wohnung war es kalt, als wir zurückkamen. Ich drehte die Heizung auf und kuschelte mich in eins der Fischgrätplaids. Julian fragte, was ich von Miles hielt. Ich sagte, ich möge ihn.

«Ich will dich ja nicht gegen ihn aufbringen», sagte Julian, «aber ich glaube, du solltest wissen, dass meine Eltern sich scheiden ließen, weil er eine Affäre hatte.»

Er hätte nicht gewollt, dass ich etwas Mitfühlendes sagte, deshalb schwieg ich. Seine Schuhe sahen verschrammt aus. Ich sagte ihm, er solle sie neben der Couch stehen lassen, damit ich sie morgen putzen konnte.

«Warum hat er dich nach Eton geschickt?», fragte ich.

Dass Eltern ihren Kindern so etwas antaten, war in meinen Augen in jedem Fall anormal, ganz besonders aber für einen marxistischen Vater.

«Das war Florence», sagte Julian. «Ein entscheidender Eskalationspunkt. Florence dachte, Miles wolle, ich zitiere, die Ausbildung ihres Sohnes auf dem Altar des Sozialismus opfern. Miles glaubte, Florence habe die Absicht, Zitat, mich in einer hermetischen bourgeoisen Blase gefangen zu halten. Besonders erschwerend kam hinzu, dass wir Anspruch auf ein Stipendium hatten und Miles es ungeheuer fand, das Geld jemandem wegzunehmen, der es wirklich brauchte.»

Und jetzt wisse ich alles über seine Familie, meinte er. Zumindest so viel wie er selbst, was wohl vergleichsweise wenig war.

Es handelte sich eindeutig um die Art von Enthüllung, die er augenblicklich bereuen würde, also bat ich ihn nicht, sie aufzudröseln.

11

Am ersten Weihnachtstag ging Julian mit Miles in die Kirche. Ich blieb im Bett und rief zu Hause an. Als er zurückkam, Bescherung: Halskette für mich, Brieftasche für ihn – so etwas schenkte man Kollegen beim Wichteln, wenn man durchblicken lassen wollte, dass man sich nicht an die Budgetgrenze gehalten hatte. Es war das erste Mal, dass ich ihm etwas gekauft hatte. Ich wurde das Gefühl nicht los, ich hätte um Erlaubnis fragen sollen.

Ralph und Victoria gaben ein Weihnachtsdinner. Ihre Wohnung hatte große, weiße Zimmer, einen langen Glastisch und – bemerkenswerterweise – genug Freunde, um sie vollzukriegen.

Victoria reichte Entencanapés und meinte, wie schade, dass Seb – Slaughters wars doch, oder Linklaters – und Jane – JP Morgan oder Morgan Stanley – nicht dabei seien, aber die Glücklichen, sie hätten schließlich Zeit, heimzufliegen. Dem entnahmen wir, dass Ralph und Victoria wichtiger als Morgans und Slaughters und Linklaters waren und wir auch, sonst wären wir jetzt bei unserer Familie und nicht in Hongkong, und dass Seb und Jane andernfalls auch gekommen wären. Vor lauter festlicher Stimmung war Victoria offenbar ganz davon abgekommen, uns, ihren Gästen, zu versichern, dass wir ja ebenfalls ach so viel zu tun hatten.

Oder aber man war ich und hatte kein Geld für den Heimflug.

Ich nahm mir kein Canapé. «Halten wir uns gerade zurück, Ava?», meinte Victoria. Das Temporaladverb sprach Bände.

«Ich bin Vegetarierin», sagte ich.

Victoria hatte große Zähne. Damit zu lächeln, ohne den Leuten Angst einzujagen, war eine echte Herausforderung, weshalb Victoria dauernd lächelte.

Nach dem Essen taten alle so, als ob es sich um eine der lärmigen Weihnachtsfeiern handelte, die man eigentlich eine Woche früher macht. Das war einfacher, als Familie zu spielen. Ralph ließ eine Jazz-Playlist laufen und erzählte bei jedem neuen Song allen, die es wissen wollten, wie schade es sei, dass der jeweilige Künstler so jung gestorben war.

Victoria führte mich zu ihrem «anderen» irischen Freund, als hätte sie uns jeweils auf Anfrage des anderen hin importiert. «Eine der deinen, Oisín», sagte sie, und er sah sie an, als hätte sie ihm gerade mit Buntstift verfasste Adoptionspapiere in die Hand gedrückt. Er ließ früh fallen, dass er an der Gonzaga studiert hatte. Er war ein reicher Ire, hatte lieber Vermögendsein mit Victoria gemein als Irland mit mir und ärgerte sich über uns beide, weil wir seine Illusion zerstörten, dass Victoria es auch so empfand. Sein Mund sagte, es sei toll, in der Fremde eine Landsmännin zu treffen, während seine Augen sagten: Versau mir das bloß nicht.

Ich zog zwei Engländer, die ich von früheren Runden her kannte, als Puffer hinzu. So konnte Oisín mich mögen. Sie mochten mich alle drei, und ich hatte genug Wein intus, um so zu tun, als ob das auf Gegenseitigkeit beruhte.

Jemand sagte, Julian habe mich als «helles Köpfchen» bezeichnet. Ich verspürte den Drang, zu Julian zu rennen, zu ihm aufzuschauen und zu sagen: Helles Köpfchen, und zwar so genüsslich, wie ich Victorias Wein trank, weil er für mich kostenlos war. Dann hätte er mich für immer in der Hand. Ich konnte noch « – wenn man bedenkt» ergänzen, kostete aber lieber die ersten zwei Wörter aus, bis mir der Kopf davon schwirrte.

Victoria hatte uns stehen lassen und sich zu Julian am Fenster gesellt. Sie kicherte und quasselte beinahe ohne Unterlass, weshalb ich vermutete, dass sie über ihre eigenen Witze lachte.

Ich konnte jetzt nicht rübergehen. Er würde denken, ich vermisste mein Herrchen.

Unter Leuten redete Julian leise und langsam. Tatsächlich verriet seine unbekümmerte Lässigkeit die gleiche Anspruchshaltung wie Ralphs Geplärr – mehr noch, weil man bei ihm genauer hinhören musste –, aber es war beruhigender. Meine Stimme war normalerweise auch sanft, und manchmal dachte ich mir: Noch etwas leiser, und niemand kann uns hören.

«Sie war hackedicht», kreischte Victoria.

Ich wunderte mich, ob Victoria ein echter Mensch war oder drei Mitford-Schwestern unter einem langen Mantel.

«Ach wirklich», sagte Julian.

Die Typen um mich herum unterhielten sich über ihre Schulen. Als berufstätige Erwachsene fand ich das Thema nicht ganz so spannend, aber Briten waren fantasiebegabt und fanden Schule nicht nur interessant, sondern dass es das Interessanteste sei, was sie je im Leben gemacht hatten. Andrew war auf dem Radley College gewesen und Giles auf der Manchester Grammar. Giles witzelte, dass das ja so ziemlich dasselbe sei, wodurch mir aufging, dass Andrews Schule besser war.

Sie schwelgten in Rugby-Erinnerungen. Oisín klinkte sich ein, damit sie Bescheid wussten, dass Gonzaga auch spielte. Max kam dazu, wartete, zückte dann: Westminster.

Ich stand außerhalb ihrer Statussymbole. Niemand fragte, auf welche Schule ich gegangen war.

«Ziehen wir bisschen Schnee!», sagte Oisín.

Ein Engländer hätte das als höfliche Frage formuliert, aber so war die Sache wenigstens klar.

Ich lehnte ab; Julian würde das nicht gefallen. Er selbst kokste gelegentlich, sagte aber, ich hätte einen Hang zur Sucht. Ich freute mich zu sehr über das «helle Köpfchen», um ihm das an dem Abend nachzutragen, und speicherte es deshalb fürs nächste Mal ab, wenn ich ihn wieder ohne vernünftigen Grund hasste: Kontrolliert, was wir Frauen mit unseren Körpern anstellen, dachte ich zur Vorbereitung. Die Männer machten sich ans Kleinhacken, und ich ging auf die Toilette. Auf dem Rückweg stieß ich gegen einen anderen Typen, der kurz aufschaute, «Julians» murmelte – so wie man vielleicht «Stuhl» oder «Blumengesteck» sagt – und weiterstolperte.

Im roten Taxi nach Hause beschrieb ich ihn. Der Fahrer hatte sieben Handys diverser Baujahre ans Armaturenbrett angeschlossen. Julian sah meinen Blick und erklärte, dass damit Aufträge in der Warteschlange gehalten wurden. Daran, wie er meinen Namen in die Länge zog und unsere Finger drückte, als ich seine Hand hielt, merkte ich, dass er betrunken war. Dann fragte er: «War das Chris Marshall?» Ich sagte, ich wisse es nicht. Julian fuhr fort, es müsse Chris Marshall gewesen sein, jede Frau habe eine Chris-Marshall-Geschichte, und wenigstens kämen in meiner keine Hände vor. Ich wollte wissen, warum Chris eingeladen wurde, wenn er bestenfalls ein nichtgrabschender Sack sei, und Julian antwortete, er sei mit Will aufs Habs gegangen und auf die Bristol mit Ellie und deshalb könnten sie ihn schlecht außen vor lassen.

Kaum eins dieser Nomen sagte mir etwas, aber ich war auch nur plus eins gewesen.

Am nächsten Morgen schliefen wir miteinander, und eine Zeitlang fühlte ich mich warm und geborgen und verstanden. Ich zerkratzte ihn total und er nannte mich Tigerbaby, was ich mit gespielter Empörung quittierte, weil es mich so glücklich machte. Er streichelte über meine Haare, was ungewöhnlich für ihn war. Bei Victoria hätten mich alle gemocht, sagte er. Ich fragte mich, ob er so nett war, weil (üblicher Grund) seine Freunde mich vögeln wollten, (Feiertags-Special) ich einsam genug war, Weihnachten nicht nur mit furchtbaren Leuten zu verbringen, sondern auch noch dafür dankbar zu sein, dass sie mich duldeten, oder (schlaues Mädchen) ich schneller als sonst gekommen war und er an positive Verstärkung glaubte. Ich hätte ihm gerne gesagt, dass in einem Rahmen, in dem Zuneigung so sparsam eingesetzt wurde, ihre offensichtlicheren Formen zwangsläufig feindselig ausfielen. Pass auf, würde ich sagen, es ist wie englische Grammatik. Es ergibt keinen Sinn, aber für Veränderungen ist es zu spät. Wenn du mir Klamotten kaufst, bedeutet das, du würdest gern über meine Haare streicheln, und wenn du dann über meine Haare streichelst, bedeutet das, du willst, dass ich nach Sibirien auswandere und sterbe.

Dann sagte er, er würde zum Flughafen fahren. Er hätte Meetings in Bangkok. Ich fragte, wie irgendjemand ernstlich von ihm erwarten könnte, jetzt hinzufliegen, und er meinte, wenn Restaurants an Heiligabend aufhätten, könne er ja wohl auch am Boxing Day arbeiten. «Es heißt St Stephen's Day», sagte ich, und er sagte, nein, Boxing Day. Ich sagte, er sei auf dem falschen Dampfer. Er sagte, ich sei auf dem falschen Dampfer. Beinahe hätte ich ihn gebeten, zu bleiben, spürte aber das wachsende Verlangen, nie wieder aus diesem Bett aufzustehen, und zwar nie, niemals – kein Plan, den er wohl besonders gutheißen würde, weshalb ich schwieg.

12

JANUAR 2017

In der Woche darauf nahm Julian vom Flughafen ein Taxi zur Admiralty Station, wo wir uns verabredet hatten. Er trug einen Anzug. Ich hatte ein schwarzes Kleid an, was uns wie ein besonders piefiges Zwillingspaar aussehen ließ. Wir spazierten zwischen Springbrunnen und manikürten Hecken durch den Hong Kong Park zum LockCha Tea House. Ich fragte, wie es in Thailand laufe. Es klang, als würde ich mich häufiger danach erkundigen.

«So lala», sagte er. «Viele trauern noch um den König.»

Wir standen draußen vorm Eingang, damit er aufrauchen konnte. Ich sagte, ich wolle meinen Job kündigen.

«Gut», sagte er. «Die zahlen dir eh nicht genug.»

«Es geht nicht ums Geld.» Ich wollte gerade mit den Knöcheln knacken, als mir wieder einfiel, dass das schädlich sein soll. «Ich zahle auch Miete.»

«Mach dir deswegen keinen Stress, aber du brauchst einen Plan.»

Er drückte seine Zigarette aus, als wollte er sagen: Hier ist meiner zum Beispiel.

Drinnen gab es eine Speisekarte zum Ankreuzen. Julian betraute mich mit dem Stift, was für mich implizierte, rechtmäßig stünde er eigentlich ihm zu. Wir bestellten Huai Shan und Gojibeerensamen-Suppe, Salat aus gelben Gurken, Tofu-Dumplings und in Lotusblätter gewickelten Klebreis. Unser Grüntee kam, dann Dim Sum.

«Ich weiß immer noch nicht, was ich machen will», sagte ich. «Auf längere Sicht, meine ich.»

«Warum nicht Lehrerin werden? Wenn du dich fortbildest, ist es an einer echten Schule vielleicht gar nicht so übel.»

«Es schlaucht mich zu sehr», sagte ich.

Es wurde von einem erwartet, es bezaubernd zu finden, dass Kinder nur an sich selbst dachten. Vor allem bei Frauen sollte es den Wunsch nach einem eigenen wecken. Dabei würde es den Eltern mal unheimlich guttun, wenn ich ihnen sagen würde, dass ihr Kind in Wirklichkeit an einer Form der Selbstbezogenheit litt, die manche im Erwachsenenalter überwanden und manche nicht. Sie könnten sich die Risikofaktoren notieren: Einzelkind, männliches Einzelkind, männliches Einzelkind, das auf einer Privatschule war und dessen Eltern – zerrissen in ihren erklärten politischen Ansichten – diesem Kind alles gaben, bis es alt genug war, um sich selbst alles zu kaufen, ggf. einschließlich Fellatio, abhängig davon, wie ich mich in Bezug auf meine eigenen Motive fühlte. Doch nichts davon schien für Halbjahreszeugnisse wirklich eine Rolle zu spielen.

«Mein Traumberuf wäre Korrekturlesen», sagte ich Julian. «Brauchen Banken Korrektoren?»

«Das machen die Analysten.»

«Vielleicht könnte ich dann Analystin werden.»

«Das ist nicht deren einzige Aufgabe. Das sind Lakaien. Die Hälfte der Zeit machen die Zeug, das ich schneller selbst erledigen könnte, aber man kann keine Handlangerjobs machen, wenn man seniorer ist. Das wäre unangebracht.»

«Und da haben wir die berühmte Logik des Kapitalismus.»

«Ein waschechter Miles. Iss deine Suppe.»

Julian ermahnte mich häufig, zu essen. Dann musste er sich nicht so schlecht dafür fühlen, dass er auf mein Dünnsein stand.

Wir arbeiteten uns durch das Dim Sum. Traditionell stellte man alles in die Mitte und teilte, aber manches war nicht nach Julians Geschmack, weshalb wir uns die Gerichte einzeln auftaten. Er sagte, es sei ihm egal, dass es kein Fleisch gab, nur sollte etwas Eiweißreiches dabei sein. Ich zeigte auf den Tofu, und er erklärte, er meinte etwas, das nicht aus Soja sei.

Als wir aufgegessen hatten, sagte Julian: «Ich erinnere mich daran, als ich dich zum ersten Mal gesehen habe. Du bist so vorsichtig in deinen High Heels gelaufen. Ich habe mich gefragt: Was macht diese schüchterne Person nur mit so vielen Haaren?»

«Das ist ein guter Satz. Hast du ihn vorher geübt?»

«Es gab mehrere Entwürfe. Ich habe auf dem Rückflug ein paar Kommas gestrichen.»

«So viele Haare habe ich jetzt auch nicht», sagte ich. «Nicht im Vergleich zu Victoria. Und die meisten finden auch nicht mehr, dass ich schüchtern bin.»

«Stimmt. Seb findet, du bist, Zitat, temperamentvoll.»

«Ich habe das Gefühl, ‹temperamentvoll› ist eins dieser Wörter, mit denen man jemanden nicht buchstäblich sexy nennt, aber trotzdem jeder weiß, das ist gemeint. Wer ist noch mal Seb?»

«Ungepflegte Matte. Juristerei.»

«Hach, Seb. Ich hatte mich schon über die Freundschaftsanfrage gewundert.»

Das waren glückliche Zeiten. Julian hatte mir Komplimente sowohl zu meinem bezaubernden Äußeren als auch dem Inneren gemacht, das nur die Schlauen sahen. Wir wussten, dass ich tiefgründig war, Außenstehende dagegen nicht. Das machte uns zu etwas Besserem oder zumindest anders, was uns aufgrund unserer Verachtung für jene trotzdem zu etwas Besserem machte. Und das i-Tüpfelchen: Wir waren attraktiv – ich, weil Hach-Seb mich mochte, und Julian, weil warum sollte jemand, den Hach-Seb mochte, mit jemandem zusammen sein, der nicht so umwerfend war wie Hach-Seb –, obgleich Julians Dazutun uns einmal mehr klar machte, dass wir eine letztlich leere emotionale Transaktion abwickelten, in der das Wort «hach» vorkam. Die ganze Zeit sprach Julian so mit mir, wie es einem reservierten Menschen recht gewesen wäre, was mir sagte, dass ich ihn, wenn schon nicht mich selbst, davon überzeugt hatte, dass ich so jemand war. Und ich tat ihm den Gefallen auch.

Solche fliegenden Wechsel gelangen uns nicht immer, aber wenn doch, war es magisch.

«Übrigens», sagte ich, «will Victoria was von dir.»

«Zu viel Haare.»

Wie jedes Rückhandspiel, bei dem Profis gegen Profis antreten, sah es kinderleicht aus.

Ich wusste, wo wir standen. Angeblich kommen gute Menschen am Ende immer zu Geld, und ich wollte gut sein, weshalb sich Julians Nullen anfühlten, als wären sie von Dauer. Das war was anderes, als zu glauben, er oder unsere Beziehung seien es. Ich aß meine Suppe.

Auf dem Heimweg bot er mir eine Zigarette an. Ich sagte, ich hätte schon genug eigene Probleme, um mir auch seins noch zur Gesellschaft aufzuhalsen. «Gesellschaft für deine anderen Probleme oder Gesellschaft für mich in meiner Nikotinabhängigkeit?», meinte er, und ich entgegnete lächelnd, damit er wusste, dass das Irisch für Herzlichkeit war: «Leck mich.» Ich fühlte mich fürsorglich, wenn er rauchte. Was keinen Sinn ergab, wo er doch meine Lebenserwartung verkürzte, aber seine eigene setzte er vermutlich noch mehr aufs Spiel.

Manchmal dachte ich, ich würde Julian um Jahrzehnte überleben. Dann würde ich ihn der Nachwelt erklären. Zu der Zeit trugen Männer Anzüge, würde ich sagen. Sie verdienten mehr als Frauen. In Irland kriegte man fünf Jahre für Vergewaltigung, vierzehn, wenn man den Fötus des Vergewaltigers abtrieb, und lebenslang in den Laundries, weil man vergewaltigt worden war, und eine gab es immer noch, als man geboren wurde. An nichts davon waren die Männer, mit denen man vögelte, unmittelbar schuld, aber es hatte Auswirkungen darauf, wie man an die Sache heranging, vor allem in Dublin, wo man sie womöglich um Geld bitten musste. Niemand konnte mit dieser Rechnung im Hinterkopf anfangen, Sex zu haben, und nicht permanent daran denken, auch wenn nicht alle Frauen deshalb gleich mit Bankern bumsten.

Es gab andere Gründe, ihn zu mögen, darunter manche sogar unschuldig und rein, z. B. sein trockener Humor und seine Einschätzung (die man teilte), dass ihr beide um Längen smarter wart als alle anderen in eurem Bekanntenkreis. Jedes Paar denkt so etwas von sich selbst, aber man hoffte zu ihrem eigenen Besten, dass sie sich sonst eher nicht in dieser Beziehung wiederfanden, weil man selbst sich mit dem Großteil davon nicht identifizieren wollte, und dabei stellte man ja die Hälfte dieses Paares. Wenn man mathematisch betrachtet nicht der «Großteil» eines Paares – wie in über 50 Prozent einer zwei Personen umfassenden Einheit – sein wollte, sprach das nicht gerade für die eigene Selbstliebe. Man war erfolgreich verpaarte, gestörte Individuen, wie die Arche Noah für Soziopathen. Oder auch wohlmeinende, wenn auch unvollkommene Menschen, denen ungewöhnlich knapp bemessene emotionale Reserven zur Verfügung standen. Geld auszugeben und mit Männern zu können fiel einem leichter als echte Großzügigkeit.

An der eigenen performativen Reserviertheit war mehr dran als das Abtreibungsverbot, aber es ließ einen auch nicht los, nachdem man Irland verlassen hatte. Man hatte Angst, wenn Männer in einem kamen – auch wenn man nicht sicher war, ob es allen Irinnen so ging oder nur einem selbst –, und manchmal fragte man, willst du in meinem Mund kommen, weil man trotz allem immer noch das Gefühl hatte, dass man es ihm irgendwie schuldete. Wenn man selbst kam, fürchtete man gegen jede biologische Gewissheit, dass damit das Urteil gefällt sein könnte. Man wusste, wenn man das vor ihm auch nur andeutete, würde er gerade so viel begreifen, dass es ihm das Herz brach, doch zu wissen, wie wenig er aushielt, bevor es dazu kam, würde einen auch selbst brechen. Man war ironisch ihm gegenüber, und auch sich selbst. Es war krass.

13

Anfang Januar ging die Schule wieder los. Madison aus Texas quatschte mich zur Begrüßung mit ihrem Neues-Jahr-neues-Ich-Fitnessplan voll. «Ich werde ich sein, nur schlimmer», sagte ich.

«Ich glaube, langsam verstehe ich, wie du tickst», sagte sie und lachte aufgesetzt. Doch ich hatte es ernst gemeint.

Ich war stiller und stiller, mein Widerwille unverhohlener, und es wurde klarer denn je, dass die anderen Lehrer mich komisch fanden. Das hatte ich schon so oft, in so vielen verschiedenen Zusammenhängen, gehört, dass es mir inzwischen tröstlich vorkam. Es spielt keine Rolle, ob etwas gut oder schlecht ist, dachte ich. Es kann einem ganz egal sein, wenn alle sich nur einig sind. Der allgemeine Konsens macht es wahr, und die Wahrheit fühlt sich sicher an.

Was ihnen hauptsächlich komisch vorkam, war, wie ich meine Mittagspause verbrachte. Da ging ich raus, sorgsam darauf bedacht, keine Minuten zu klauen, und kam gerade rechtzeitig wieder zum Unterricht zurück. Die Wände des Lehrerzimmers waren dünn. Ich hörte Scott aus Arkansas fragen: Wohin verschwindet sie eigentlich immer? In der Hoffnung, die Baristas würden mich nicht eines Tages wiedererkennen, ging ich abwechselnd zu Starbucks und Pacific Coffee. Nichts daran kam mir seltsam vor. Aber das Murren meiner Kollegen gab mir das Gefühl, dass sie womöglich recht hatten und das Ganze nur zeigte, dass mit mir irgendwas nicht in Ordnung war.

Auch Victoria fand mich komisch. An Wochenenden suchten wir krampfhaft nach Themen, für die wir uns beide interessierten, während die Männer über Dinge wie Englands Sieg gegen Wales diskutierten. (Julian bezeichnete das Ergebnis als «wichtig, ja maßgeblich» und erntete eifriges Nicken; erzählte mir dann später, er glaube, sei aber nicht sicher, dass es um Rugby gegangen sei.) Wenn sie betrunken war, gingen wir auf die Toilette. Sie betrachtete sich gern im Spiegel. Sie hatte viele Haare. Schicki-Mädchen hatten mehr als ich, aber oft genug stammte es von einem fremden Kopf.

«Ich würde ja mit Julian ficken», sagte sie eines Samstagabends.

Ich meinte: «Okay.»

Ich fragte mich, ob ihre Kopfhaut wohl von den angeklebten fremden Haaren juckte.

«Glaubst du, er würde mit mir ficken?», fragte sie.

«Weiß ich nicht. Kann sein.»

«Du musst doch irgendeine Meinung dazu haben.»

Ich hielt meine Hände, als wiegte ich eine unsichtbare Meinung, deren Gewicht ich dennoch fühlen konnte. «Ich hab's dir doch gesagt», erwiderte ich, «ich weiß es nicht.»

«Er hat es nie versucht», meinte Victoria. «Keine Ahnung, ob er mich ficken würde.»

«Ich bin dafür nicht die geeignetste Ansprechpartnerin.»

«Du fickst mit ihm. Das muss dir doch irgendeinen Anhaltspunkt liefern, wen er sonst ficken würde.»

«Nein», sagte ich, «wirklich nicht.»

Sie sagte, es sei traurig, dass Julian und ich nicht zusammen seien. Über Kat komme man ja offenbar nur schwer hinweg. Wenn er so weit sei, würde er schon jemanden finden. Es sei nett von mir, so lange die Lücke zu füllen.

Wenn ich sie an den Haaren zog, würden ihre eigenen wohl dran bleiben und nur die Extensions von fremden Köpfen abgehen, oder würde alles runterkommen, wenn ich nur fest genug riss?

Es herrschte trübes Erkältungswetter. Joan hatte gesagt, ich sollte bei Regen meinen Kopf bedecken, oder ich würde Säure auf meine Haut bekommen. Sie behauptete, dass die bösen Chemikalien alle aus China hereinwehten, aber man konnte sie auf der Straße in den Abgasen von Lkws und haltenden Bussen riechen. Ich lud mir eine App herunter, die jeden Morgen die Luftqualität anzeigte. Ein glückliches Gesicht bedeutete, es war sicher, ein ausdrucksloses, dass die gesundheitlichen Risiken mäßig waren, und ein böses, man solle besser im Haus bleiben. Nach sieben bösen Gesichtern in Folge löschte ich die App wieder. Diese Negativität konnte ich nicht brauchen.

Julian fragte, ob ich Heimweh hätte. Ich sagte, nicht alle Iren seien so provinziell.

«Es ist normal, dass man seine Familie vermisst», meinte er.

Ich sagte, eben deshalb täte ich es nicht.

Das Problem mit meinem Körper war, dass ich ihn mit mir herumschleppen musste. An Metrostationen suchte ich mir meinen Weg um andere Füße, als wären es Dornensträucher. Auch Ratten lebten am Boden. Julian sagte, gut, dass wir in einem Stockwerk weit oben wohnten, wo keine Kakerlaken hinkämen. Aber man musste jeden Tag hinuntersteigen, um ein Teil der Welt zu sein.

Von seiner Wohnung auf halber Höhe des Berges sah ich Hochhäuser wie gezackte Computerteile, giftige Bäume – grünstichig, nicht grün – und für Tennisplätze planierte Rechtecke. Ich sah aus meinem Fenster und sagte mir: Es ist okay, wenn ich es belastend finde, dass sich mein ganzes Leben um jemanden dreht, dem ich nicht besonders viel bedeute. Das ist eine zulässige Erfahrung.

Obwohl ich meinen Job hasste und mich oft darüber beklagte, hatte ich immer noch nicht gekündigt. Julian meinte, ich solle mich entspannen. Ich sagte, ich würde die Miete, die ich ihm schulde, komplett zurückzahlen, und er sagte, ich solle mir deswegen keine Gedanken machen. Ich wäre besser dran, wenn ich auf die Anzahlung für eine Hypothek sparte. Er wollte das eigentlich selbst schon die ganze Zeit machen.

«Das ist jetzt nur meine persönliche Meinung», sagte ich, «aber vielleicht würde es helfen, wenn du das Geld, das andere dir anbieten, auch annimmst.»

«Wenn du Miete zahlen willst, bitte schön.»

Zwischen seinen Sätzen tippte er auf dem Laptop. Sich mit mir zu unterhalten verlangte Julian so wenig ab, dass ihm langweilig werden würde, wenn er dem seine ganze Aufmerksamkeit gewidmet hätte. Ich wusste, ich verachtete ihn – nicht zuletzt weil ich mir sehr im Klaren darüber war, dass ich, wenn er mir befohlen hätte, von einer Brücke zu springen, bloß fragen würde: Golden Gate oder Sydney Harbour? –, doch jetzt fuhr mir durch den Sinn, ob ich ihn nicht womöglich auch hasste.

«Stimmt was nicht, Ava?»

«Hättest du gern, dass ich auf dich angewiesen bin?», fragte ich. «Damit du mehr Macht in der Beziehung hast.»

«Ich glaube nicht, dass einer in dieser Beziehung Macht hat.

Jeder von uns kann es ganz einfach wieder beenden, also ist man nicht so krass in der Zange, oder?»

«Aber ich kann es nicht so einfach beenden. Ich müsste mir eine neue Wohnung suchen.»

«Vermutlich schon», sagte er.

Schwer zu sagen, ob er nur bluffte, ob es ihm wirklich egal war, wenn ich ging. Dass er so überzeugend bluffen konnte, war schlimm genug. Wer würde mir schon glauben, wenn ich sagte, es mache keinen Unterschied, ob ich bei ihm oder in einem versifften Airbnb wohnte? Klar, würde ich sagen, es ist mir total egal, ob ein Großteil meines Einkommens dafür draufgeht, ein winziges Zimmer bei Leuten zu mieten, die mich hassen. Das liegt ganz im Auge des Betrachters. Ich kann weiche Handtücher und Fünf-Sterne-Dinner haben oder jeden Morgen auf meiner Fensterbank die Kakerlaken zählen, die dort nachts krepiert sind. Beides war nicht drin, und über Geschmack lässt sich nicht streiten.

Ich sagte, er sei nicht immer nett zu mir. Er fragte nach nur einem einzigen Beispiel. Ich erwiderte, so eine Reaktion sei genau das, was ich meine.

«Du bist auch nicht gerade Franz von Assisi», sagte er.

«Würdest du mich bitte ansehen, wenn du so etwas sagst.»

«Ich will mich nicht streiten.»

«Es wäre kein Streit, wenn du mich ansehen würdest.»

«Vergiss es, Ava.»

«Das kannst du nicht einfach so sagen und dann erwarten, dass ich nichts erwidere.»

«Ich habe gesagt, du bist nicht Franz von Assisi. Und du kriegst es irgendwie hin, diese Feststellung anzuzweifeln.»

«Warum bist du so herablassend?»

«Es gibt Leute, bei denen bietet sich das an.»

Ich ging zu seinem Bücherschrank und strich über die eingerissenen Buchrücken. Sie zeugten, zweifellos bestätigt durch Fingerabdrücke, davon, an welchen Stellen er innegehalten hatte. Ich fragte mich, wo ich wohl DNA-Spuren in der Wohnung hinterlassen hatte. Nicht auf seinem Laptop – der war zu wichtig –, aber überall in der Küche, und auf seinen Klamotten vom Bügeln und seinem Schlafzimmerteppich vom Draufknien. Männer. Meine Zellen waren auch auf den Büchern, aber nur vom Umräumen. Ich hatte die Autoren, die er bewunderte, nie gelesen. Er würde lachen, wenn ich es versuchte. Wahrscheinlich lachte er jedes Mal in sich hinein, wenn ich was sagte.

«Könntest du vielleicht auch woanders schmollen?», sagte Julian. «Ich habe morgen eine Präsentation.»

«Es ist auch meine Wohnung.»

«Dann sind meine Kreditkarten wohl auch deine Kreditkarten. Da deine Definition von Besitz darin besteht, dass du etwas benutzt und mir nichts zurückzahlst.»

«Ich zahle dir Miete. Ich will Miete zahlen.»

«Ich weiß nicht, was du willst», sagte er.

Wir sprachen sechs Tage lang kein Wort. Ich blieb in meinem Zimmer, um ihm aus dem Weg zu gehen, was bedeutete, dass ich nichts essen konnte und aus dem Wasserhahn in meinem Bad trinken musste. Mein Gehalt war spät dran. Weil ich umsonst wohnte, hatte ich Geld auf die Seite gelegt, es aber als Notgroschen betrachtet, und bei dem Gedanken, es anzutasten, wurde mir mulmig. Aber dann holte ich mir mit mechanischer Strenge einen Kaffee nach dem andern und notierte bis auf den Cent genau, wie viel das kostete. Offensichtlich war das die Zukunft, für die ich gespart hatte.

Außerdem ging ich shoppen, wie um zu sagen: Er denkt, er ist wer weiß wie clever, wenn er mir was kauft, dabei kann ich mir genauso gut selbst was kaufen. Bei Topshop probierte ich eklige Synthetics an und dachte: *Dieses Zeug ist so grässlich wie nötig.* Dabei fiel mir wieder ein, wie ich als Teenager geklaut hatte. Damals hatte ich mir die Taschen vollgestopft und die Sachen zu Hause auf dem Bett ausgebreitet, ohne im Mindesten nachvollziehen zu können, warum ich für lila Lippenstift eine Vorstrafe riskierte. Er passte nicht mal zu meinem Hauttyp.

Mam erkundigte sich, wie es mir ging. Ich tippte: Ich bin sehr unglücklich. Dazu wurden mir drei verschiedene negative Emojis vorgeschlagen. Ich tippte eins an, worauf «unglücklich» durch ein trauriges Gesicht ersetzt wurde. Dann löschte ich, was ich geschrieben hatte, und textete zurück, dass alles okay sei.

Am siebten Tag entschuldigte ich mich bei Julian. Er meinte, schon gut.

14

Ich suchte im Internet nach WGs. Ende Januar ging ich auf Besichtigungen. Ein Zimmer, das die Hälfte meines Gehalts kosten sollte, war das Gemeinschaftszimmer, aber kein separates – der Raum, den man betrat, wenn man die Wohnungstür öffnete. Die Mitbewohner erklärten, die Miete sei so niedrig, weil ihnen klar sei, dass meine Privatsphäre durch diese Regelung beeinträchtigt werden könne – wobei es, merkten sie an, einen Vorhang gab, den man abends um das Bett herumziehen konnte, was sie mir auch demonstrierten. Ich hatte das Gefühl, dass der technische Aspekt nicht das Hauptproblem an der Sache war, und probierte es dennoch tapfer aus. Zwei Stunden später schrieben sie mir, dass das Mädchen, dem sie vor mir die Wohnung gezeigt hatten, das Zimmer gerade genommen habe – tut uns echt leid, aber der Markt ist eben schnelllebig.

Ich dachte an Emily und Freya und den schalen Geschmack im Mund morgens, wenn ich mir die Zähne nicht putzen konnte. Und dann der Geruch in meinem alten Zimmer: feuchte Wäsche und irgendwas Verhängnisvolles aus den Rissen an der Wand. Manchmal, wenn ich im Bett lag und mich vor meinen Mitbewohnerinnen versteckte, starrte ich diese Bruchlinien an, bis sie sich vor meinen Augen immer weiter ausbreiteten. Ich sah die Wand einstürzen, hörte die Schreie.

Ein paar Tage nachdem ich mich entschuldigt hatte, es war schon sehr spät und sehr dunkel, sagte Julian, er sei einsam gewesen, bevor ich zu ihm gezogen sei. Ihm sei nicht immer nach Feiern zumute, aber es gebe kaum etwas anderes, das seine Freunde gern machten. Und in einer Gruppe könne man sich nicht richtig unterhalten. Er mochte es, dass jetzt jemand zu Hause war.

«Nur Pech, dass du es bist», fügte er hinzu. Das musste ja sein.

Meine Achtjährigen beherrschten Präpositionen und waren jetzt bei Fragewörtern. Wir sagten sie wie aus der Pistole geschossen auf: Wer was wann wo warum. Die meisten Engländer sprachen *what* wie *wot* aus, aber Schriftsteller schrieben nur dann *wot*, wenn die Figur arm war. Manchmal sagte ich *wot*, aber bei meinen Eltern sprach ich es wie sie aus: *hwot*. Zu Churchills Zeiten war das korrekt gewesen, aber heutzutage, da ein Torie-Chef nicht so redete, wirkte es aufgesetzt. Selbst die Queen sprach, vermutlich auf Geheiß irgendeines quengelnden PR-Beraters hin, das H nicht mehr mit. Das irische Englisch behielt manches bei, dem die Briten abgeschworen hatten. *Tings* war falsch, man musste beim Anlaut atmen – *things* –, aber wenn man *what* behauchte, war das kurios. Wenn Iren nicht aspirierten, Engländer aber schon, hatten Letztere recht; doch wenn wir es taten und sie nicht, behielten sie trotzdem recht. Engländer brachten uns Englisch bei, um uns zu lehren, dass sie das Recht auf ihrer Seite hatten.

Dasselbe trichterte ich meinen Schülern in Bezug auf Weiße ein. Wenn ich ihnen etwas sagte, ihre philippinische Nanny zu

Hause aber etwas anderes, sollten sie auf mich hören. Einmal bedankte sich Francie Suens Mutter für meine wöchentliche Stunde. Lächelnd nahm ich ihre Lobeshymne entgegen, fragte aber nie, ob sie das nicht auch der Haushaltshilfe zugute halten sollte, die täglich mit Francie Englisch sprach. Anhand von Stellenanzeigen in Expat-Foren schätzte ich, dass sie vielleicht ein Viertel von dem bekam, was ich verdiente. Jemand hatte in dem Forum die Frage gepostet, wie Kinder die Hausangestellten nennen sollten. Die Eltern wussten, dass «Auntie» weit verbreitet war, fürchteten aber, dass ihre Kinder, wenn sie die Haushaltshilfe so nannten und später feuerten, denken würden, anderen Familienmitgliedern könnte es ebenso ergehen.

Den Angestellten war es verboten, an Urlaubstagen im Haus zu bleiben. Auf diese Weise stellte die Regierung sicher, dass sie wirklich frei hatten. Sie hatten nicht genug Geld, um woanders hinzugehen, darum saßen sie auf Pappkartons im Park und auf Bürgersteigen herum.

Eltern nahmen ihrem Personal sechzehn Stunden des Tages und beschwerten sich dann, wenn ich drei Minuten zu spät mit dem Unterricht anfing. Als Joan mir vorwarf, Zeit zu stehlen, dachte ich: Ja, und Chefs etwa nicht?

Auf Instagram kombinierten Leute Beziehungsweisheiten mit Landschaften und Touri-Schnappschüssen. In großen weißen Blockbuchstaben neben einer Bergziege: CHASE DREAMS, NOT PEOPLE. Über dem Kreml: I WANT A BOY WHO KISSES ME LIKE I'M OXYGEN.

Seit unserem Streit lief in meinem Kopf eine Bestandsaufnahme von Dingen, die Julian tat und über die ich mich freute. Er lachte über meine Witze und ich vermerkte: Er gibt zu, dass ich zur Ironie fähig bin. Weil nichts an mir besonders war, hatte ich das irrationale Gefühl, er würde mich als Einziger je verstehen.

«Du bist so blass», sagte er.

«Tut mir leid.»

«Das war ein Kompliment.»

«Tut mir leid.»

Ob mich wohl in Dublin jemand gemocht hatte? Mam, Tom, eventuell Dad. Am College hatte anderen an mir gefallen, dass ich Zigaretten drehen konnte, ohne selbst zu rauchen, und sie nicht unterbrach, wenn sie über *Unendlicher Spaß* redeten. Zugegeben, Letzteres deshalb, weil ich es nicht gelesen hatte, sie aber auch nicht. Ich hatte das irgendwann angehen wollen, jedoch geahnt, dass das alle total aus der Fassung bringen würde. Die Männer dort sagten, sie mögen Mädchen, die sich nicht schminken, im gleichen Tonfall, in dem weniger aufgeklärte Männer sagten, sie mögen Mädchen, die sich schminken, und, wenn man dann wirklich mal ungeschminkt war, fragten, ob man krank sei. Sie jammerten, sie «dürften nicht» schreiben. Man musste nicken, so nach dem Motto: Oh, dürfte man nur.

Julian war wenigstens ehrlich. Er durfte seit jeher alles, ich hasste ihn dafür, war aber auch froh, dass er sich dessen bewusst war. Die meisten privilegierten Männer kapierten es nie.

Wenn er abends spät dran war, schrieb ich ihm: mir ist langweilig können wir ficken. Dann rief er an, um mir mitzuteilen, dass er zu tun habe. Er rief gern an und sagte, er habe zu tun. «Ich habe zu tun», sagte er. «Und du bist schnell gelangweilt.»

«Dieser Einwand strotzt nicht gerade vor sexuellem Selbstbewusstsein.»

«Ich dachte, du hättest gesagt, sexuelles Selbstbewusstsein bei Männern sei abstoßend.»

«Nein, du hast gesagt, dass deine Anarchistenex in Oxford das fand, und glaubst, dass ich derselben Meinung bin.»

«Charlie. Sie war heiß.»

«Ich weiß. Ich habe ihr Profil gefunden.»

«Sie hat an beiden Ufern gefischt», sagte er. «Sollte dich das interessieren. Jedenfalls, ich hab zu tun.»

«Und mir ist langweilig.»

Nachdem er zurückgekehrt war und es mir besorgt hatte, ging ich in mein Zimmer und kam auf meinen Tagtraum zurück, in dem ich mit seiner Mutter zu Abend aß und Wörter falsch aussprach, um sie mundtot zu machen. Ich würde von Waschbecken zu Waschbecken gehen und die Hähne aufdrehen, warten und zusehen, wie sie ihre Füße Zentimeter um Zentimeter an sich heranzog.

15

FEBRUAR

«Irgendwelche Neuigkeiten?», fragte Mam am Telefon.

Sie erzählte mir, dass George eine neue Freundin hatte. «Ihre Haare sind oben braun, aber an den Spitzen orange. Wie sagt man dazu?»

«Ombre.»

«Ambra», wiederholte sie eifrig. «Und was ist mit dem Typ?»

«Welcher Typ?»

«Tom hat's mir erzählt. Dem Bankier.»

«Ihm geht's gut», sagte ich. «Es ist nichts Ernstes.»

«Und er arbeitet wohl bei einer Bank?»

Ich antwortete, ja, das komme bei Bankern öfters vor.

«Guter Mann. Man sagt, man wird zu den Menschen, mit denen man sich umgibt.»

«Du meinst, wenn mir nächstes Jahr um diese Zeit noch keine Krawatte um den Hals gewachsen ist, war die Beziehung ein Reinfall.»

«Du sagst immer so lustige Sachen», meinte Mam. Das war was anderes, als wenn sie gesagt hätte, sie finde mich lustig. «Wann lernen wir den Bankier denn mal kennen?»

«Nur nichts übereilen», erwiderte ich. «Hey, Mam, hab ich dir schon erzählt, dass er bei einer Bank arbeitet?»

«Ich will dich nicht länger aufhalten. Grüß ihn von mir.»

«Tschau, Mam», sagte ich. Als sie sich verabschiedete, rief ich schnell hinterher: «Warte, Mam, ich kann nicht glauben, dass ich das vergessen habe: Er ist Banker.»

Sie legte auf.

Es war der zweite Februar, Julians Geburtstag, und er ging mit Freunden was trinken. Er hatte gefragt, ob ich mitkam, aber hinzugefügt, dass es mir wohl keinen Spaß machen würde, was nur heißen konnte, dass er mich nicht wirklich dabeihaben wollte. Er stank nach Rauch, als er zurückkehrte. Fraglich, ob die billigen chinesischen Zigaretten wirklich ihn dazu motivieren sollten, Schluss zu machen, oder mich dazu, mit ihm Schluss zu machen – und warum das Kalkül in keinem Fall aufging. Ich kochte Tee und schenkte ihm eine mit Tigerbabys gemusterte Krawatte von Ferragamo. Es war insofern eine passende Wahl, als er ein Mann war und Männer Krawatten trugen, und vermutlich auch, als sie auf etwas anspielte, was er mal im Bett gesagt hatte. Trotzdem machte ich mir einen Kopf – wie bei der Brieftasche könnte er es so verstehen, dass ich seine Geschenke mit echter Nähe verwechselte.

«Ich fand, dass du was bekommen solltest», meinte ich. Meine Wortwahl klammerte aus, dass ich diejenige war, die es ihm gab.

«Du sollst doch kein Geld für mich ausgeben», antwortete er.

Das Wort «danke» war den meisten englischsprachigen Menschen geläufig, einschließlich meinen Kleinkindern an der Schule. Er hatte es wahrlich oft genug aus meinem Mund gehört, um mit seinem Gebrauch vertraut zu sein. Später fragte ich ihn, ob es etwas gebe, was er noch vor Dreißig erreichen wollte.

«Nein», meinte er. «Ich bin gerade erst Vice President geworden, die nächste Stufe ist Managing Director, und dazu werden sie mich nicht machen. Und ich bleibe nicht ewig hier, darum hat es auch keinen Sinn, eine Wohnung zu kaufen. Könnte es mir eh nicht leisten.»

Ich fragte, ob da sonst noch etwas war. Er sagte nein. Für ihn bedeute es keinen Einschnitt.

Was in Ordnung war. Ich bohrte nicht weiter nach, ob er uns dann z. B. immer noch zusammen sah, oder ob er z. B. jemals jemanden geliebt hatte. Eigentlich war es ja zum Totlachen, dass wir Sex hatten. Er war attraktiv und selbstbewusst, während ich bereitwillig einen Menschen in den Mittelpunkt meines Gefühlslebens stellte, der mich wie eine Lieblingsarmlehne behandelte – und trotz allem vögelten wir. Schon komisch, welche Entscheidungen man so traf. Es gab Menschen auf der Welt, mit denen Julian nicht schlafen wollte. Das hieß, er stellte mich wegen wenigstens einer Eigenschaft auf eine höhere Stufe – eine lachhafte Fehleinschätzung, da ich tatsächlich auf jeder nur erdenklichen Skala am unteren Ende stand. Und eigentlich war es sogar komischer, dass wir nur Sex hatten, als wenn er Gefühle für mich gehabt hätte. Ich war so ein hoffnungsloser Fall, dass ich schon wieder liebenswert wirkte – man musste aber schon richtig gestört sein, um mich anzusehen und sich wortwörtlich zu denken: Mit der will ich gerne Körperflüssigkeiten austauschen. Ich wollte also gar nicht, dass er mich liebte. Dafür machte es mir zu viel Spaß.

Benny war über meine miese Nachweihnachtsstimmung nicht erbaut. Er erinnerte mich gern daran, dass die Forderung nach «Hochenglisch» von den Eltern kam. Wenn er mich bezahlte, ließ ich manchmal Bemerkungen zum Unterrichtsmaterial fallen: Auf den Illustrationen trotzten weiße Kinder Witterungsverhältnissen, die nie und nimmer um den Äquator herum eintraten. Jeder Sprachgebrauch, der auch nur im Geringsten andeutete, dass ein Hongkonger aus Hongkong stammte, wurde bei uns als Fehler gebrandmarkt.

Als ich damit ankam, tippte Benny auf seinem Handy herum. Er drückte Buchstabe für Buchstabe, weil er sich zu den Leuten rechnete, die nicht nur so zum Schein tippen, wenn gerade jemand anderes redet, weil sie über solchen Dingen stehen, aber nur allzu gern das Verfassen einer echten Nachricht in die Länge ziehen. Mal stand Nike auf seinem Cappy, mal Disneyland Paris.

Endlich verkündete Benny sein Urteil. «Ist es rassistisch», fragte er, «wenn meine Firma in Connemara Seetang an Iren verkauft?»

Die Frage brachte wenig Licht in die Angelegenheit.

«Die Eltern zahlen», sagte Benny. Und tippte wieder drauflos.

In der Mittagspause textete ich Julian. Ganz ungewohnt für ihn schickte er eine lange Antwort. Er schrieb, vielleicht – ein großes «vielleicht», aber vielleicht – meinte Benny, es komme White-Savior-mäßig, wenn man unterstellte, dass Hongkonger in einer Welt, in der Kinder – ob mir das nun passte oder nicht – mit «Hochenglisch» vorankamen, nicht wüssten, was gut für sie war. Eltern könnten die Welt nicht ändern, daher sollten ihre Ungleichheiten wenigstens nicht die eigenen, sondern die Kinder anderer treffen. Julians Mutter hätte sich dafür entschieden, als sie ihn auf die Privatschule geschickt hatte, und meine, als sie mich anwies, nicht «mitm» zu sagen.

Er ließ oft solche überraschenden Erklärungen vom Stapel.

Eine Eigenschaft, die ich an ihm bewunderte, war, dass er es seelenruhig ansprach, wo er von Ungerechtigkeit profitierte – und zwar nicht so genüsslich, wie ich es oft tat, sondern ganz objektiv.

Wer weiß, ob er schon immer so gewesen war. Bei meiner Social-Media-Pflichtrecherche hatte ich herausgefunden, dass er in Oxford Gedichte geschrieben hatte. Auf einem Bild ruderte er fürs Balliol, und da wusste ich mit Bestimmtheit, dass er einen Bogen um mich als Zwanzigjährige gemacht hätte und sich erst aufgrund seines langweiligen Jobs zu seltsamen Mädchen hingezogen fühlte. Eine Weile schwelgte ich in der Vorstellung, dass alle außer mir normal und ich die einzige unangepasste Person war, die ihn je in ihren Bann hatte ziehen können, und ich allein noch die winzigste Furche seiner Gedanken durchdrang. Dann fand ich seine Freundin im Abschlussjahr, sah eine Spoken-Word-Performance auf einem Open Mike von ihr mit ihrem schwarzen bauchfreien Rollkragenpulli und straffem Bauch samt, was sonst, Scheißnabelpiercing, und hatte einen Riesenhass.

Ich überlegte, ob er es wohl als Erfolg oder Niederlage betrachtete, Lyrik und Booten abgeschworen zu haben, wusste aber, wenn ich fragte, würde er so was typisch Julianhaftes sagen wie, dass er seine Zeit nicht damit verschwende, über sein Leben nachzugrübeln.

«Bin ich eigentlich interessant?», fragte ich eines Samstagabends. Wir waren gerade wieder von einem Treffen mit seinen Freunden zurück.

«Potenziell», sagte er. «Du bist eine Schnorrerin. Manche Leute finden das interessant.»

«Du?»

«Nein.»

«Warum magst du mich dann?»

«Wer hat gesagt, dass ich dich mag?»

Der Regen scharrte an der Scheibe wie Vogelkrallen. Julian war ein Schatten im Dunkeln – er hätte ein anderer sein können und ich würde es nie erfahren, was hieß, ich konnte ebenfalls alles sein, was ich wollte. Und er stand ja immer auf meiner Seite. Oder fand es gut, wenn ich mich auf seine schlug, was beinahe aufs Gleiche hinauslief. Ich fragte mich, ob ich ihn sarkastisch küssen konnte, hatte aber das Gefühl, dass der Witz nicht rüberkommen würde.

«Hat sich für dich was verändert, seit du mich kennst?», fragte ich.

«Inwiefern verändert?»

«Fühlst du dich innerlich anders?»

«Vermutlich, dass es ein Trost ist, dich zu haben.»

«Wie schnell hast du gemerkt, dass du auf mich stehst?», sagte ich.

«In ästhetischer Hinsicht gleich», sagte er. «Wenn es das ist, was du wissen willst.»

«Ich wusste ewig nicht, ob du mich magst.»

«Und du?»

«Wann ich es gemerkt habe?», fragte ich. «Gleich. In ästhetischer Hinsicht.»

Ich witterte hier Potenzial für einen ähnlichen Schlagabtausch wie über Hach-Seb. Mit wenigen Worten konnten wir beide zu der Überzeugung gelangen, dass der Mensch neben uns jedes Mal, wenn sein Handy klingelte, zusammengezuckt war, und wir uns nach langem Hin und Her endlich bekommen hatten. Wenn der jeweils andere diese Version im Kopf hätte, täte uns das keinen Abbruch; beide hätten wir ziemlich viel davon. Es wäre beinahe Zusammenarbeit, was quasi auf eine Partnerschaft hinauslief. Aber ich war müde.

«Als ich dich das erste Mal sah», sagte ich, «dachte ich, du weißt, wo man alles billiger kriegt.»

«Das ist ein ätzender Eindruck von mir.»

«Ich weiß. Das war, als ich noch dachte, dass Banker gut mit Geld umgehen können.»

«Brutal. Verdient.»

«Aber ich habe mir keinen großen Kopf gemacht. Als ich dich kennenlernte.»

«Ich kann auch nicht gerade behaupten, dass für mich eine neue Ära angebrochen wäre. Ich war neugierig. Ich habe gemerkt, dass meine Neugier den Abend wahrscheinlich überleben würde, und dich deshalb zum Essen eingeladen.»

Ich wollte, dass er mehr sagte.

Weil ich ihn liebte – möglicherweise. Oder sogar er sein wollte oder gern jemand wäre, dem er Aufgaben übertrug. Bevor ich ihn kannte, hatte ich es in Hongkong nirgends wohnlich gehabt, daher liebte ich es vielleicht auch nur, in aller Stille nachzudenken und saubere Luft zu atmen – falls es wirklich einen triftigen Unterschied machte, wenn ich das in seiner Wohnung tat.

«Julian» sagte ich, «was sind wir?»

«Wenn ich das wüsste.»

«Richtig kaputt auf jeden Fall.»

«Deine Lebenslust ist echt ansteckend.»

«Zum Glück bist du immun.»

Wir machten das Gleiche, was er und Miles machten – Szenen nachspielen. Das zog er mit allen ab: sich duellieren, bis er sich über die Dynamik mit ihnen im Klaren war, um sich dann auf Teufel komm raus daran festzuklammern.

«Liebst du mich?», fragte ich.

Was er dann sagte, verletzte mich nicht. Genau das hatte ich gebraucht, um den Auswuchs abzutöten.

«Ich hab dich echt gern», sagte er. «Und jetzt ab ins Bett mit dir.»

16

Jetzt wusste ich, dass mir eine hartnäckige, bescheuerte Fantasie davon vorschwebte, wie Julian sagte, er liebe mich. Er würde nicht erwarten, dass ich es erwiderte. Er würde es einfach nur aussprechen müssen und wäre daraufhin rundum zufrieden. Es war unfair, das von ihm zu verlangen, stand in keinerlei Zusammenhang damit, was ich angeblich von ihm wollte, und war im Übrigen sehr unwahrscheinlich. Jedenfalls hatte er gesagt, mit Kat sei auch deshalb Schluss gewesen, weil sie ihn mit solchen Sachen wie «Ich liebe dich» gedrängt habe. Ich dagegen sei vernünftig.

Mir war aufgefallen, dass Julian immer, wenn er über ihre Trennung sprach, das unpersönliche Passiv verwendete – «Mit Kat war Schluss» –, was kein guter Stil war.

In der Woche nach Julians Geburtstag lud ein alter Freund aus Oxford zu einer Soirée in seiner offenen, umweltfreundlichen Split-Level-Wohnung. Je attributreicher eine Wohnung, desto höher die Miete. Julian platzierte mich auf der großen Ledercouch und mischte sich ohne mich unters Volk. Das tat er ohne Vorsatz, aber ich kannte kaum jemanden, was eine Folge dessen war.

Sein Anwaltsfreund Hach-Seb setzte sich zu mir. Er trug immer noch die gelockerte Krawatte um den Hals, als hätte er sich aus einem Meeting freikämpfen müssen, doch jetzt brauchten sie ihn jeden Augenblick wieder zurück. Seine zerzausten Haare erweckten den beunruhigend simultanen Eindruck, dass er außerdem gerade Sex gehabt hatte. Während er redete, fiel mir der «Hach-Seb»-Schlagabtausch wieder ein, und ich musste mich ermahnen, dass Seb in den Witz nicht eingeweiht war.

Ich fragte nach der Arbeit. «Viel zu tun», sagte Seb. Dann fragte ich, wie er zu seiner Kanzlei gekommen sei. Er meinte, er habe nach der Uni nicht gewusst, was er machen soll, und sich gedacht, dass er als Jurist glücklich und flüssig sein würde.

«Und?», meinte ich.

«Ich bin flüssig.»

Sebs und Julians Coolness waren grundverschieden. Julians wurzelte in dem unerschütterlichen Vertrauen darauf, dass die meisten Dinge seiner Beachtung nicht wert waren. Seb war mehr der aktive Typ. Jeder Satz fiel wie eine Entscheidung.

Er sprach, und ich fing an zu planen, wie es wohl wäre, mit ihm Sex zu haben. So nannte ich es, «planen», wenn ich mir überlegte, wie ich mit jemandem vögeln konnte, bei dem ich gegenwärtig gar nicht die Absicht hatte. Man muss auf alles vorbereitet sein, dachte ich. Bei Seb würde ich lange mit der Hand in der Nähe seiner Gürtelschnalle verharren, bis er sie nach unten schieben würde, um ihn anzufassen, oder nach oben, um es ungeschehen zu machen. Julian machte es mal so, mal so, und da soll bloß einer behaupten, Männer seien nicht kompliziert.

Seb schenkte mir immer wieder nach. Ich sagte, schon gut, wirklich.

«Schiss, dass du einen roten Kopf kriegst?», fragte er. «Das ist angeboren. Ist doch eh bei allen Iren so. Komm, noch einer.»

Julians Bonzenfreunde wirkten anfangs oft attraktiv und ließen, je mehr sie redeten, nach.

Ein Mann in einem bescheuerten Hemd fragte Seb, ob er kurz kommen und erzählen könne, wie er das eine Mal am Magdalen über die Mauer geklettert sei, nachdem die Pförtner die Tore zugesperrt hatten. Darauf kam Julian wieder herüber, und ich konnte mir ein Lächeln nicht verkneifen. Er musste uns beobachtet haben. Ich hoffte, er würde mich küssen oder wenigstens meinen Arm nehmen, aber dafür kannte ich ihn zu gut. «Sein Revier zu markieren» war nicht seine Sache. Er wäre lieber gestorben, als diesen Ausdruck ohne Anführungsstriche zu benutzen, seine Nicht-Revier-Markierung unter Bezugnahme auf den Feminismus erläutern und sich obendrein, wenn auch nicht ganz so lautstark, einbilden, dass er über solchem Neandertalergehabe stand.

Er nahm mir mein Glas ab, reichte mir ein Taschentuch – um mir zu bedeuten, dass mein Lippenstift verwischt war – und warf einen Blick in Sebs Richtung. «Das würde Jane nicht gefallen», bemerkte er. Und das war's.

«Wie eng sind sie?», fragte ich.

«Ziemlich», meinte Julian.

«Und du?», erwiderte ich. «Würde es dir was ausmachen?»

Er sah mich halb besorgt, halb spöttisch an, als hätte ich ihn eben gefragt, in welchem Land wir seien.

«Nimm kein Coke von ihm», sagte er.

Die Reihen lichteten sich allmählich. Ich ging nach oben ins Bad, um mein Make-up zu richten, und starrte mein Gesicht im Spiegel an, bis es mir wie das einer Fremden vorkam. Jane «würde das nicht gefallen», und das wiederum machte mich froh. Ich hatte Jane nur einmal getroffen, aber sie kam mir wie eine zweite Victoria vor: als ob jemand alles – ihr ganzes Leben – für sie glättete und ihre Aufgabe darin bestand, neue Falten reinzumachen.

Als ich wieder herauskam, war unten noch ein Dutzend Gäste übrig. Ich wollte gerade wieder dazustoßen, als ich tiefe Stimmen von der Galerie hörte: Julian, Seb, Ralph.

«Wo ist Galway Girl?», fragte Seb.

Julian meinte, er wisse es nicht.

Sie standen mit dem Rücken zu mir am Geländer und sahen auf den Rest der Party herab. Auf Zehenspitzen entfernte ich mich wieder und drückte mich flach gegen die Wand.

Die Playlist unten spielte Duke Ellington – «Blood Count».

«Der Akzent», fuhr Seb fort. «Wie 'ne Zigeunerin mit Sprachunterricht.»

Ralph lachte. Julian nicht. Von unten schwankten die Trompeten wie ratlose Geschworene. Als das Schweigen überdeutlich wurde, sah Ralph vom einen zum andern, die beide reglos dastanden.

Schließlich erwiderte Julian: «Du hast, glaube ich, genug, wenn du die falsche Ethnie verleumdest, Mann.»

Seb stieß Ralph an. «Du hättest sie sehen sollen, als ich gesagt habe, dass Iren rote Birnen haben.»

Julian griff in seine Tasche, ehe ihm offenbar wieder einfiel, dass er drinnen nicht rauchen konnte. Seb überblickte die Party. Ralph interessierte sich plötzlich sehr für seine Armbanduhr.

Dann meinte Julian: «Polenwitz gefällig, wenn wir schon dabei sind?»

«Meine Mum kommt aus Polen», sagte Seb.

«Echt?», fragte Julian.

«Und sie hat für den Austritt gestimmt.»

«Aha.»

«Das haben viele Polen.»

«Aha.»

«Und Iren», sagte Seb.

«Deine Mum ist auch Irin?»

«Die Iren haben für den Austritt gestimmt. Meine Mum ist Polin.»

«Wie in aller Welt haben die Iren für den Austritt gestimmt?»

Ralph hüstelte. «Sebs Mum kann gar nicht polnisch sein», sagte er, «sonst hätte Julian sie schon längst rumgekriegt.»

Indem er behauptete, dass Julian mit Nichtbriten und Sebs Mutter mit jedem schlief, hatte Ralph – in seiner Vorstellung – seine Treue zweifellos klug aufgeteilt. Seine Landsmänner schienen das anders zu sehen.

«Hör mal», sagte Seb, «lass Agnieszka da raus.»

«Worte können gar nicht ausdrücken, wie froh ich bin, Agnieszka da rauszuhalten», erwiderte Julian.

«Ich denke halt, es ist billig.»

«Was ist billig?»

«Eine Irin zu ficken und dann zu behaupten, dass ich nichts vertrage.»

Julian nickte, ehe er mit einer gewissen Feierlichkeit bemerkte: «Ich verstehe, was daran heuchlerisch ist.»

«Entschuldige bitte, falls dich das kränkt», sagte Seb, «aber man merkt schon, dass sie aus einfachen Verhältnissen stammt.»

Julian richtete sich auf. Seb ebenfalls.

«Woran merkst du das?», fragte Ralph.

«Ich glaube, dazu hat Julian mehr zu sagen», meinte Seb. «Zu dem Thema.»

«Welches Thema?»

«Das Thema ‹Mädchen aus einfachen Verhältnissen›.»

Schweigen.

Ralph sagte: «Wie heißt es noch?»

Seb sagte: «Über Mädchen aus einfachen Verhältnissen?»

«Ja.»

Seb legte eine Kunstpause ein.

Dann: «Kleine Hütte, große Klappe.»

Ralph lachte. Das Saxophon schmollte gebieterisch. Julian erwiderte nichts.

Dann neigte Seb den Kopf, wie um das Thema abzuhaken.

«Ich sehe den Reiz», sagte er, «– da du ja nicht wirklich mit ihr zusammen bist.»

Unten klirrten Gläser. Das Schlagzeug dröhnte wie ein Richterhammer.

Julian sagte nichts.

Julian wechselte das Thema.

17

Mitte Februar sagte Julian, dass er ein paar Monate in London sein würde. Ich wollte fragen, was «ein paar» bedeutete, gönnte ihm die Genugtuung dann aber doch nicht.

Wir waren am Central Pier. Ich trug einen Trenchcoat, den Gürtel zu einer Schleife gebunden. Mit der Hand auf meiner Hüfte hakte er logistische Fragen ab, und mir schoss durch den Kopf: Als Geschenk verpackt.

Dann sah ich aufs Wasser hinaus und dachte: Wenn Aktien den Bach runtergehen können, tun Banker das dann auch? Zum ersten Mal stellte ich mir unverhohlen seinen Tod vor; ob er sich meinen ebenfalls ausgemalt hatte oder in dieser Hinsicht genauso zugeknöpft war wie in puncto «Ich liebe dich»? Ich wollte nicht, dass er darüber fantasierte, mich umzubringen – oder doch –, aber wenn er mich etwa in einem See finden würde, wäre das doch recht ergreifend. Nicht alle Frauen hingen solchen Gedanken nach, ob ihr Partner sie umbringen will und ob ihnen diese Aussicht behagt, und wenn doch, war die Gesellschaft krank, nicht sie.

«Sollen wir dann?», fragte er.

Lächelnd bedankte ich mich, dass ich in seiner Abwesenheit bleiben durfte. Zu Hause ging ich in mein Zimmer und weinte.

Am nächsten Tag bei der Arbeit brachte ich meinen Elfjährigen bei, Beschwerdebriefe zu verfassen. Keine Schmelzwörter, sagte ich. Sie waren begeistert, ihrem Zorn Luft zu machen.

«Wir hören natürlich voneinander», hatte er gesagt.

In Beschwerdebriefen stand, was man von anderen erwartete und die entsprechende Frist dafür. So etwas würden Elfjährige nie schreiben. Das waren nette Menschen. Aber in der Klassenarbeit mussten sie es. Was wir nicht prüften, war, ob sie in der Lage waren, ihren Chef nach genug Geld zum Leben zu fragen – aber wenn der Barista ihren Espresso Macchiato verschusselte, mussten sie perfektes Englisch im Anschlag haben.

Abends zu Hause erzählte ich Julian davon. Ich stellte die Frage in den Raum, warum wir Kindern beibrachten, sich selbst als Kunden zu sehen, wenn sie in Wirklichkeit einen größeren Anteil ihrer Lebenszeit damit verbringen würden, Dinge zu produzieren, als damit, sie zu kaufen.

«Frag Miles», meinte er. «Ihr beiden könnt euch ja in Verbindung setzen, während ich weg bin.»

Echte Menschen, erwiderte ich, würden sich nicht «in Verbindung setzen». Sie redeten miteinander.

«Dann macht das», sagte er. «Redet.»

Mein Bankerfreund Julian sagte noch mehr. Ich dachte ans Wasser.

Teil 2
Edith

18

MÄRZ

Edith Zhang Mei Ling – englischer Name Edith, chinesischer Name Mei Ling, Nachname Zhang – kam aus Hongkong, war aber in England aufs Internat und dann nach Cambridge gegangen. Sie war zweiundzwanzig wie ich und arbeitete jetzt in derselben Kanzlei wie Victoria. Ihr Akzent war pastoral, erhaben, mit dem kathedralischen Singsang der englischen Intonation. *Button, water, Tuesday* – alles mit zwei Silben hatte eine Spitze wie ein gotischer Kirchturm. Dreisilbige Wörter gingen auseinander wie die Speichen eines Regenschirms: *Attaches* wurde zu *a-tach-iss*. Ständig sagte sie *completely* und verschluckte dabei das *t* in der Mitte. Außerhalb von Schule und Uni hatte sie nicht viel vom Vereinigten Königreich gesehen. «Du solltest mal nach Dublin», sagte ich.

Sie setzte zu einer Antwort an – Dublin lag doch gar nicht im Vereinigten Königreich –, ehe ihr einfiel, dass ich das selbst wusste, und sie sich wunderte, warum ich das gesagt hatte. Das fragte ich mich auch. Es wäre ein Bild für die Götter, wie sie meine Straße entlangspaziert käme: perfekte Haltung, kniehohe Slouchy-Boots, glänzende, mit dem Lockenstab gestylte Haare, kleine schwarze Tasche an einer silbernen Kette. Dad und George würden sie beäugen, als wäre sie der Puma einer

Viscountess und die beiden dafür angeheuert worden, ihn in ihrer Abwesenheit zu versorgen, ohne zu wissen, ob er Zähne hatte oder nicht.

Ihre Nägel waren makellos manikürt, wenn auch kurz gehalten, wie ich registrierte.

Es war Anfang März. Wir standen für eine Aufführung in der Academy for Performing Arts an, einem hoch aufragenden Betonklotz in der Gloucester Road. Jemand von Ediths Kanzlei hatte noch Karten gehabt, und sie hatte Victoria gefragt, die jedoch nicht konnte und die Einladung an mich weiterreichte. Es verursachte mir einiges Zähneknirschen, aber ich hatte Edith gegoogelt, und ihr Profilbild – beim Kaffeetrinken in Ubud, Haare zur Banane hochgezwirbelt – gab schließlich den Ausschlag. In ihren Instagram-Highlights waren Orte von Europareisen markiert. Daher mutmaßte ich, dass sie sich ihre Chignons und morgendlichen Cappuccinos im Ausland abgeschaut hatte, andererseits war so etwas wahrscheinlich unter ihrem Niveau. Sie war zu elegant, als dass sich ihr Weg dorthin im Einzelnen hätte nachverfolgen lassen.

Außerdem war Julian nun schon zwei Wochen weg, und ich wollte mich wieder wie ein Mensch fühlen.

«Und, wie gefällt's dir in Hongkong?», fragte Edith, als wäre ich erst letzte Woche hergezogen.

«Es ist toll», sagte ich.

«Du wirkst anders als die meisten TEFL-Lehrerinnen.»

Darüber hätte ich mich eigentlich nicht so freuen sollen.

Sie war ein paar Zentimeter kleiner als ich, doch wenn wir nebeneinanderstanden, waren unsere Hüften auf gleicher Höhe, sie hatte also proportional längere Beine. Es hatte etwas Entspanntes, unsere Körper zu vergleichen; weniger das erbitterte Sich-Vergleichen meiner Teeniejahre als eine diffuse Neugier.

In ihrer Tasche hatte sie Mini-Sojamilchtüten dabei und bot mir eine an, während sie mit jemandem telefonierte. *«Hou-a, hou-a, mou man tai»*, sagte sie. *«M'goi sai.»*

Gezeigt wurde ein Stück von Tschechow auf Russisch mit chinesischen und englischen Übertiteln. Wir saßen zu weit vorne, um den Text und die Gesichter der Schauspieler gleichzeitig zu sehen, weshalb wir uns für eins von beidem entscheiden mussten. Die ganze Zeit über beantwortete Edith Arbeitsmails, indem sie ihre Tasche wie ein Schoßhündchen hielt und darin mit beiden Daumen tippte. Ich fragte mich, ob das den Schauspielern wohl auffiel.

Ein Mann trug ein Monokel. Ein anderer hatte einen Flakon in der Hand und schüttete sich von Zeit zu Zeit Parfüm über den Kopf. Die Frauen konnte man anhand ihrer Kleider auseinanderhalten: Weiß für die Naive, Marineblau für die alte Jungfer, Schwarz für die Ehefrau. Es ging um Wodka und (vermutlich) Ehebruch. Ich beschloss, die Übertitel zu lesen, damit ich Edith später die Handlung nacherzählen konnte, aber es war ein einziger Mischmasch aus Olgas und Mashas und schwelenden zwischenmenschlichen Konflikten.

Ein Mann verlor ein Duell. Beim Schuss fuhr Edith zusammen. Vorhang, Applaus.

«Hat es dir gefallen?», fragte sie beim Rausgehen.

«Soweit ich folgen konnte», antwortete ich.

«Also, ich fand es überragend. Gehen wir irgendwann noch mal?»

Ich versuchte, meine Begeisterung zu verbergen.

Edith war genau in dem Moment in mein Leben getreten, als sich darin eine Lücke auftat.

Julian war jetzt seit ein paar Wochen in London. Er schickte mir Nachrichten, die ich nie sofort öffnete. Zuerst listete ich, wie für einen Stresstest, die schlimmsten Dinge auf, die er mir schreiben könnte. Dinge wie: Ich bin wieder mit Kat zusammen, wir wollen heiraten. Unsere Beziehung war ein umfassendes soziales Experiment, aber so langsam verliere ich das Interesse. Ich vermiete die Wohnung unter, du musst raus. Ich vermiete nicht unter, aber du musst trotzdem raus.

Hatte ich erst mal jedes nur denkbare verletzende Szenario durchgespielt, suchte ich mir einen ruhigen Ort und öffnete sie. Dann stand nichts von dem drin, was ich befürchtet hatte, und ich hatte das Gefühl, gerade noch einmal davongekommen zu sein – beim nächsten Mal würde es mich aber erwischen.

Wenn mir im persönlichen Gespräch eine zitternde Hand oder ein bröckelndes Lächeln entging, dann war's das – ich konnte den Moment nicht zurückspulen. Doch schwarz auf weiß hockte er unter einer Glasglocke und zwar so lange, bis ich alles hinreichend seziert hatte. Natürlich hatte er mir ebenfalls eine Glasglocke übergestülpt, doch ich wählte meine Worte sorgfältig und wusste, dass sie einer genauen Prüfung standhielten. So gesehen war es schon eine Schande, dass wir überhaupt Körper hatten. Ich schrieb: ich vermisse es mit dir zu schlafen, aber nur weil ich einen körper habe & alles einfacher wäre ohne. Er antwortete, im Gegenteil, Sex ohne Körper würde vermutlich gewisse Probleme aufwerfen.

Sonntagfrüh war bei ihm Samstag. Seine Zeitungen wurden wie gewohnt geliefert. Ich legte sie auf den Couchtisch und las die Schlagzeilen, während ich an meiner Uhr herumfummelte. Er hatte ein paar Hemden zurückgelassen, die ich immer noch nicht gebügelt hatte. Es sah aus, als hätte er sie beim Tragen zerknittert, aber natürlich kamen die Falten vom Waschen.

Ich legte mich in sein Bett, um mir Filme anzuschauen. Theoretisch hätte ich das genauso gut in meinem eigenen machen können, aber hier konnte ich irgendwie besser eintauchen.

Am Wochenende rief er manchmal an, häufiger jedoch textete er. Auch ihm schien es leichter zu fallen, sich hinter einem Bildschirm in Worte zu fassen. Am Samstag nach meiner Theaterverabredung mit Edith schrieb er:

> Habe das Gefühl, dass wir vielleicht nicht im Guten auseinandergegangen sind. Suboptimal auf jeden Fall. Hoffe du bist noch in Kontakt mit Miles, Victoria, Ralph-Räif etc. Hier gehts zu wie im Irrenhaus. Der Wunderknabe immer noch zu prinzipientreu, um Wahlen gewinnen zu wollen, was ganz toll ist bei der von Tories angesetzten Neuwahl. & die Bank of England sagt, wir sind nicht ausreichend auf No Deal vorbereitet – du siehst, während May Damokles beim Schwert packt & der Rest von uns Dosenbohnen hamstert, ist London ein Hort der Ruhe wie eh und je. Interessant, wie Slogan sich von «Take back control» gewandelt hat zu «Wir glauben, es gibt dann noch was zu essen». Na ja. Sag Bescheid, wenn du was brauchst. Sorry für Unklarheit bezügl. Rückkehr. J.

Ein Lektor hätte seine wahre Freude daran gehabt, Julians Nachrichten durchzugehen und die Punkte durch Ausrufezeichen zu ersetzen, dachte ich.

Meinen Abend mit Edith erwähnte ich nicht. Er musste auch nicht alles wissen.

Zwei Wochen nach unserer erster Verabredung hatte Edith erneut Karten fürs Theater. Diesmal fragte sie mich zuerst, und auch die Woche darauf. Victoria erzählte ich es nicht. Je länger ich es mir verkniff, desto größer war hoffentlich ihre Empörung. Ich empörte Victoria gern. So blieb alles zwischen uns – dem Auf und Ab von Ediths Akzent zu lauschen, unsere Proportionen zu vermessen, allmählich zu glauben, sie könnte wirklich mit jemandem wie mir befreundet sein wollen.

Nach dem ersten Abend hatte ich nach ihren Internatskosten und den Studiengebühren für internationale Studierende in Cambridge gegoogelt. Es überraschte mich nicht, als sie sagte, dass ihre Eltern im Finanzsektor arbeiteten. In der Pause des zweiten Stücks ließ ich eine Bemerkung über vornehme Engländer fallen, und Edith meinte, in Hongkong existiere das Konzept von Vornehmheit nicht. Es war wie in Irland: alle Reichen waren neureich. Reich war vornehm, und vornehm reich. Wenn man bedachte, dass ich keins von beidem war, erschloss sich nicht ganz, warum ich das so tröstlich fand. Es gebe nicht einmal einen Upperclass-Akzent, fuhr Edith fort, auch wenn Festlandkantonesisch manchmal als wohlklingender empfunden werde. Ständig warf sie mit Fakten um sich. Sie redete mit den Händen und oft dem ganzen Körper. Um mir die Regionen Chinas zu erklären, kritzelte sie eine Serviette voll. Ich hob sie auf. Ihr Enthusiasmus gefiel mir; ich konnte mich nicht erinnern, wann ich das letzte Mal jemanden getroffen hatte, der so begeisterungsfähig war.

Jedes Mal hatte sie eine andere Handtasche dabei. Sie wechselte einfach, indem sie überall denselben Taschenorganizer mit einer schier unerschöpflichen Zahl an Fächern hineinsteckte, sodass die äußere Tasche an jedem beliebigen Tag nur eine Hülle darstellte. Die Designertaschen kosteten Tausende Hongkong-Dollar, der Organizer vielleicht hundert, und in Letzterem bewahrte sie ihre Sachen dann wirklich auf. Reiche Menschen würden mir immer ein Rätsel bleiben. Ediths Schlüssel, Octopus Card und Portemonnaie «wohnten» alle sofort griffbereit in einer bestimmten Nische. Das bewunderte ich und versuchte, es auf mein eigenes Leben zu übertragen. Aber ich würde keinen guten Aufbewahrungsort für die Sachen wählen, vergessen, dass sie dort wohnten, und immer noch nichts finden.

Als ich mit Joan am Abend des dritten Stücks Feierabend machte, fragte sie, was ich noch vorhätte. Ich antwortete: Ins Theater gehen. Joans Miene sagte: Ich zahle dir eindeutig zu viel, ihr Mund: Viel Spaß.

Sonntag und Montag hatte ich frei. Im Lehrerzimmer fiel ich in die allgemeine Klage ein, dass mein Sozialleben am Arsch war, weil ich samstags arbeitete, doch ich hatte ohnehin keins. Was okay war – ich hatte gern Zeit für mich. Außerdem reichte mir die Gesellschaft, die ich während der Rushhour in der Metro fand. Ich kauerte mich unter die Achselhöhle eines Mannes, während sich von irgendwo die Niete einer Frauenhandtasche in mich bohrte, und dachte: Ich bin Teil von etwas Größerem.

Am Wochenende war es nicht so einfach. Ohne Julian war die Wohnung voller Geräusche. Wasserhähne tropften wie zur Folter, und nebenan stritten die Nachbarn. An manchen Morgen kam ich nicht aus dem Bett. Dann hätte ich mir die Zähne putzen müssen, gefolgt von einer Reihe von Tätigkeiten, die letztlich darauf hinausliefen, mein Leben als der Mensch anzugehen, der ich war. Ich brachte einfach keinerlei Energie auf, weder für Mundhygiene noch für den Rest des Tages, und deshalb sagte ich mir: Du bist eklig und faul und spät dran, und sie feuern dich, und dann stand ich auf. Wenn ich wirklich krank gewesen wäre, hätte ich meinen Abscheu gegen mich selbst nicht so instrumentalisieren können, folglich fehlte mir nichts. Und ich konnte es auch immer weniger abwarten, Edith wiederzusehen.

19

Am Sonntag nach dem dritten Theaterabend mit Edith besuchte ich Miles in Kennedy Town. Julian hatte mich darum gebeten. Vermutlich wollte er sichergehen, dass ich auch mal rauskam, weil er selbst so ein Stubenhocker war. Allerdings wäre es kindisch gewesen, ihm zu sagen, dass ich ihn durchschaute.

Der Hauptraum von Miles' Wohnung war senfgelb gestrichen und mit nicht zusammenpassenden Möbeln vollgestopft. Für das Zuhause eines Wissenschaftlers gab es nicht viele Bücher. Der Kindle auf dem Tisch sprach dafür, dass er mit der Zeit ging.

Wir unterhielten uns über die HKU und verglichen sie mit meiner Uni. Miles sagte, Julian habe ihm erzählt, ich hätte einen «ganz formidablen Einser-Abschluss» gemacht, und fragte, ob ich je eine akademische Laufbahn in Betracht gezogen hätte.

«Das ist bestimmt interessant», meinte ich, «aber ich wüsste nicht, worüber ich forschen sollte.»

Ich konnte nicht sagen, ob Miles «ganz formidabel» wörtlich oder sinngemäß zitierte. Julian machte manchmal sarkastisch einen auf altertümelnd – folglich meinte er auch, was er sagte, oder er würde sich nicht die Mühe machen, nach dem Gegenteil zu klingen. Miles dagegen würde das «ganz formidabel» glatt von den Lippen gehen. Mein Abschluss war eine Zahl, eine Tatsache, an deren Wert Julians Meinung nicht rütteln konnte. Andererseits spann ich auch oft herum.

«Läuft es gut mit deinem Buch?», fragte ich.

«Nein», sagte Miles, «aber es läuft nie gut.»

Er fragte, ob ich Sudoku mochte, er habe ein Rätselheft, wenn ja. Wir spielten schweigend. Schnell wurde mir langweilig, und ich spitzte seine Bleistifte an, die in einer Schachtel auf dem Tisch standen.

«Du bist ein Engel», sagte er. «Julian hat Glück.»

Offener hatte Miles nie auf unsere Beziehung angespielt. Ich fühlte mich hereingelegt, dass erst meine Anspitzfähigkeiten zu diesem Bekenntnis führten.

Dann fragte ich mich, ob ich vielleicht in Wirklichkeit nur gekommen war, um mein Abendessen mit Florence auszuschmücken, mal zu schauen, ob Miles etwa ihren Geschmack in Einrichtungsfragen erwähnte. Was schon deprimierend wäre. Falls ich mich mit Schnörkeln für Florence-Abende eindeckte und gleichzeitig nichts unternahm, um etwas an meiner wahren Situation zu verbessern, würde das bedeuten, dass ich mein Gefühlsleben über die reale Welt stellte. Julian war nicht so ein Träumer und deshalb bei einem echten Job in London, wohingegen ich mit TEFL herumbummelte – obwohl er so viel las, dass er vielleicht doch fantasiebegabt war, nur besser darin, sich zu zügeln. Ich würde nie erfahren, ob die Tagträume anderer Leute so plastisch waren wie meine eigenen und wir sie alle nur herunterspielten. Irgendwann hatte ich mal «Was denken Serienmörder» gegoogelt. Es gab überraschend wenig Überschneidungen, doch ich behielt meine Gedanken trotzdem lieber für mich.

«Es kann schwierig sein, Freunde zu finden, wenn man

frisch hergezogen ist», riss Miles mich aus meinen Grübeleien. «Viele meiner Austauschstudenten fühlen sich recht verloren.»

«Ich habe einen oder zwei», erwiderte ich. Ich dachte: eine hier, einen da. Julian und mich als «Freunde» zu bezeichnen, verlangte dem Wort Gigantisches ab. Und jetzt hatte ich noch einen Freund.

Am Dienstag fing eine neue Klasse Zehnjähriger an. Um das Eis zu brechen, fragte ich, warum sie gerne Englisch lernen wollten. In einem Raum, der so klein war, dass sie kaum ihre Stühle vom Tisch wegrücken konnten, sahen sie sich suchend nacheinander um und wirkten unentschlossen, ob das überhaupt auf sie zutraf.

Lydia Tam stellte sich vor und fügte hinzu: «Mein chinesischer Name ist –», doch da stieß ein anderes Mädchen sie an und zischte, den dürfe sie hier nicht sagen. Ihre Motive fürs Englischlernen waren, von am häufigsten zu am seltensten genannt: Schule, Reisen, Filme gucken und sich mit mir unterhalten. Letzteres kam von Denise Chan, einer Arschkriecherin, aber so was durfte man ja zu seinen Schülern nicht sagen.

Als Nächstes kam Fergus Wong an die Reihe, der Englisch lernen wollte, weil alles einen englischen Namen hatte und einen kantonesischen.

«Du spinnst ja», sagte Denise. Offenbar sagten das Hongkonger Zehnjährige zu jemandem, wenn sie nicht verstanden, was derjenige gesagt hatte.

Autorität auszuüben war mir verhasst. Die Kinder spürten das und blieben relativ unbeeindruckt, wenn ich es doch mal versuchte. Also ließ ich sie plappern und dachte: Edith Zhang, Zhang Mei Ling, Edith Zhang Mei Ling. Ich sprach mir die Worte im Stillen vor, als würde ich ein Geschenk auspacken.

20

APRIL

Als Julian knapp über einen Monat weg war, gingen Edith und ich ins Cinema City JP in der Paterson Street. Der Film war schlecht synchronisiert. Wir wussten noch vor der Titelsequenz, wie er ausgehen würde. Edith mochte das: Plots nach Schema F konnte sie leichter folgen, während sie Dokumente auf ihrem iPad bearbeitete. Wir suchten uns einen Platz etwas abseits, der Film fing an, und ihre Tastatur klackerte drauflos wie Zähneklappern. Keine Ahnung, wie viel die Kanzlei ihr zahlte, aber es musste eine Menge sein.

In der Woche darauf trafen wir uns zum Kaffee in Sheung Wan. Während wir anstanden, sagte Edith, ihr gefielen meine Haare. Einen kurzen Moment lang war ich glücklich, aber dann machte sie im selben überschwänglichen Tonfall dem Barista ein Kompliment.

«Erzähl mir von deiner Familie», sagte sie am Tisch, als wäre sie schon fasziniert davon, dass ich eine hatte.

Im Gegenzug erzählte sie mir, dass ihr Vater aus der Provinz Hunan in Festlandchina stammte. Ihre Mutter kam aus Singapur. Edith verstand sich selbst nur insofern als Hongkie, als sie ihre Kindheit hier verbracht hatte, obwohl sie streng genommen ja im Ausland geboren war. Ihre Mum war kurz nach

Toronto rübergeflogen, damit Edith einen kanadischen Pass bekam, ein Trip, den Mrs Zhang regelmäßig als mütterliches Druckmittel einsetzte. Sie erinnerte Edith gern daran, dass sie damals schon so schwanger war, dass sie kaum laufen konnte, und ohne Ediths Vater an ihrer Seite, und alles nur, um ihrer Tochter ein Dokument zu verschaffen, das es ihr eines Tages leichter machen würde, sie zu verlassen.

Zu Mr Zhangs Verteidigung muss gesagt werden, dass er durchaus vorgehabt hatte, bei Ediths Geburt dabei zu sein, allerdings seinen Flieger verpasste. Beinahe hätte Mrs Zhang Edith zum Andenken an diese Geschichte Toronto genannt. Mr Zhang konnte sie gerade noch davon überzeugen, dass das vulgär wäre. Der einzige Weg, wie Mr Zhang Mrs Zhang von etwas abbringen konnte, das sie sich einmal in den Kopf gesetzt hatte, war, sie davon zu überzeugen, dass es vulgär war.

«Wenn es jetzt so rüberkommt, dass meine Familie ein richtiges Highlight ist», sagte Edith, «dann, weil sie es ist.»

Da kannten wir uns vier Wochen, aber es fühlte sich länger an.

Sie meinte, sie hätte noch Lust auf was Süßes, und stellte sich wieder an. Ich beobachtete sie vom Tisch aus. Edith mochte die Ordnung von Warteschlangen, aber nicht, darin zu warten. An der höflichen Ungeduld ihrer Miene las ich ab, dass sie ihr Bestes gab, beides miteinander zu versöhnen. Sie war eine so unfassbar exquisite Erscheinung, dass einem kleine Brüche sofort ins Auge stachen: ein loser Faden am Rock, Härchen im Nacken. Bevor ich sie kannte, hatte ich mich gefragt, wenn ungehobelt ungehobelt bedeutet – was bedeutet dann gehobelt, und wusste es jetzt: gehobelt bedeutete Edith. Man hätte uns aus dem Café werfen können, und es hätte in meinen Augen nur bewiesen, dass man hier ein Genie verkannte.

Abends im Bett googelte ich sie. Sie war Rechtsreferendarin, und auf der Webseite der Kanzlei gab es ein Profilbild von ihr. Darunter ein Video, in dem sie sich an potenzielle Bewerber wandte: Wenn sie eine Sache nennen müsste, nur eine einzige, die ihr an ihrer Arbeit am besten gefiel, dann wären es die Menschen. Ihre Haare fielen in weichen Wellen, die im Takt mit ihrem Kinn auf und ab hüpften. Eifrig nickend zählte sie ihre Leidenschaften auf: die Kultur, nick, die Inspiration, nick, die Stimmung, nick, der Elan. So war das Gesellschaftsrecht.

Ich beneidete sie um ihre Überzeugung, womöglich weil ich mich in Bezug auf meinen eigenen Job gern besser gefühlt hätte.

Dann sah ich auf mein Handy: Sie folgte mir jetzt auf Instagram. Wenn man jemandem zuerst folgte, war klar, dass der andere den Benutzernamen anklickte, um zu schauen, ob er einem auch folgen sollte. Und natürlich sah ich dabei auch ihre Bilder. Ich war zwar streng genommen nicht dazu verpflichtet, immer weiterzuscrollen und mich durch die Fotos zu klicken, auf denen sie markiert war, aber das gehörte sich so.

Am nächsten Tag quetschte Victoria mich in einem französischen Teehaus mit gestreiften Polstern über Julian aus. Mit dem Daumen traktierte sie das Steppmuster ihrer Chaneltasche – die Rauten wie von Gitterstäben durchwirkt – und ließ einfach nicht locker. Fragen. Ich wusste, dass sie scharf auf ihn war, seit sie es mir einmal betrunken gesagt hatte, konnte jedoch nicht beurteilen, ob ihr nüchternes Ich begriff, wie leicht sie zu durchschauen war.

Noch seltsamer: Ich machte gute Miene dazu. Ich wollte Infos zu Edith, und Victoria konnte sie mir liefern.

«Wie gehts dir denn, Ava?», fragte Victoria mit Betonung auf dem Verb, damit ich wusste, dass es ihr egal war.

«Fantastisch», sagte ich und betonte die mittlere Silbe zur Erinnerung, dass es mir namentlich in Julians Wohnung so gut ging. «Ist ja schon ewig her» – Vokale in die Länge gezogen, um klarzustellen, dass ich dort wohnte und nicht sie, falls das eben zu subtil war.

«Deine Haare sehen toll aus», meinte Victoria – ich sollte zum Friseur. «Warst du beim Friseur?» – Victoria ging jeden Monat, dachte jedoch freundlicherweise daran, nachzufragen, als hätte ich das Vergnügen nur alle drei Jahre, wo es doch zu ihrer Grundversorgung zählte – ließ aber auch Letzteres durchblicken, ehrlicherweise.

Reden konnten Frauen.

Getränkekarte, Leinenpapier. Der Tee war, in dieser Reihenfolge, auf Französisch, Englisch und Chinesisch aufgeführt. Victoria bestellte *Thé au Citron*. Ihr leichter Aussprachefehler von *Citron* stellte mich vor ein Dilemma. Ich konnte das Gleiche bestellen und es richtig sagen, während ich elegant darüber hinweggegangen wäre, wenn sie es richtig verhunzt hätte – aber ein feiner Unterschied würde ihr einen Stich versetzen, ohne dass sie sich kathartisch ins Unrecht gesetzt fühlen konnte. Oder aber ich bat um Zitronentee und gab ihr damit das Gefühl, dass das Französische von vornherein großkotzig von ihr war. Ich würde es laut auf Englisch vorlesen und dann ihrem Blick begegnen: Mein *Niveau de Français* geht nur Gott und mich etwas an.

Ich konnte auch einen ganz anderen Tee bestellen, was ich ursprünglich vorgehabt hatte, ehe sie *Thé au Citron* falsch aussprach, aber das hätte keinen Spaß gemacht.

«Den Zitronentee», sagte ich. Dann ließ ich einen Moment verstreichen – gerade lange genug, dass es glaubwürdig schien, den Kellner verwirrt zu haben, aber nicht so lange, dass er es offensichtlich schon begriffen hatte: «– Entschuldigung, den *Thé au Citron.*»

Männer waren nicht das Einzige, was ich konnte.

Der Kellner brachte im Stechschritt unseren Tee. Victoria fragte, wann Julian eigentlich wieder da wäre. Ich sagte, ich wisse es nicht. Das hätte ich normalerweise nicht zugegeben – ich hätte durchblicken lassen, dass ich es wüsste, es mir aber nicht zustünde, es mit jemand anderem als unserem engsten Freundeskreis zu teilen –, doch ich wollte es hinter mich bringen, damit wir zu Edith kommen konnten.

Aus der hier zutage tretenden Gesprächsebene mit Julian konnte Victoria schließen, dass ich auch nicht wusste, ob er in London – oder gar Hongkong – noch mit anderen schlief. Für ihre Zwecke war es jedenfalls zu vage, ob Julian mit mehreren Frauen gleichzeitig was am Laufen hatte. Wenn nicht, deutete das womöglich darauf hin, für ihn gebe es nur die eine (das stelle man sich mal aus seinem Mund vor). Und wenn doch, könnte er mit den Nebenfrauen und der Stammirin schon alle Hände voll zu tun haben. Uneindeutige Julianbröckchen interessierten Victoria nicht. Darin war sie geschäftsmäßig. Hätte sie ihm Geld für Sex bieten können, hätte sie es getan. Ebenso würde sie einen Bogen um ihn machen, wenn er es annähme.

Jetzt zu Edith. Sie und Victoria waren nur Bekannte. Kein Freund, soweit Victoria wusste. Seit etwas mehr als einem Jahr wieder zurück aus England, gerade fertig mit dem PCLL, jetzt im Referendariat. Victoria war angestellte Anwältin. (Ich hatte Victoria nicht gefragt, ob sie rangmäßig über Edith stand, doch Victoria dachte sich, das sollte ich wissen.) Die meisten von Ediths Freunden waren vom Internat, Cambridge und Jura und hatten daher von Haus aus Geld (Victoria erläuterte «von

Haus aus» nicht, weil es für Victoria überhaupt keine Rolle spielte, ob jemand einen Haufen reicher Leute um sich scharte oder bloß zufällig da hineinstolperte, doch den Part lieferte ich selbst nach.)

Nichts davon war mir neu, doch ich hörte es trotzdem gern.

Es war offensichtlich, weshalb Victoria mehr über Julian erfahren wollte, und viel weniger naheliegend, warum ich sie zu Edith ausfragte. Selbst Victoria würde vor einem Rätsel stehen, falls ihr je dieser Gedanke käme – nur hatte sie das Hirn einer Klapperschlange. Sie sah nicht mit den Augen, sondern indem sie Beutebilder projizierte. Sie nahm alles von Julian und die Seiten an mir wahr, die mit ihm zu tun hatten, den Rest ignorierte sie.

Falls er an Victoria Interesse hätte, würde Julians Meinung zweifellos dahingehend lauten, dass Monogamie Vertragssache sei und das Betrugsmoment deshalb ihr und Ralphs Problem. Nach der Vorgeschichte zu urteilen, bekundete Julian Zuneigung, indem er der Frau Geschenke kaufte und unabsichtlich ihre Herkunft schlechtmachte, und keins von beidem hatte ich ihn bei ihr je tun sehen. So oder so hasste ich sie, fand die Vorstellung von ihnen zusammen zum Kotzen und redete mir ein, dass es überhaupt keinen Unterschied machte, was ich weitererzählte, weshalb ich es genauso gut gegen Auskünfte über Edith eintauschen konnte.

Wir zahlten getrennt.

Im Englischen gibt es einen Konjunktiv. Das lernte ich an dem Morgen, als ich ihn unterrichtete. Ich wusste, dass es im Französischen einen gab, und vermutete, im Irischen auch, hatte seine launischen Fingerabdrücke bisher jedoch nie auf meiner Muttersprache bemerkt.

Wie sich herausstellte, war mir das entgangen, weil ich die Formen, mit denen der englische Konjunktiv gebildet wurde, so nie verwenden würde. Anscheinend sagte man nicht: *What if I was attracted to her.* Man sagte: *What if I were.* Und wenn ich mich nun zu ihr hingezogen fühlte?

Mit dem Konjunktiv drückte man das Nichtfaktische aus. Bedeutete also mein völliger Verzicht darauf, dass ich nur die Wahrheit sagte? Oder vielleicht war ja auch alles, was ich sagte, nur ein Wunsch oder Gefühl. Und vielleicht klang ich auch dumm, weil ich keine Grammatik beherrschte. Ob Edith den Drang unterdrückt hatte, mich zu korrigieren?

«Was ist der Unterschied?», fragte Kenny Chan.

Ich war selbst nicht ganz überzeugt, deshalb las ich es langsam aus dem Lehrbuch vor und gab es noch mal in eigenen Worten wieder, bis sie so taten, als hätten sie es kapiert. Doch Sybil Fu hatte alle Übungen richtig, was vor ein paar Monaten noch nicht der Fall gewesen wäre. Ich wusste, dass es nichts mit mir und einzig und allein damit zu tun hatte, dass ihre Eltern sie in Wirklichkeit für gute Noten bezahlten, aber ich freute mich trotzdem.

Ich hatte entdeckt, dass Edith neben ihrem Haupt-Instagram-Account auch einen für ihre Kunst hatte. In dem Profil, mit dem sie mir gefolgt war, gab es keinen Hinweis darauf, aber er war auf einem Bild getaggt, das ihre Freundin Heidi vor einem Jahr gepostet hatte. (Heidi war mit Edith auf dem Internat gewesen – es war ganz normal, dass ich das wusste, weil Edith es in einem Kommentar erwähnt hatte, der in meinem Feed aufgetaucht war. Daran, dass ich Heidis Profil angeklickt und ihre Beiträge durchgescrollt hatte, war der Algorithmus nicht ganz so offensichtlich schuld.)

Auf dem Kunst-Account postete Edith Bleistiftskizzen von Gebäuden. Ihr kritzeliger Schraffurstil überraschte mich, doch einzelne sorgfältig ausgearbeitete Details trugen ihre Handschrift. Sie war gut. Worüber ich irgendwie erleichtert war. Ich hatte die Zeitschriften gefunden, für die Julian in Oxford Gedichte geschrieben hatte, aber nicht weitergeforscht, weil ich fürchtete, sie wären schlecht und ich müsste trotzdem weiter bei ihm wohnen.

Ediths persönlicher Account war auch ein ästhetischer Triumph. Die Bilder hatten einen kühlen Ton und wirkten leicht verwaschen, gerade genug, um die Wirklichkeit mit einem Schimmer zu überziehen. Ihre Posts glichen Spuren: Hier ein bisschen Edith, dort noch etwas mehr, und eine ganze Edith irgendwo hinter den Bildkacheln. Von den Gegenständen auf den Fotos war ich wie besessen – der vergoldeten Vintage-Armbanduhr, der iPhone-Foliohülle aus braunem Saffianleder, dem Jade-Armreif.

Ich wollte ihr Leben. Ich hatte Angst, dass ich damit unsere Freundschaft aufs Spiel setzte, doch bis jetzt schien es ihr eher dienlich zu sein. Weil sie reicher und wichtiger war als ich, konnte ich mich des Verdacht erwehren, ich sei ihr in intellektueller oder moralischer Sicht tatsächlich unterlegen. Sie ging ans Handy oder tippte etwas auf ihrem iPad, und ich dachte: Alle anderen wollen etwas von ihr, und doch ist sie hier bei mir. Was blödsinnig war – wenn das bei Julian vorkam, hatte ich es ihm einfach übelgenommen, dass er mich nicht beachtete, und ihn kannte ich viel länger als einen Monat. Wahrscheinlich war ich einfach ein schlechter Mensch und nicht imstande, Gefühle richtig zu verarbeiten.

Mein Schlüsselbein war mir ein Trost. Ich konnte alles andere an mir grotesk finden, doch immer noch vor dem Spiegel über die Linien streichen und denken: Das ist sexy. Davon wäre ich angetan, wenn ich Edith wäre und wenn ich, Edith, auf Frauen stehen würde.

21

Edith und ich sahen uns jetzt ein paarmal die Woche, aber ich hatte keine Ahnung, warum sie Zeit mit mir verbrachte, geschweige denn, mich mochte. Vermutlich war ich von anthropologischem Interesse. Zum Beispiel wollte sie wissen, warum ich nicht «einfach» was machte. Warum, fragte sie, sah ich mir nicht «einfach» den Wetterbericht an, bevor ich das Haus verließ, oder benutzte «einfach» eine App für dieses oder jenes – und fand meine Antwort, darauf wäre ich gar nicht gekommen, faszinierend. Nichts entging ihr. Einmal, als wir brunchen waren, erwähnte sie, dass ich Käse ja nicht mochte, und als ich fragte, woher sie das wisse, sagte sie, ich hätte es ihr doch vor ein paar Wochen erzählt. Ich gab nie zu, dass ich mich noch an etwas erinnerte, was andere beiläufig fallen ließen. Wo Edith unbefangen und aufmerksam wirkte, würde bei mir nur der Eindruck entstehen, dass ich nicht genug unter Leute kam.

«Du musst Zeitung lesen», sagte sie einmal beim Kaffeetrinken. «Wir können nicht mal unsere eigenen Kandidaten aufstellen, und selbst ich lese Zeitung.»

Ich wollte schon antworten, das mit Hongkongs Regierung sei mir bekannt, als mir einfiel, dass ich es nur wusste, weil Julian es bei unserem ersten Treffen mit Miles erwähnt hatte.

Ich versuchte mich mit ihren Augen zu betrachten, wenn ich mich fertigmachte oder mir neue Dinge kaufte. Kurz vor einem Kinobesuch gab ich 400 Hongkong-Dollar für eine Jo-Malone-Kerze aus, weil ich mir vorstellen konnte, wie ich sie einmal mit Edith in der Wohnung anzündete. Ihr zuliebe würde ich eine Kerze anzünden, für die ich vier Stunden arbeiten musste, d.h. ein Sechstel eines Tages, und denken: *Die restlichen fünf Sechstel sind auch noch da, wenn du willst.* Ihr Gesicht würde im Kerzenlicht violett leuchten, und ihre Wangenknochen wie Sandwellen hervortreten. Sie würde sagen, ich hätte einen guten Geschmack, und ich: Nein, du. Wir hätten beide recht, weil niemand, der Verstand besaß, so viel Zeit mit jemandem verbringen konnte, dem er abging. Entweder hatten wir ihn beide oder keine von uns – das war mir gleich.

Wobei mir dämmerte, dass es mir eigentlich gar nicht um Kultiviertheit ging und ich nur wollte, dass Edith mich mochte. Anfangs war ich froh darüber, weil das Ziel, von ihr gemocht zu werden, greifbarer schien, als einen eigenen Stil zu entwickeln. Dann fiel mir ein, dass Edith anders als die meisten Menschen tickte.

Nach und nach ging mir auf, wie sehr sie auf Details achtete. Wir gingen wieder in Sheung Wan Latte trinken, und sie zuckte zusammen, als ich an meinem nippte, bevor sie ein Foto gemacht hatte. Dann betrachtete sie das Stillleben vor sich erneut und meinte: «Also, eigentlich ist der Lippenstift am Glas perfekt.» Mir war gar nicht aufgefallen, dass ich einen Abdruck hinterlassen hatte. Ein andermal holten wir uns Croissants, und gerade als ich hineinbeißen wollte, sagte sie etwas auf Kantonesisch, übersetzte dann: «Die Kamera isst zuerst.» Darüber musste ich lächeln. Ich mochte ihren ungerührten Ernst, selbst wenn es um den Blickwinkel auf ein Gebäckstück ging.

Sie sagte, durch Instagram sehe sie jetzt überall genauer hin. Und wenn sie traurig war, hatte sie eine Wall glücklicher Erinnerungen, auf die sie zurückblicken konnte.

«Das ist schon alles ziemlich bescheuert, ich weiß», meinte sie, «aber es macht Spaß.»

Ich versuchte mir vorzustellen, wie Julian zugab, Gefallen an etwas Trivialem zu finden, und schaffte es nicht.

Außerdem hätte sie das auch nicht im ersten Monat unserer Bekanntschaft gesagt. Ich hatte das Gefühl, Fortschritte zu machen, auch wenn ich mir nicht sicher war, in welche Richtung. Ich wünschte, ich wüsste, wie ihre Freundschaften mit anderen Frauen aussahen. Dann würde sich ja zeigen, ob es bei uns anders war.

Im Kino lachten wir viel, besonders bei den Streifen über traurige Heterojungs, die jemand wieder zusammenflicken musste. In Filmen lehrten Frauen Männer, etwas zu empfinden. Sie nahmen gefühllose Männer und weckten Gefühle in ihnen. Und es war schleierhaft, was diese Frauen selbst fühlten, außer: Ich will dem Kerl helfen. Im echten Leben war ich noch nie so jemandem begegnet.

Ich war auch noch nie jemandem wie Edith begegnet und dankbar, dass es kaum andere Menschen gab, die mit ihr um meine Zeit wetteiferten. Meine Hongkonger Existenz war schlicht. Es gab darin genug Platz für sie.

Außerdem war in mir eine Leere. Ich fühlte mich Leuten wie Scott und Madison überlegen, aber in Wirklichkeit waren wir alle gleich hohl. Sie verleibten sich ein kleines Stückchen Anerkennung von allen ein, ich dagegen war wählerischer. Wenn ich jemandem begegnete, den ich mochte, wollte ich alles von ihm, sofort.

Ich ging jetzt sehr oft in den Supermarkt, vor allem zu Wellcome und 7-Eleven. Die Wände waren mit Werbung tapeziert. Auf den angegrauten Fliesen waren Stiefelabdrücke und im Schmutz klebende Haare. Kam ich zur Stoßzeit hin, wanden sich die Schlangen vor der Kasse die Gänge entlang; ich stellte mich an und nahm im Vorrücken Sachen aus den Regalen. Wenn man dann an seinen Nudeln oder seinem Müsli oder sonst was vorbeischlurfte, konnte man nicht zurück, oder man verlor seinen Platz in der Reihe. Ich tat gern so, als ob es das Riskanteste war, was ich so trieb, und mein Leben abgesehen von dieser einen Sache mit dem Supermarkt grundbodenständig war.

Mit Julian waren mir nur gesunde Sachen in den Einkaufskorb gekommen. Jetzt war er den zweiten Monat fort, und ich kaufte Mikado-Sticks und Matcha-Kitkat. Die Verpackungen listeten Zutaten, die ich nicht mal aussprechen konnte. Ich klamüserte sie auseinander, indem ich die Wörter in ihre Silben zerlegte, wie ich es die Schüler mit Dinosauriernamen machen ließ.

An den Wochenenden, wenn ich weder Edith noch Miles traf, waren die Mitarbeiter im Convenience Store die einzigen Menschen, mit denen ich sprach. Für sie machte ich mich nett zurecht. Trug Lippenstift auf. An der Kasse wandte sich die ältere Dame mit Kurzhaarschnitt an einen Kollegen und meinte: *Gweimui-a.* Auf Kantonesisch waren Weiße Geister. Auf Hokkien, hatte Edith mir einmal beim Kaffeetrinken erzählt, hießen wir Rotschöpfe und auf Mandarin «alte Freunde».

«Und Letzteres», hatte sie hinzugefügt, «ist sicherlich auch eine Lesart der Beziehung zwischen China und dem Westen.»

In Russland, sagte Edith, kriegte man alles mit Putins Gesicht drauf. Wodka, Brot, was du willst. In Hongkong galt das Gleiche für Hello Kitty. Was zum Teil daran lag, erklärte sie, dass Hello Kitty ursprünglich aus Japan kam und somit Widerstand gegen Festlandchina signalisierte. In der Lobby ihres Wohnblocks stand ein Verkaufsautomat mit Hello-Kitty-Spielzeugklavieren und Hello-Kitty-Bonbonspendern. Es gab auch Hello-Kitty-Tampons – wofür die standen, lag allerdings weniger klar auf der Hand. Mir war aufgefallen, dass sie jetzt häufiger über ihre Tage redete, und über Peelings und Core-Workouts. Über solche Sachen sprach man natürlich unter Freundinnen, aber unwillkürlich kam mir der Gedanke: Vielleicht will Edith ja, dass ich Notiz von ihrem Körper nehme.

An einem Sonntag Mitte April lief ich Victoria in die Arme, als ich gerade aus dem 7-Eleven trat. Sie fragte, wie ich nur dünn bleiben konnte, wenn daraus meine Ernährung bestand. «Ich bemühe mich um Ausgewogenheit», sagte ich – was im Klartext hieß, dass ich manchmal einen Hello-Kitty-Doughnut zum Frühstück aß und mir dann den ganzen Tag so schlecht war, dass ich nichts weiter zu mir nahm. «Ausgewogenheit», meinte Victoria, «ist der Schlüssel.» Da stimmte ich zu.

In der Woche darauf traf sie mich dort wieder. Mir fiel ein, dass sie in der Nähe wohnte. Wir waren beide betrunken. Sie fragte, was mit mir los sei. Ich sagte, nichts sei los mit mir, etwas sei los mit ihr, und außerdem, wo ich schon dabei war und was ihre frühere Frage anging, sei ich dünn, weil ich Geld hätte. Als wir uns das nächste Mal sahen, taten wir so, als hätte dieser Austausch nie stattgefunden.

Ab jetzt konnte ich alles sagen, was ich wollte.

Es war immer Edith, die die Initiative ergriff. Ich traute mich nicht. Ihre Zeit war ebenso kostbar wie Julians. Ich gab vor, am ersten Tag, den sie vorschlug, nicht zu können, aber dann sagte sie, es sei der einzige, an dem sie frei sei. Wenn sie keine

Beweise für ihr hektisches Leben postete, dachte ich: Sie hat gesagt, sie sei eingespannt. Wenn sie dann was postete, dachte ich: Nicht zu eingespannt für Instagram.

Mitte April fragten mich die anderen Lehrer, ob ich mit nach TST wollte. Wir gingen zuerst in ein Speakeasy, das als authentische Einheimischenbar galt. Scott aus Arkansas meinte, er kenne es, weil ihm ein anderer Ami davon erzählt habe. Es gab keine Webseite oder Rufnummer, aber Scott bahnte uns den Weg, indem er das 7-Eleven in der Kimberley Road aufspürte und nach der Hintertür Ausschau hielt, aus der ein Schweinskopf hervorguckte.

Ich ging auf die Toilette. Das Mädchen in der Nachbarkabine weinte oder kam – schwer zu sagen. Freitagabends postete Edith immer eine Story. Und wirklich gab es von 21 Uhr ein Bild mit einem Stapel Mappen im Büro mit der Zeile «Mein Leben ist lustig und interessant», auf die eine Stunde später von oben fotografierte Cocktails folgten: «Alkohol hilft beim Stressabbau». Ich zog die Möglichkeit in Betracht, dass das Mädchen gleichzeitig weinte und kam, und dachte, alles in allem verlief ihre Nacht besser als meine.

Zu spät kam mir in den Sinn, dass ich jetzt auch etwas posten musste, oder Edith würde auffallen, dass ich ihre Story geöffnet hatte, und denken, ich würde zu Hause am Handy sitzen. Ich ging raus und spannte Briony aus Leeds für ein Selfie ein. Sie hatte zu viel MDMA geschmissen, um mein Verhalten in Frage zu stellen. Zwanzig Minuten später kontrollierte ich meine Liste: Edith hatte es gesehen.

Schon bald war an der Regenbogenumrandung von Ediths Profilbild zu erkennen, dass sie ein weiteres Foto hochgeladen hatte. Ich schaute nicht nach. Was sich wie ein kleiner Sieg anfühlte.

Am Montag darauf gingen wir in Sheung Wan Kaffee trinken, und Edith erzählte, sie arbeite an einem IPO – Initial Public Offering, erläuterte sie. Was taktvoll von ihr war, auch wenn ich den Begriff bereits von Julian kannte. Der Partner, der den Börsengang leitete, William Brent, hatte schon vor der Übergabe in Hongkong gelebt. Er sagte, heutzutage hätten Männer Angst vor Frauen.

«Ich bin nicht sicher», meinte Edith, «ob er Angst davor hat, uns zu betatschen, oder davor, dass wir es der Personalabteilung melden.»

Damals in Cambridge sei es theoretisch ein Leichtes gewesen, zu fordern, dass wir unfeministische Räume besetzen und reformieren sollten. Schwerer im echten Leben, befand sie. Man konnte sich nicht gut vor William Brent hinstellen und verkünden, dass seine Anwaltskanzlei derzeit unfeministisches Terrain sei, nicht zuletzt deshalb, weil der erste Schritt, um dies zu ändern, William Brent selbst auszumerzen wäre.

Dinge, an denen sie nichts ändern konnte, nahm Edith gelassen hin. In ihrer Kanzlei wimmelte es von ätzenden Typen, zu denen sie nett zu sein hatte. So lief es in jedem Job, doch ihrer war wenigstens gut bezahlt.

Ich war mir sicher, dass es in Julians Bank auch William Brents gab, und dass er ihnen ungefähr genauso eisern die Stirn bot wie Seb damals bei seinem Kommentar über die Dimensionen meiner Mundhöhle. Bestimmt redete er sich ein, er würde etwas unternehmen, sobald er erst mal selbst am Hebel saß – und wenn er es geschafft hatte, würde er sich wundern, wo all die Frauen hin waren.

Ich hatte Edith immer noch nichts von Julian erzählt. Wahrscheinlich schob ich das vor mir her, weil ich wusste, dass ihr die Vorstellung von ihm nicht schmecken würde. Ich hätte gern gesagt, sie kenne ihn nicht so wie ich. Eine dieser typischen Behauptungen von Frauen über Männer, die wir irgendwann noch mal bereuen – die Männer oder die Behauptungen, je nachdem –, aber sie traf unwiderlegbar zu, solange Edith und Julian sich nie begegnet waren.

«Du magst Männer wirklich nicht», meinte ich.

«Ja, allerdings.»

Auch das war analysereif.

Ich erzählte Edith von einem Sommer am College, als ein paar von uns in jemandes Ferienhaus in West Cork gefahren waren. Ich schlief auf der Couch, zwei der Jungs nahmen eine Matratze auf dem Boden, und im Dunkeln kam einer der beiden und legte sich – seelenruhig, als hätte er entsprechende Anweisung – auf mich drauf. Ich flüsterte: Ich weiß nicht genau, was: Runter von mir, aber ich hab Angst, was du tust, wenn ich das laut sage, hieß, und er ignorierte mich einfach. Sein Atem stank nach Alkohol. Ich glaube, es war Colm, hätte aber auch Ferdia sein können. Ich konnte nichts erkennen. Wahrscheinlich hätte ich den einen oder anderen Rückschluss auf Ferdia oder Colm ziehen können, aber ich zog es vor, das nicht zu tun, weil, dann hätte ich es gewusst und müsste bei allen zukünftigen Interaktionen sowohl mit Colm als auch Ferdia – welche ich weiterhin ertragen musste, weil mir niemand glauben oder alle nur sagen würden: Schon, aber er hat auch sein Päckchen zu tragen – daran denken, was er getan hatte, ganz genau wissen, dass wir in seiner Erinnerung einfach betrunken rumgemacht hatten, und auch nicht den leisesten Zweifel daran hegen, dass unsere Freunde «nicht Partei ergreifen», d.h. mich wie jemanden behandeln würden, der womöglich in Bezug auf eine Vergewaltigung log. Mir ging durch den Kopf, was sie sagen würden – Grauzone, ich glaube einfach nicht, dass er zu so was fähig ist –, und bald war ich felsenfest überzeugt, dass ich es tatsächlich nur erfand, und kam mir krank und skrupellos vor, weil ich jemanden fälschlich einer Tat bezichtigte, die ich ihm nicht vorgeworfen und die er in Wirklichkeit begangen hatte.

«Oh Mann», sagte Edith.

«Ja.»

Man wusste, wer so was selbst durchgemacht hatte und wer nicht – wenn man es Letzteren erzählte, lechzten sie förmlich nach Details. Es schien fast, als könnten sie dann ihre moralische Empörung mit noch nuancierterer Überlegenheit ausleben. Sie logen, und wir hassten sie. Edith und ich sagten genau so viel, wie wir wollten. Und wenn es genug war, wechselten wir das Thema.

Eines Tages fiel mir auf, dass wir gar nicht mehr ins Theater gingen. Ich fragte, warum, und Edith meinte, in Wirklichkeit gefalle es ihr gar nicht so. «Aber ich wollte, dass du das denkst», sagte sie und widmete sich wieder ihrem Handy. Das überraschte mich in mancher Hinsicht. Mir war nicht klar gewesen, dass sie mir gegenüber gern kultiviert erscheinen wollte. Offenbar kam ich wie jemand rüber, der auf so etwas Wert legte. Und ich hatte nicht bemerkt, dass sich unsere Beziehung derart entwickelt hatte, dass sie jetzt ehrlich mit mir sein konnte – wenn es sich bei diesem letzten Geständnis um etwas handelte, das sie wirklich fühlte und nicht um irgendeine neue Illusion von Offenheit.

Julian wusste einfach, wenn andere ihn mochten, dachte ich. Er und Edith hatten viele Fähigkeiten gemein – vielleicht war diese ja auch darunter.

Ich fing eine Nachricht an Julian an, in der ich ihm von Edith erzählte.

ich habe eine neue freundin. ich weiß nicht, warum ich dir erst jetzt davon erzähle. ich kenne sie erst seit ein paar wochen, aber ich denke immer öfter an sie. nebenbei bemerkt bekommt man beim suchbegriff «wie flirte ich mit frauen» ganz andere ergebnisse als bei «woran erkenne ich ob sie mit mir flirtet». in beiden fällen wird unterstellt, dass der suchende männlich ist. ich vermute mal, du hast nichts dagegen, wenn was unterstellt, dass du männlich bist, was vielleicht auch deine liebe zur literatur erklärt.
ich hatte jedenfalls noch nie sex mit einer frau. ich habe ein paar am college geküsst. sie haben weichere lippen, falls du das noch nicht wusstest.
ich denke darüber nach, mit anderen zu schlafen, und kriege dann ein schlechtes gewissen, was quatsch ist, weil ich glaube dass du es wenn überhaupt lustig finden würdest, wenn ich nur dir zuliebe darauf verzichten würde. nach dem motto, das wär doch nicht nötig gewesen, ich bitte dich. ich hatte angst als du weggegangen bist, glaube aber nicht dass sich was geändert hat. du verwendest immer noch mehr zeit und energie darauf mir zu beweisen, dass du mich nicht liebst, als irgendwer je in den nachweis des gegenteils investiert hat.
manchmal liebe ich dich und manchmal glaube ich, es wäre das beste, wenn ein flugzeug in dein büro krachen würde und du wärst im flugzeug oder im gebäude.

Alles in allem, entschied ich, hätte diese Nachricht wohl nicht die gewünschte besänftigende Wirkung.

22

Meine Viertklässler verfassten Haikus: fünf Silben, dann sieben, dann wieder fünf. Im letzten Halbjahr hatten sie Vierzeiler geschrieben, und Ming Chuen Lai meldete einen gewissen Verdacht an, dass dies bedeute, der Lehrplan werde leichter, nicht schwerer. Wir stritten über einzelne Wörter. Sie waren zum Beispiel der Ansicht, dass «Film» zwei Silben habe: «Fill-em». Ich wollte sagen, der überwiegende Teil Dublins sei derselben Meinung, nur bezahlten ihre Eltern nicht für Dubliner Englisch.

Katie Cheung, neun, missfiel das Haikuformat. Bei einem gemeinsamen Brainstorming versuchten wir, ihr bei einem Gedicht über eine Katze zu helfen. Als erster Vers schwebte ihr vor: «Die große haarige Katze trank gerne ganz viel Milch.»

Ich schlug fünfsilbige Versionen vor: «Die Katze mag Milch», «Die Katze trinkt gern», «Katzen lieben Milch».

Katie Cheung war nicht zu beschwichtigen. Katie Cheung wollte alles im ersten Vers. Ich fragte, wie denn dann ihr zweiter Vers lautete, wenn sie bereits alles im ersten sagte, und sie erwiderte, ihr fiele schon etwas ein.

Ich sagte, sie könne eine Geschichte schreiben, aber wenigstens in Absätzen. Sie gab nur widerwillig nach. Es passe trotzdem nicht alles hin, sagte sie.

Ich war ein artiges Kind gewesen, und jetzt fragte ich mich, ob sich wohl damals schon abgezeichnet hatte, dass aus mir nie eine Künstlerin werden würde. Wenn mir eine Lehrerin gesagt hätte, ich solle mit Zeilenumbrüchen arbeiten, hätte ich meine Worte aufgeschnitten wie einen Schinken, um es ihr recht zu machen.

Mam erzählte, für April sei es heiß in Dublin. «Als Nächstes schmilzt die Arktis», sagte sie. «Und dann leben wir alle in Bunkern.» Ich erwiderte, hoffentlich gebe es noch irgendwas dazwischen.

Sie sagte, Dad grüße mich. Ich erwiderte, sie meine wohl, Dad habe ihr gesagt, sie solle mich von ihm grüßen. «Dad grüßt» bedeutete, dass er es gerade selbst sagte. Mam entgegnete, man müsse auch nicht alles unnötig kompliziert machen, und George grüße ebenfalls. Dann hatte sie Neuigkeiten. Die Vermieterin meines Cousins Tadhg hatte ihm, angeblich wegen Eigenbedarfs, gekündigt, doch eine Woche später war das Zimmer für 100 Euro mehr im Internet angeboten worden. Ich hatte lange nicht an Tadhg gedacht. Eine andere Cousine hatte gerade ein Kind bekommen. Ich erwiderte, der Name sage mir nichts, und sie wiederholte: Sinéad, als würde mich allein schon das mit ihr bekannt machen. «Du bist weit weg», seufzte sie, was sich insofern ungerecht anfühlte, als ich Sinéad auch vorher nicht gekannt hatte.

«Mam, hast du je darüber nachgedacht, uns irische Namen zu geben?», fragte ich.

Sie sagte nein – Leute, die so etwas machten, schickten ihre Kinder auch zum Tin-Whistle-Unterricht.

«Und Rachel Mulvey ist wieder zurück», sagte sie. Rachel Mulvey kannte ich auch nicht. In einem Ton, der markierte:

Meine Tochter hat ja überhaupt keinen Schimmer von irgendwas, präzisierte Mam: Die Mulveys vom anderen Ende der Straße. «Zurück aus New York», sagte Mam. «Früher oder später kommen sie alle zurück.» Sie fügte hinzu, dass sich das Haus ohne Tom und mich leer anfühle. «Es ist Perlen vor die Säue, einem Vermieter Geld zu zahlen. Tom meint, achthundert sei ein fairer Preis. Achthundert im Monat. Für ein Zimmer, Ava.»

«Es ist nicht in Ordnung, wenn Leute mit dem Besitz von Häusern Geld verdienen, die sie nicht selbst bewohnen», sagte ich. «Ich finde, wir sollten ihnen ihre Häuser wegnehmen.»

«Wieder mit dem Kopf in den Wolken», sagte Mam.

Immer wenn ich zu Hause anrief, fiel mir auf, wie sehr ich es vermisste, offen über Politik zu diskutieren. Bei der Arbeit ging das nicht – nicht zuletzt, weil Joan und Benny beide nebenher Vermieter waren, aber noch grundsätzlicher, weil Chefs nicht gern Leute beschäftigen, die der Ansicht sind, sie sollten eigentlich nicht existieren. Julian hörte zwar zu, war jedoch außerstande zu sagen: Interessanter Gedanke. Er nahm alles auseinander, was man ihm unter die Nase hielt. Bei Edith und Miles konnte ich so links sein, wie ich wollte, war aber stets ängstlich darauf bedacht, klug zu klingen.

Ich fuhr fort: «Der Staat sollte alle Hotels in Dublin beschlagnahmen und in Sozialwohnungen umwandeln.»

«Ach komm, Ava.»

«Und es sollte hundert Prozent Erbschaftssteuer geben. Und Grundeinkommen.»

«Ach komm.»

«Und irgendwann Kommunismus.»

«Ach komm.»

Ich hatte Spaß an Unterhaltungen, bei denen ich nicht versuchte, irgendjemanden zu überzeugen, sondern einfach reden konnte, wie mir der Schnabel gewachsen war. Ich hatte es langsam satt, mich immer anzupassen.

Mam fing an, mir eine Menge Fragen zu stellen. Zu diesem Mittel griff sie immer dann, wenn sie mir anmerkte, dass ich mit etwas hinter dem Berg hielt. Aber es gab nichts, was ich ihr über Edith hätte erzählen können. Wenn ich erwähnte, ich sei mit einer Frau Kaffee trinken gewesen, würde sich Mam nur den Kopf darüber zerbrechen, was ich ihr wirklich verheimlichte.

23

Später im April gingen Edith und ich zu einer Ausstellung in Sheung Wan. Sie umarmte mich zur Begrüßung. Ich hatte Angst, dass dabei etwas von mir an ihre Sachen kam – eine Fussel oder ein einzelnes Haar.

«Schickes Kleid», sagte sie. «Du siehst wie Audrey Hepburn aus.»

«Es ist alt», sagte ich.

«Es ist toll.»

Sie schien zu glauben, dass ich keine Komplimente annehmen konnte. Ich zog es vor zu glauben, dass mir überschwängliche Gefühlsbekundungen zuwider waren und jedes Lob recht wäre, solange sich die Leute nur in ihrer Ausdrucksweise mäßigten.

Auf dem Hinweg überlegte ich, ob Edith eigentlich hübsch war oder ich das nur fand. Mit meinem Collegehirn war ich mir darüber im Klaren, dass Schönheit subjektiv war – hätte aber gern gewusst, ob wir in ästhetischer Hinsicht zueinanderpassten. Beinahe hätte ich gefragt, ob sie wisse, dass Holly Golightly bisexuell war. Nachdem ich die Frage in Gedanken formuliert und ihre körpersprachliche Umsetzung vor Augen hatte, wurde ich beinahe so rot, als hätte ich es wirklich gesagt.

Dickliche Kinder rannten durch die Galerie. Die Gemälde zeigten Tulpen und Kirschblüten. Edith behauptete, so was gefalle ihrer Großmutter. Ich dachte, sie mache sich über die Ausstellung lustig, aber dann ging sie, um ein paar Drucke für ebendiese Großmutter zu kaufen. In solchen Momenten fiel mir wieder ein, dass es Leute gab, die sie Mei Ling nannten und die ich noch nie getroffen hatte.

Beim Hinausgehen sagte ich, ich würde heimfahren und mir was zum Abendessen machen. Sie wollte wissen, ob ich Mitbewohner hätte. Ich hatte mich schon gefragt, wann das Thema aufkommen würde.

«Einen», antwortete ich, «aber er ist zurzeit nicht da. Julian.»

«Julian», wiederholte sie – wachsam, fand ich. «Vielleicht können wir was zusammen kochen.»

Ich hatte noch nie Gäste in die Wohnung mitgenommen und war erleichtert, dass es kein mühseliges Anmeldeverfahren in der Lobby gab. Die Vorschrift verlangte das eigentlich schon, es stellte sich aber heraus, dass die Concierges sie nicht auf Weiße anwendeten. Im Aufzug hielt eine Frau einen hechelnden Schäferhund an der Leine. Edith sagte etwas *gao* etwas, und die Frau lachte und sagte etwas etwas *gao*.

«Bist du sicher, dass es für Julian kein Problem ist?», fragte Edith.

Ich hatte das Gefühl, ihr mit seinem Namen etwas Persönliches verraten zu haben, und fragte mich dümmlich, ob es wohl zu spät war, ihn noch zurückzunehmen.

Im Flur stellte ich meine Ballerinas ins unterste Regalfach, ehe ich sie unnötigerweise nach oben verschob – so verhielt sich doch nur jemand, der nervös war. Während Edith kochte, zündete ich zum ersten Mal überhaupt die Kerzen an. Ich überlegte, ob Julian bei seiner Rückkehr wohl die Wachströpfchen auffallen würden.

Edith setzte sich in Julians Ohrensessel, als sich abzeichnete, dass ich meine Gastgeberpflicht versäumt hatte und sie nicht dazu auffordern würde. Sie benutzte die Armlehnen, anders als Julian, wenn er da saß. Er verschränkte die Arme eng vorm Körper, als hätte er den mittleren Platz an Bord eines Flugzeugs und seine beiden Sitznachbarn wären zuerst da gewesen.

Wir aßen. Ich fragte Edith, warum sie nicht von zu Hause auszog. Für die meisten Hongkonger in ihren Zwanzigern wäre das eine blöde Frage gewesen, aber ich wusste, dass sie ziemlich gut verdiente.

«Du kannst nicht einfach so ausziehen», sagte sie. «Du brauchst einen Ehemann oder zumindest eine Hypothek.»

«Glaubst du, dass du mal heiratest?»

«Nein, eher nicht.»

«Wir sollten uns einfach zusammen ein Haus kaufen.»

Edith lächelte und meinte: Vielleicht.

Ich gab ihr die Fernbedienung, und sie zappte zu einem Kanal, auf dem *Inglorious Basterds* lief. Sie meinte, die Schreibweise des Titels komme daher, dass Tarantino ihn in einem geleakten Drehbuch falsch geschrieben und dann darauf bestanden haben soll, dass das Absicht gewesen sei. Wir waren uns einig, wie abartig männlich das war.

Ich fasste mir beim Reden oft an den Mund, eine kindische Marotte, die mich beschränkt aussehen ließ. Ich zwang mich, damit aufzuhören, und ertappte mich dann dabei, mit meinen Haaren herumzuspielen.

Während einer Schießerei fragte Edith, wie Julian denn so sei. Es kam mir nicht zwingend notwendig vor, dass sie ständig seinen Namen nannte.

«Er ist gerade in London», sagte ich. «Er ist im Bankwesen.»

Mir gingen alternative Formulierungen durch den Kopf: er ist im Bankgeschäft tätig, er arbeitet bei einer Bank, er arbeitet für eine Bank. Edith fand wahrscheinlich, dass das alles aufs Gleiche hinauslief, vielleicht aber auch nicht und ich hatte es falsch ausgedrückt. Manchmal dachte ich, mit Julian hätte alles besser laufen können, wenn ich nur gewusst hätte, dass man zum Studieren *up* nach Oxford ging. Ich hasste das britische Klassensystem. Was auf jeden Fall nur ein Nebenschauplatz zu dem heillosen Durcheinander war, das ich im Zusammenhang mit Edith empfand, aber es war auch ein echtes Gefühl – nur nicht das vorrangigste. Für meine Verhältnisse war das schon eine große Selbsterkenntnis. Julian wäre selbstredend auch dann nicht mein Freund, wenn ich *up at Oxford* gesagt hätte, doch irgendwo tief in mir war ich überzeugt, meine entscheidende Unsicherheit gegenüber Edith bestand darin, ob sie Leute überhaupt anziehend fand, die den Konjunktiv falsch gebrauchten.

«Finden deine Eltern es nicht komisch?», fragte Edith. «Dass du mit einem Mann zusammenwohnst.»

«Ich habe es ihnen nicht erzählt. Sie würden es nicht verstehen.»

Was stimmte.

«Bringt er Mädchen mit nach Hause?», fragte sie, während sie auf ihrem Handy tippte. Ich wusste, dass sie wirklich Mails beantworten musste, fragte mich aber auch, ob es nicht auch ein ganz kleines bisschen gelegen kam, dass sie sich zufällig immer dann damit befassen musste, wenn sie etwas potenziell Heikles sagte.

Ich wünschte, ich hätte von vornherein zugegeben, dass Julian und ich vögelten. Jetzt war es zu spät. Edith würde mir nichts mehr erzählen, ihr Misstrauen gegenüber allem, was ich sagte, wäre neu geweckt.

Wenn ich sie so vor mir sah, wusste ich schon, dass sie zu Julian passen würde. Beide hatten das Tempo klackender Absätze auf Marmorböden, sonntäglicher Calls und Mails um Mitternacht. Sie könnten Zeit sparen, wenn der eine den *Economist* und der andere die *Financial Times* las und dann die Fakten zusammenwarfen. Wenn ich zu alldem eine Tabelle erstellte, würde Julian Edith ganz sicher nach einem Date fragen. Ich stellte sie mir zusammen vor, ehe mir klar wurde, dass ich das nur machte, weil ich mir kein klares Bild von ihr und mir machen konnte. Im Dunkeln ging meine Hand viel leichter als Ediths denn als Julians Hand durch – andererseits war auch nicht alles, was einem so in den Sinn kam, ein fruchtbarer Gedanke.

Der Film war zu Ende, und Edith meinte, sie müsse bald gehen. «Lass uns das irgendwann noch mal machen», sagte sie.

«Könnte schwieriger werden, wenn Julian wieder da ist.»

«Nicht so der kontaktfreudige Typ?»

Ich meinte, genauso gut könnte man ihn Katharina die Große nennen. Dieser Scherz klang sehr nach Julian und nicht besonders nach mir. Fragte sich nur, ob ich seine Ausdrucksweise übernahm, weil sie bei mir gewirkt hatte.

Bevor Edith ging, zeigte ich ihr meinen Kleiderschrank. Sie zog einen Camel Coat heraus und sagte, sie liebe Ted Baker, weil die Sachen teurer aussähen, als sie es seien. Ich hatte mich inzwischen so weit von der Version meines Ichs entfernt, die über den Preis erschrocken war, dass ich mich nun lediglich fremdschämte.

«Übrigens, Ava», fragte sie, «bist du Kommunistin?»

Das hatte noch nie jemand wissen wollen. Am College waren die Leute wie selbstverständlich davon ausgegangen, weil alle meine Freunde es waren, und bei der Arbeit glaubte keiner, dass man es als Erwachsener noch sein konnte. «Ja», sagte ich. Edith meinte, sie sehe den Reiz daran, möge es aber auch, schöne Sachen zu haben.

Am nächsten Tag textete ich ihr: man könnte die ansicht vertreten, marxismus sei die überzeugung, dass jeder, uns eingeschlossen, schöne sachen haben sollte. Edith antwortete, ich wolle damit doch nicht sagen, das rechtfertige, im Hier und Jetzt eine Rolex zu besitzen, wenn anderswo Menschen verhungerten. Ich schrieb: du hast recht. Ich wollte noch hinzufügen, dass Julian eine billige Armbanduhr trug, die er sich in Shanghai gekauft hatte, aber Edith kannte ihn ja gar nicht und hatte überdies keinerlei chronometrische Mutmaßungen angestellt.

Später am Abend meldete sie sich wieder und klagte, dass sie immer noch im Büro sei. Ich schickte ihr das PDF von *Warum Marx recht hat* mit der Betreffzeile «warnung: marxistische polemik». Sie antwortete: Machst du mich an? weil ich hab das gefühl, es ist nicht geeignet für den arbeitsplatz.

Das Licht war aus. Meine Hände Silhouetten vor dem Display.

Seit seiner Abreise vor zwei Monaten hatte ich immer Tabs über Julian offen. Auf Social Media glänzte er eher durch Abwesenheit: keine Status-Updates, Facebook-Profil so selten aktualisiert, dass er nach viermal Scrollen eine Champagnerdusche fürs Examen verpasst bekam. Auf Instagram hatte er permanent acht Bilder gepostet. Seitdem er in London war, hatte er alle meine Insta-Stories geöffnet. Wahrscheinlich wusste er nicht, dass die App einem anzeigte, wenn jemand das machte.

Ediths Name stand immer ganz oben bei meinen Story-Zuschauern. Vergeblich forstete ich Artikel und Subreddits durch, ob das bedeutete, dass sie mich, ich sie oder wir einander stalkten. Ich wusste selbst, dass ich mir ihr Profil häufig ansah, hätte aber gern gewusst, ob der Algorithmus es auch wusste. Noch wichtiger war die Frage, ob auch ich oben auf Ediths Liste auftauchte. Wenn der Umstand, dass sie bei mir ganz oben kam, wirklich bedeutete, dass ich die Stalkerin war, dann würde ich zumindest auf ihrer weit oben erscheinen, wenn sie mich ebenfalls stalkte – und wenn es sie zur Stalkerin machte, dass sie auf meiner Liste oben stand, dann würde mich das umgekehrt zwar auch als Stalkerin outen, aber sie stalkte mich ja zurück und konnte nichts sagen.

Ich verglich die beiden. Sie waren sich weder ähnlich genug für Zwillinge noch zu unterschiedlich für Counterparts. Trotzdem hatte ich immer einen Tab mit Edith, einen anderen mit Julian geöffnet, und sprang zwischen beiden hin und her.

24

MAI

Anfang Mai ging Edith mit mir in die Times Square Mall. Alles war groß und sauber, mit Marmorböden. Der Lichthof bestand aus einem Lane-Crawford-Kaufhaus, dann kamen Gucci und Chanel («Chinesenmagnete», sagte Edith), dann Loewe und Max Mara («Chinesenmagnete für Schlaue»), dann Labels für Leute, die dachten, sie hätten Geld, damit aber falsch lagen – Coaches, Michael Kors und Konsorten. «Stell dir mal vor – bewusst Michael Kors zu tragen», meinte Edith. Ich sagte, das sei fies von ihr. «Stimmt doch», sagte sie.

Immer wenn ich etwas trug, das Julian mir gekauft hatte, dachte ich, Edith könnte genau sagen, wie viel es gekostet hatte, und fand nicht, dass es das Geld wert war.

Wir gingen zu Zara. Ich fragte, warum Michael Kors nicht vertretbar sei, Zara dagegen schon, und Edith sagte, weil Zara sich nichts vormache. Sie fügte hinzu, unterschwellig wisse sie sehr wohl, dass das alles nur Wohlstandsmüll sei, aber Mrs Zhangs Einfluss sei nur schwer abzuschütteln. «Du hast recht», meinte ich, «es ist Wohlstandsmüll.» Sie lächelte. Ich war froh, dass sie mich mürrisch anscheinend noch mochte, vermutlich jedoch nur, weil es sie kaum tangierte. Ich stellte mir uns als Cartoonfiguren vor: Ich, die beim Versuch, sie mit dem Kopf zu rammen, nicht vom Fleck kam – meine Stirn knallte gegen ihre gelassen ausgestreckte Hand.

An den Kleiderstangen suchte sie uns Sachen zum Anprobieren heraus. Ich genierte mich zu sehr, um zu gucken, ob wir dieselbe Größe hatten, aber Edith fragte mich und meinte, das hätten wir. Sie sagte, es würde Zeit sparen, wenn wir zu zweit eine Umkleidekabine nähmen. Ich wandte mich ab, um mein Kleid auszuziehen, und Edith dann auch, als wäre es ihr sonst gar nicht in den Sinn gekommen. Im Spiegel sah ich ihren schwarzen Spitzen-BH. Ihr Deo roch nach Seife. «Ich mag deine Sommersprossen», sagte sie, immer noch mit dem Rücken zu mir. Sie hätte zugeben können, dass sie einen Blick über die Schulter geworfen hatte, oder einfach eine Bemerkung über die Teile meines Körpers machen, die sie schon kannte, und ich dachte, es würde sie nicht umbringen, wenn sie sich in dieser Hinsicht klarer ausdrücken würde.

«Ich mag dein Kleid», sagte ich. «Meins ist hässlich.» Edith sagte, Quatsch, es sei nur anders. Es war das erste Mal, dass wir bei Klamotten nicht einer Meinung waren. «Der Ausschnitt bringt deine Schlüsselbeine zur Geltung», sagte sie. Ich erwiderte, sie habe auch hübsche Schlüsselbeine, und ob es nicht interessant sei, dass wir für Schlüsselbeine den Plural benutzten, wo es doch in Wirklichkeit nur ein einziger Knochen war, und das Kleid trotzdem hässlich sei. «Lass mich mal anprobieren, wenn du es nicht willst», sagte sie. Ich streifte das Kleid über den Kopf. Diesmal drehte ich mich nicht um.

Später fing ich noch eine Potemkin'sche Nachricht an Julian an.

ich glaube ich flirte mit edith. sie wirkt wie jemand, der mit jedem und insofern eigentlich mit niemandem flirtet.

ich weiß nicht, was los ist. ich kenne sie seit zwei monaten, und es fühlt sich an, als wäre sie der einzige mensch, der je in meinem leben existiert oder mir etwas bedeutet hat.

Ich markierte den Text und tippte auf die Zurücktaste, schloss und öffnete dann meine Entwürfe noch dreimal, um ganz sicherzugehen, dass die Worte wirklich verschwunden waren. In das jetzt leere Textfeld schrieb ich: ich wünschte, ich wäre mir über meine gefühle im klaren, und löschte das dann auch.

Victoria fragte, ob wir uns noch mal zum Tee treffen wollten, und spielte auf Dinge an, die Julian «sie habe wissen lassen». «Wissen lassen» hieß einfach «texten», klang aber so, als ob sie schon länger unter einer Decke steckten. Ich schrieb zurück, dass auf der Arbeit gerade viel los sei. Ich sah mir zu, wie ich diese Nachricht tippte, für die Victoria mich noch mehr hassen würde als ohnehin schon, und wie ich dann auf Senden drückte.

Auch Mam merkte an, es sei ja schon eine Weile her. Als ich anrief, meinte sie, ich sei nicht bei der Sache. Julian meldete sich, ein paar Tage später gleich noch mal (anmaßend, fand ich), dass es mir gar nicht ähnlich sähe, so lange für eine Antwort zu brauchen. Sogar Tom erkundigte sich, ob alles okay sei. Es war so lange her, seit wir das letzte Mal gesprochen hatten, dass ich ganz vergaß, ihm dafür Vorwürfe zu machen, dass er Mam von Julian erzählt hatte.

Jedes Mal, wenn ich darauf wartete, dass Edith mir antwortete, fasste ich mir ans Schlüsselbein. Und dann schrieb sie.

Am ersten Sonntag im Mai gingen wir in Queensway Sushi essen. Wir trafen uns an der Metrostation und liefen durch die Hennessy Road an Geldwechslern und Doppeldecker-

Straßenbahnen vorbei. Aus den chinesischen Apotheken roch es nach Muscheln und holzigem Ginseng. Edith sah mich die ausgestellten Kisten mit bräunlich schrumpeligen Heilpflanzen betrachten und meinte, Mrs Zhang habe eingehende Vorstellungen davon, was helfe und was nicht, falls ich jemals Rat bräuchte.

«Vogelnester bei Husten», sagte sie.

An einer Kreuzung wollte ich achtlos über die Straße, aber sie zog mich auf den Gehsteig zurück.

Das Sushi-Restaurant war eins mit Fließband. Da ich keinen Fisch aß, waren meine Auswahlmöglichkeiten begrenzt. Edith erspähte als Erste ein Gurken-Maki, schnellte vor, um es zu ergattern, und lächelte triumphierend, weil sie so eine gute Versorgerin war. Im Stäbchenessen stufte sie mich als fortgeschrittene Anfängerin ein. Weder blamierte ich mich, noch würde ich Preise gewinnen. Als sie es mir vorführte und ich es nicht hinbekam, streckte sie die Hand aus und korrigierte meine Haltung. Danach hatte ich Angst, die Stäbchen abzulegen, falls ich sie nicht wieder im richtigen Winkel aufnehmen konnte.

«Wie lange, glaubst du, bleibst du in Hongkong?», fragte Edith.

«Ich weiß es nicht», sagte ich. «Vielleicht so lange, bis ich eine Hypothek aufnehmen will.»

«Du hast eine schöne Wohnung», meinte sie, «wenn ich das so sagen darf. Du könntest dir ja auch was Günstigeres suchen.»

«Um ehrlich zu sein, zahlt Julian den Großteil der Miete.»

«Echt?», meinte sie.

In Ediths Stimme schwang immer Überraschung mit. Das machte ihren Charme aus. Deshalb war es ihr auch nicht so leicht anzumerken, wenn sie über das Gesagte wirklich verblüfft war. Sie neigte ihr Kinn in diesem ganz bestimmten Winkel und öffnete die Augen gerade so weit, um Worte, egal welche, in sich aufzunehmen. Das war eins meiner Lieblingsgesichter von Edith, doch seine Omnipräsenz richtete Verwirrung an, wenn ich ihr etwas Schwieriges erzählte und nicht wusste, was ich als Nächstes sagen sollte.

«Es ist kompliziert», sagte ich.

«Es geht mich ja nichts an», sagte sie, «aber –»

«Willst du wissen –»

«Ja.»

«Nein. Aber du kannst ruhig fragen.»

Ich überlegte, ob ich unaufrichtig war, um mir meine, Zitat, Chancen bei ihr, Zitat Ende, nicht zu verderben. Aber das war es nicht, glaubte ich. Ich war skrupellos genug, um jemanden mit Lügen ins Bett zu kriegen, doch während ich andere, genauso schlimme Dinge verbrach, gehörte das nicht zu meinem üblichen Repertoire. Es sei denn natürlich, ich redete mir das nur ein, um meine selbstkritische Haltung zu feiern, während ich gleichzeitig die Frage, was von meinem Verhalten überhaupt zu besagtem Repertoire zählte, elegant umging.

Außerdem war mir Ediths Sexualität noch immer ein Rätsel. Kurz trug ich mich mit dem Gedanken, eine Exfreundin zu erfinden, um ihre Reaktion zu testen, aber tiefer konnte man ja wohl nicht sinken. Ich konnte das Internet noch so manisch durchforsten und noch so viele Dinge vor Edith verheimlichen, aber ich würde jetzt nicht auch noch jemanden erfinden. Hier verlief meine moralische rote Linie. Zufällig würde es auch Mut erfordern, eine Freundin zur Sprache zu bringen, wohingegen Cyberstalking ein Kinderspiel war.

Dann war da noch die Julian-Frage – aber er hatte mich im Februar ausgelacht, als ich von ihm wissen wollte, ob es ihm was ausmachte, wenn ich mit anderen Männern flirtete. Frauen waren Freiwild, nahm ich an. Und selbst wenn nicht, wusste ich, dass ich mich sowieso weiter mit Edith treffen würde.

25

Ich versuchte, ab und zu bei Miles vorbeizuschauen, nicht zuletzt, um etwas in der Hand zu haben, wenn ich Julian davon berichtete, wie ich meine Zeit verbrachte. Außerdem lenkte es mich von Edith ab, was schön war – wenn ich dann nämlich wieder an sie dachte, fühlte es sich noch besser an.

Miles erzählte davon, wie Mao sich die letztlich gescheiterte Taiping-Revolution von Mitte des neunzehnten Jahrhunderts zum Vorbild genommen hatte. Wie er hatten die Taiping eine aufständische Ideologie gewissermaßen importiert. Anders als er konnten sie die Einheimischen nie dafür erwärmen und wurden daher von den selbstorganisierten Truppen der Gentry vernichtend geschlagen.

«Noch ein Grund, warum der akademische Marxismus keinen hermetischen Kosmos bilden sollte», sagte Miles. Es war das vierte Mal, dass ich ihn besuchte, seit Julian weg war. «Unter uns gesagt», meinte er, «kommen einem da schon Zweifel, wofür man das alles eigentlich macht. Wer liest schon Bücher von Wissenschaftlern?»

«Ich zugebenermaßen nicht», erwiderte ich – gedankenlos, aber er lachte und meinte, in puncto brutaler Ehrlichkeit könne er eben immer auf mich zählen.

Das stimmte nicht. Ich log oft aus Rücksicht auf die Gefühle anderer, oder damit sie mich mochten. So direkt war ich meist nur versehentlich. Aber es brachte mir größeres soziales Kapital ein, wenn ich so tat, als ob es Absicht sei, nicht zuletzt weil die Leute dann davon ausgingen, dass meine Komplimente aufrichtig gemeint waren. Julian schien mir zu vertrauen. Kluge Leute machten oft dumme Dinge.

«Möchtest du Tee?», fragte Miles.

Ich fand es eigentlich zu heiß dafür, sagte trotzdem ja und bot dann an, ihn selbst zu machen. Miles schlug das Angebot zweimal aus und nahm beim dritten Mal an. Die Kochnische hatte ein Fenster und dürftige Schallisolierung, sodass ich behelmte Männer sehen und hören konnte, die sich draußen mit Bohrmaschinen zu schaffen machten.

Miles sagte, langsam ziehe er meine Gesellschaft Julians vor. Ich wusste, dass das nicht stimmte, dankte ihm aber trotzdem. Ob es wohl auf der Hand lag, wie sehr ich mich nach der Anerkennung seines Sohnes sehnte – oder ging er ohnehin davon aus, dass jeder um Julians Zuneigung buhlte? Seit Längerem schon brannte mir die Frage unter den Nägeln, wer wohl zuerst nach Hongkong gekommen war, Vater oder Sohn. In Gedanken spielte ich gern das Gespräch durch, bei dem der eine bereits hier war und der andere aus England anrief, um zu verkünden, dass er ebenfalls herzog. Nach außen hin würden beide gelassen bleiben, doch der Austausch wäre von weitreichender emotionaler Tragweite. Julian würde ganz oft «okay» sagen.

Ich konnte nicht lange an Julian denken, ohne dass ich irgendwann wieder bei Edith landete. Die meisten Menschen, Orte und Dinge erinnerten mich an sie, aber Julian ganz besonders. Ich saß so in Miles' Wohnung und dachte: Edith, und lächelte.

«Trink schneller, Irin», sagte Edith.

«Du weißt aber, dass es in Irland ein ernsthaftes gesellschaftliches Problem ist?»

«Schon klar. Sorry. Mäßige dich.»

Wir hatten uns an einem Freitagabend Mitte Mai in einer LKFer Rooftop-Bar Champagner geholt. Ladies' Night: Bars spendierten uns Frauen Freigetränke, damit wir blieben und Männer sich an uns ranschmeißen konnten. Edith meinte, für die versierte Konsumentin werde Lesben-Dating dadurch ziemlich erschwinglich. Ich konnte mich nicht erinnern, ob die meisten Frauen solche Witze machten und, falls ja, wie ihre Gesichter dabei aussahen.

Wir ballerten uns vor Cyril Kwoks Dreiundzwanzigstem weg. Edith fragte, ob «wegballern» hieß, was sie dachte, dass es hieß. Ja, sagte ich. Irisches Englisch mache Sinn. So unterscheide man es von britischem Englisch.

«Warum müssen wir uns überhaupt wegballern?», fragte ich.

«Wirst schon sehen», erwiderte Edith.

«In irischem Irisch sagt man *ar meisce.*»

«Lass uns *ar meiscen*», sagte sie, als sei sie entschlossen, es in ihren Wortschatz zu übernehmen.

Der Schampus war ein schäbiger Preis dafür, sich mit Männern zu unterhalten. Das meiste wäre ein schäbiger Preis. Jedes Mal, wenn einer was sagte, schlugen sie auf den Tisch, was sie bizarrerweise alle nur noch mehr anzustacheln schien. Man hätte sich schon richtig volllaufen lassen müssen, um ihnen nicht absichtlich auf die Füße zu treten, und die Qualität des Alkohols war nicht dazu angetan.

Wir sicherten uns zwei Korbstühle in der Ecke. Edith trank drei Champagnerflöten in zehn Minuten. Ich fragte, ob sie sich für Cyril Kwoks Geburtstag wirklich so betäuben musste.

«Er instagramt die Autoschlüssel seiner Freunde», sagte Edith. «Sie werfen ihre Schlüssel auf einen Haufen, und er postet ein Foto und markiert sie darauf.»

«Wie in: Er markiert sie als ihre Schlüssel?», fragte ich.

Edith verdrehte die Augen, so: Nein, er markiert sie als das postfaktische Unbehagen.

Ich war mit Nachschubholen an der Reihe. «Und einen für meinen Freund», sagte ich todernst zum Barkeeper, der damit machen konnte, was er wollte.

Wieder oben war Edith dabei, Mails auf ihrem Handy zu beantworten. Eine Zeitlang blieb ich in einiger Entfernung stehen, als wartete ich darauf, dass sich etwas tat. Als ich dann die Gläser auf den Tisch stellte, bemerkte ich – im Gefühl, solange ich dabei mit etwas anderem beschäftigt war, könnte ich es ruhig sagen –, dass ich gern wüsste, ob Frauen wohl jemals auf einer Ladies' Night dateten.

«Es ist auf jeden Fall ein guter Plan», meinte sie.

Niemand konnte Edith gut.

Sie rief ein Taxi und wechselte mit dem Fahrer einige Sätze auf Kantonesisch. Im Wagen streifte ich meine High Heels ab und spürte den Teppich durch die Strumpfhose.

«Taxis riechen immer neu», sagte ich.

«Sie benutzen so ein Spray», sagte Edith.

«Du weißt alles.»

«Und du bist *ar meisce.*»

Sie streichelte über eine Laufmasche in meiner Strumpfhose und meinte, ich müsste besser aufpassen. Ich fragte mich, ob sie bloß ihren Herrschaftsbereich ausweitete oder ob ich ihr durch irgendwas zu verstehen gegeben hatte, dass sie das durfte. An der Art, wie ich sie ansah – nicht, wie ich sie vorsätzlich ansah, sondern wie ich sie einfach ansehen musste –, gehörte ich ihr gefühlt längst, aber das musste nicht heißen, dass es ihr auffiel. Vielleicht nahm Edith auch überhaupt keine Notiz von mir und berührte mich so, als wäre ich irgendein handliches Gerät.

Das Taxi setzte uns bergauf ab, und wir durchliefen drei Checkpoints bis zu einer Marmorlobby mit einem sechs Meter hohen Feigenbaum in der Mitte. Auf jeder nur geeigneten Oberfläche standen Bonsai in Schalen, sogar im Aufzug. Edith bemerkte, Kinder zu haben sei das Gleiche wie Bonsai zu züchten. Ich fragte, wie es sei, ausgewachsene Bäume zu züchten. Das, meinte Edith, sei eine Frage des Temperaments.

Cyril Kwok empfing uns an der Tür. Er trug von Kopf bis Fuß Weiß: Sweatshirt, Jeans, Turnschuhe. «Sucht euch eine Farbe aus», sagte er.

«Das ist Ava», sagte Edith.

«Hi, Ava. Such dir eine Farbe aus.»

«Rosa», sagte ich. «Hi, Cyril.»

«Okay, dann Rosé.»

Die Party war laut und dunkel, überall glitzerten Lichter. Cyril lotste uns durch den offenen Wohnbereich und ins Zwischengeschoss hinauf zu dem, was er «den Eimer» nannte. Ich war erleichtert, als ich sah, dass es sich dabei um einen echten Eimer handelte. Er fischte darin herum und versorgte Edith mit einer Flasche Armand de Brignac. «Herzlichen Glückwunsch mir selbst zum Dreiundzwanzigsten», sagte er und verteilte Wangenküsschen, ehe er sich entschuldigte.

Ich sagte zu Edith, er wirke doch nett, und fragte, warum sie ihn hasse. Sie verstand mich nicht gleich, deshalb musste ich ihr ins Ohr brüllen.

«Ich dachte, du würdest mich dafür verurteilen, dass ich ihn mag», sagte sie. «Er war in Eton.»

«Julian war in Eton», meinte ich.

Edith umklammerte den Rosé, wie um mich daran zu erinnern, dass sie den Redestab hielt. «Immer fängst du mit Julian an», sagte sie.

Bis dahin war ich nicht sicher gewesen, ob sie betrunken war.

«Du solltest nicht so tun, als ob du deine Freunde hasst», sagte ich. Der Lärm übertönte mich erneut, und Edith bat mich, zu wiederholen, was es mich noch mal umformulieren ließ zu: «Tut mir leid, dass du das Gefühl hast, du müsstest vor mir so tun, als würdest du deine Freunde hassen.»

Edith musste hallo sagen gehen, ich nicht, deshalb überlegte sie, bei wem sie mich lassen konnte. Von Julian her war ich so daran gewohnt, dass es mir nichts ausmachte. «Ich bringe dich zu Tony Ng», entschied sie. «Er war auf dem Wadham, darum versucht er jetzt immer, nicht reich zu tun.» Edith warf einen Blick auf Tonys rote Chinohose, wie um zu sagen: Du siehst ja, wie gut ihm das gelingt.

«Ling Ling, du strahlst ja», meinte Tony. «Wie gehts Sam?»

«Wir haben Schluss gemacht», sagte Edith.

«Wow», sagte Tony. «Es ist Äonen her.»

«Total», sagte Edith.

Mit einer Klarheit, die ich auf den Alkohol schob, wusste ich genau, was ich fühlte: Neid. Zum Teil, weil Ediths Freunde reich waren, vor allem aber, weil sie sie hatte. Auf die Sam-Geschichte würde ich später noch zurückkommen.

«Das ist Ava», sagte Edith zu Tony. «Ava ist Single.»

«Ich auch», erwiderte Tony. «Mal sehen, wer von uns sich zuerst einen Mann angelt.»

Ich konnte antworten: Oder eine Frau. Doch ich wusste ja nicht, ob Edith mich Tony in der Absicht vorgestellt hatte, ich würde mich dann vielleicht outen, oder ob ihr das gar nicht in den Sinn gekommen war. In der Schule hatten die Mädchen immer behauptet, sie hätten gern einen schwulen besten Freund, obwohl jemand Schwules ziemlich sicher nicht mit ihnen hätte befreundet sein wollen. Sie gaben mir immer noch alle möglichen Namen, weil ich nicht genug Jungs geküsst hatte.

Edith und Tony wechselten jetzt das Thema, deshalb nickte ich und machte ein interessiertes Gesicht. Ich begriff, dass mein Zögern, mich vor Edith zu outen, nicht nur so ein Spielchen war – ich hatte Angst, sie könnte dann nicht mehr mit mir befreundet sein wollen. Das dachte ich auch in Bezug auf Julian und überhaupt jeden in meinem Leben, dem ich auch nur im Entferntesten etwas bedeutet hatte, aber ich hatte mich dem noch nie in Hongkong stellen müssen, weil ich bis jetzt nicht in eine Frau verknallt gewesen war. Oder vielleicht war das Coming-out auch gar nicht das Problem, und sie sollte einfach nicht wissen, dass ich speziell von ihr was wollte. Diese beiden Punkte waren unmöglich auseinanderzuhalten. Ich konnte nicht auf Edith stehen, ohne auf Frauen zu stehen, und außerdem, so kam es mir vor – unlogischerweise, aber ich war fest überzeugt –, konnte ich nicht auf Frauen stehen, ohne auf Edith zu stehen. Und das ging mir durch den Kopf, als ich gerade über etwas lachte, weshalb ich weiterlachen musste, oder Edith würde merken, woran ich gedacht hatte.

In dieser Nacht, als ich zu Hause war, durchforstete ich Ediths Freundesliste im Netz. Es gab sechs Sams: vier männliche, zwei weibliche. Ich ging bei Edith auf «Freundschaft anzeigen», dann ersetzte ich in der URL meinen Benutzernamen der Reihe nach mit jedem und jeder einzelnen Sam, sodass mir ihre gemeinsamen Aktivitäten angezeigt wurden. Bei dreien – zwei Männern, einer Frau – gab es nur Geburtstagsposts. Einer war einfach auf denselben Cambridge-Gruppenbildern markiert. Beim letzten Paar, männlicher und weibliche Sam, gab es jeweils ein einziges Foto, auf dem sie den Arm um sie gelegt hatten.

26

Am 18. Mai wurde ich dreiundzwanzig. Die anderen Lehrer hatten gefragt, ob ich mit in die Kneipe wollte, doch ich antwortete wahrheitsgemäß, ich hätte schon was vor. Ausnahmsweise hatte ich Edith eingeladen, ohne ihr zu sagen, dass es mein Geburtstag war. Die Vorstellung, sie würde denken, dass ich dachte, wir wären enger befreundet, als wir es in Wirklichkeit waren, berührte mich peinlich. Am Morgen schickte sie mir ein Luftballon-Emoji, worauf ich mir den Kopf zerbrach, ob sie die ganze Zeit gewusst hatte, welcher Tag es war, oder einfach nur eine Erinnerung bekommen hatte.

Wir trafen uns bei einer Whiskeybar in der Hollywood Road. Edith schenkte mir einen bedruckten Schal von einem ökofeministischen Kollektiv mit Sitz in L. A. Ich war skeptisch, was seine angebliche Klimaneutralität anging, wo er doch von Kalifornien nach Hongkong verschickt worden war, aber er schmiegte sich weich an meinen Hals – und er war eingepackt, was darauf schließen ließ, dass sie von meinem Geburtstag gewusst hatte.

Wir gingen hinein. Es war rappelvoll. Die Getränkekarte fragte: Würden Sie für den besten Drink auf Erden einen Pakt mit dem Himmel schließen?

Edith fand den irischen Abschnitt und bestellte mir einen Connemara Peated Single Malt. «Ein Gruß aus der Heimat», sagte ich. «Da bleibt fürwahr kein Auge trocken.» Als der Whiskey serviert wurde, war er so stark, dass mir tatsächlich die Tränen kamen. Sie sagte, ich sei ein Baby, dann schauderte sie selbst, als sie daran nippte. Julian hatte mich mal so genannt – ein Baby –, was in meinen Augen bewies, dass Wörter ihre wahre Bedeutung aus dem Kontext beziehen.

Als Nächstes tranken wir Cidre. Im Eifer des Gefechts stieß ich mein Glas um und verschüttete etwas auf meinen Schoß. Sie zückte eine Minipackung Taschentücher. Ich dachte, sie würde mir eins reichen, doch sie beugte sich vor und tupfte meinen Schenkel ab. Ihre Haare rochen nach Rauch, weil sie zu Fuß durch LKF hergekommen war.

Edith sprach mit dem Kellner Englisch, der wiederum auf Kantonesisch antwortete.

«Er hat schon richtig geraten», sagte sie, nachdem er sich entfernt hatte, «aber was wäre, wenn ich aus Peking käme? Oder Korea oder so?»

«Vielleicht kann er kein Englisch», meinte ich. Keine sehr geistreiche Bemerkung, aber sie lenkte mich von ihrem Schmollmund ab. Das war noch eine meiner Lieblingsmienen von ihr, obwohl es natürlich nur begrenzt Sinn hatte, darüber Protokoll zu führen, wenn ich mir kein einziges Edith-Gesicht vorstellen konnte, das ich nicht mit am liebsten mochte. Die besten Worthäppchen schrieben meine Achtjährigen: Ich mag ihr Gesicht. Mit ihr bin ich glücklich. Ich wünschte, ich hätte nie Grammatik für Fortgeschrittene gelernt und könnte nur solche Sätze bilden. Was mir erlauben würde, sie laut auszusprechen.

«Dir fällt so was nicht auf, weil du weiß bist», sagte Edith.

«Mich sehen die Leute und gehen davon aus, dass ich von hier bin.»

«Aber du bist doch von hier.»

«Schon irgendwie», erwiderte sie. «Aber es entgeht einem manches, wenn man seine Jugendjahre im Ausland verbringt.»

Es klang wie etwas, das ihr ein Therapeut gesagt haben mochte, eine sonderbare Formulierung, um Ediths Persönlichkeitsentwicklung in wenige Worte zu pressen.

Sie fügte hinzu, dass viele, auch ihre Eltern, eine unangebrachte Nostalgie für das britische Empire empfänden, weil es immerhin nicht China gewesen war. «Hongkong ist der einzige Ort, dem man im ausgehenden zwanzigsten Jahrhundert erfolgreich ein neues Image verpasst hat», sagte sie. Beide fanden wir es zum Totlachen, dass die Engländer dachten, ihr Image sei international das einer schlaffen, teeliebenden Tollpatschigkeit à la Hugh Grant. Wenn sie während der Opiumkriege ein wenig diskreter vorgegangen wären oder etwas zurückhaltender am Bloody Sunday, hätten unsere Länder das sehr zu schätzen gewusst. «Deshalb können sie auch nicht damit umgehen, dass sie Kolonialismus betrieben haben», sagte Edith. «Sie sehen sich selbst als Leute, die nicht mal einen Hund einschläfern lassen können.» Beide fanden wir auch den Hundefimmel der Briten gruselig, sowohl angesichts der Vielzahl anderer Tierarten, die sie verzehrten, als auch des historischen und gegenwärtigen Niveaus ihrer Achtung vor dem Menschen.

Zusammen redeten wir schnell. In Hongkong sprach ich sonst immer langsamer, entweder damit die Kinder mich besser verstanden, oder weil Julian sich beim Sprechen Zeit ließ und ich das Gefühl hatte, ich müsse mich ebenfalls zurückhalten. Nur mit Edith konnte ich meiner Zunge freien Lauf lassen. Das zweite Glück war, dass ich vor lauter eifriger Zustimmung so tun konnte, als würde ich ihr Knie an meinem nicht bemerken.

Wir tranken Shots, ehe wir die Aberdeen Street hinunter zum Pier gingen. Es war zu spät für einen anständigen Blick, aber sie sagte, sie sehe sich gern die Boote an und versuche, ihre Formen zu erraten, indem sie wie bei einem Zahlenbild Linien zwischen den Lichtern zog. Unser Spaziergang fing damit an, dass wir alle um uns herum ignorierten, und hörte damit auf, dass niemand mehr zum Ignorieren da war.

«Weißt du, für Einheimische war es mal verboten, auf dem Peak zu wohnen», sagte Edith. «Bei den Mid-Levels bin ich mir nicht sicher, aber auf jeden Fall dem Peak.»

«Warum?», fragte ich. «Wer hat da gewohnt?»

Sie lachte. «Briten natürlich.»

Ich wollte, dass sie mir eine ihrer Storys erzählte – ihre Gesten wie leibliche Auswüchse der Fakten –, doch sie beließ es dabei. Es war neun Uhr abends. In den Bürotürmen stachen ein paar dunkle Fenster hervor, wie ausgeknipste Kästchen bei einer Spielshow, doch viele waren noch hell erleuchtet. Ich stellte mir Tausende über ihren Schreibtisch gebeugte Ediths und Julians vor, die Deadlines erreichten, Staub aufwirbelten, effizient performten. Vor uns jedoch lag das Wasser still da.

«Ich wüsste gern, ob es in Hongkong einen Moment gibt, in dem kein einziger Mensch arbeitet», sagte ich.

Langsam drehte Edith sich zu mir um. «Ich hasse meinen Job», sagte sie. «Ich arbeite hart, es ist gut, hart zu arbeiten, aber ich hasse es. Ich will bloß, dass Mrs Zhang stolz auf mich ist. Was dumm ist, weil sie auf völlig andere Dinge Wert legt als ich, aber sie ist meine Mum. Mir ist wichtig, was sie denkt.»

«Stell dir einfach vor, dass du es ironisch machst», antwortete ich.

«Das sagt man heutzutage noch?», erwiderte Edith.
Ich versuchte es in ernst.
«Ich mag Mädchen», meinte ich. Dann: «Ich mag dich.»
Sie küsste mich.

27

Wir texteten die ganze nächste Woche hindurch. Ich auf der Arbeit oder während ich durch Einkaufszentren schlenderte. Ich versuchte, wenigstens eine Viertelstunde verstreichen zu lassen. Dann schrieb ich in die Notiz-App, damit sie mich nicht mehr tippen sah, zählte die Sekunden, schnitt aus, fügte ein, schickte ab. Aber schnell kam ich darauf, dass ich es unbedingt sofort mit ihr teilen musste, sobald ich etwas geschrieben hatte.

Unter diesen Nachrichten: wollen wir dann mal kaffee trinken oder so.

Die drei elliptischen Minuten, in denen ich ihr beim Tippen zusah, besaßen ein ganz eigenes Gravitationsfeld. Sie wollte nicht Kaffee trinken oder so – oder überhaupt. Der Kuss war doch nur als Pastiche gedacht. Warum brauchte sie so lange, um nein zu sagen? Sag's einfach und lass mich hier für die Würmer liegen.

Dann: Ja, gern.

Wir kauften uns Speciality Coffee in Sheung Wan und lachten, als wir ihn tranken. Meiner war aschefarben mit Cashewmilch, ihrer hellrosa mit Drachenfrucht. Ich wollte schon fragen, ob mich das jetzt zum Mann machte, kam aber dann zum

Schluss, dass ironische Heteronormativität immer noch heteronormativ und es außerdem zu früh für diesen Scherz war.

Ich hätte gern gewusst, was besser war – ein erstes Date nach drei Monaten Bekanntschaft oder bei jemandem nach drei Monaten einzuziehen, aber ein halbes Jahr später immer noch «Freunde» zu sein. Keins von beidem erschien mir wahnsinnig gelungen, doch ich war zu glücklich wegen Edith, als dass es mich kümmerte.

Bei der Arbeit konnte ich mich nicht konzentrieren. Ich saß da und korrigierte Aufsätze, dann dachte ich an sie und presste meine übergeschlagenen Beine fester zusammen. Im Unterricht fragten mich die Kinder, was ein Wort hieß oder ob sie ein anderes richtig geschrieben hatten. Anstatt sie vorschriftsgemäß zu ermuntern, das Wörterbuch zu benutzen, verriet ich ihnen einfach die Antwort. Das war schon in Ordnung. Sie hatten Smartphones. Durch die Wände hörte ich die harschen Anweisungen der anderen Lehrer, und fragte mich, ob mein Problem darin bestand, dass ich nur nicht wie sie unterrichten oder überhaupt keine Lehrerin sein wollte.

Ich hasste es, wenn man mir Verantwortung aufhalste. Ich wünschte, Edith würde mir sagen, was wir seien und wie das gehe. Bei Julian hatte mir die Antwort nie gefallen. Jetzt kam ich darauf, dass ich ihm das – zum Beispiel – vielleicht einfach hätte sagen können, in Worten, anstatt so zu tun, als könnte ich damit leben. Dann freute ich mich über die neu gewonnene Chance. Edith hatte ich auch angelogen, aber nicht so konsequent und nicht in Bezug auf meine Gefühle.

Meine Lieblingsschüler waren die Mädchen mit sauberen Schönschreibheften. Ich wusste, dass sie später einmal wie Edith sein würden, und war froh, dass langfristiger Nachschub für Hongkong gewährleistet war. Connie Qian hatte Kleber und eine kleine Schere in ihrem Mäppchen. Sie schnitt die besten Absätze von meinen Arbeitsblättern aus und klebte sie in ihr Heft. «Ich mag deine Notizbücher», sagte ich zu ihr. Dann fragte ich mich, ob ich barscher hätte klingen sollen, um klarzustellen, dass ich nicht – unter keinen Umständen – versuchen würde, jemandes Freundin zu sein. Connie überlegte kurz, ehe sie mein Lob annahm. «Ich mag sie», sagte sie – kein «auch», vielleicht um zu zeigen, dass ihr Urteil nicht von meinem abhing. Auch das hätte Edith ähnlich gesehen.

Kein Schüler hatte mich je an Julian erinnert. Bei allen Spekulationen über seine Herkunft hatte ich ihn mir nie richtig als Kind vorstellen können. Ich sollte ihn keinesfalls anders sehen als wie er jetzt war. Er mochte mich, weil ich ihn nicht gekannt hatte, bevor er ein sechsstelliges Gehalt bekam.

Eine Woche nach unserem ersten Date lud ich Edith in die Wohnung ein. Sie trug, ganz ungewohnt für sie, Jeans und einen Zopfpullover. Sie überreichte mir eine Kristallschale mit Diamantschliff für den Couchtisch, in die man Obst oder Blumen tun konnte. Nach außen hin war es eindeutig ein Geschenk für mich, doch ich wusste nicht, was ich sagen sollte, da Edith es ja eigens für Julians Wohnung ausgesucht hatte – freuten wir beide uns oder nur ich?

Wir aßen Obst und sahen uns einen alten Streifen mit Judy Garland an. Ich überlegte, ob andere Leute, wenn sie jemanden zum Filmabend einluden, tatsächlich Filme schauten oder ob der Umstand, dass wir es taten, bedeutete, dass es zwischen uns gerade überhaupt nicht gut lief.

«Ich finde Judys Augenbrauen faszinierend», sagte Edith. «Sie sind so eulenhaft.»

Weniger angetan waren wir von der Handlung. Judy spielte eine schmuddelige Bäuerin, deren Schwester, eine Wanderschauspielerin, ihre Zelte in Judys Scheune aufschlug und fröhliche Musicalnummern mit ihrer Truppe einstudierte. Es kam zu einem vorhersehbaren Techtelmechtel mit dem schneidigen Verlobten der Schwester, wir verziehen ihm jedoch seine Holzschnittartigkeit, weil er von Gene Kelly dargestellt wurde. Ich war sicher, dass Gene, vorausgesetzt, die technische Möglichkeit hätte damals schon bestanden, keinen Streifen so weit ansehen würde, wenn er eine Frau zum Filmabend dahatte.

«Findest du sie hübsch?», fragte Edith.

«Judy?»

«Ja, klar.»

Edith könnte «Ja, klar» so gemeint haben, dass Judy, objektiv betrachtet, einfach attraktiv war; oder «Ja, klar», weil ich zu Judy, sowohl eine LGBT-Ikone als auch Angehörige eines Geschlechts, zu dem ich mich meinen eigenen Worten nach ganz allgemein hingezogen fühlte, wahrscheinlich noch am ehesten eine Meinung haben würde.

«Ich sehe schon, wie du auf das mit den eulenhaften Augenbrauen kommst», sagte ich. «Und sie hat ein gutes Profil. Sie und Gene haben ein hübsches Paar Nasen.»

Es hätte bessere Antworten gegeben – ich bereute, Gene da hineingezogen zu haben, der wirklich nichts damit zu tun hatte –, doch sie küsste mich auch so.

«Judy ist klasse», sagte sie. «Das Studio hat sie ja dazu verdonnert, Nasenprothesen zu tragen. Aber ich glaube nicht, dass sie hier eine auf hat. Am Ende hat sie doch ein Machtwort gesprochen.»

«Ich wünschte, du würdest mich nicht küssen und im nächsten Moment von Judy Garlands künstlicher Nase anfangen.»

«Ich hab dir doch gesagt, es ist keine künstliche, sondern ihre echte Nase.»

«Hör zu», sagte ich. Wir küssten uns wieder, und ich vergaß, was ich ihr zu bedenken geben wollte.

Es gab einen Pawlow'schen Moment, als ich sie schon in Richtung Julians Zimmer lotsen wollte, doch ich besann mich rechtzeitig und führte sie in meins. Wir leckten uns. Sie wühlte in meinen Haaren und sagte: Ja, genau da. Danach verglichen wir unsere Körper – ich hatte mich noch nie so ruhig dabei gefühlt. Jetzt konnte ich mich entspannen. Es kam mir vor, als würden unsere Gliedmaßen niemand Bestimmtem mehr zuzuordnen sein. Edith hatte längere Arme, fanden wir.

«Ich bin so glücklich», sagte ich.

«Ich auch», sagte sie.

Ich fragte, ob ich okay schmeckte. Danach hatte ich Julian immer fragen wollen, wusste aber schon, was er antworten würde: «Gut», was mir nur mehr Kopfzerbrechen bereiten würde, oder: «Wie Pinot noir, aber ich weiß nicht genau, ob das daher kommt, dass du welchen getrunken hast oder ich.» Edith meinte, sie könne es nicht beschreiben. Ich ertappte mich dabei, bewusst langsam zu atmen, als wollte ich jemand anderen besänftigen, und begriff, es war nicht die Antwort, die für mich zählte. Für mich zählte, dass ich meine Unsicherheit eingestehen konnte.

Sie musste gehen. Ihre Eltern erwarteten sie zu Hause. Ich redete mir ein, dass das nichts mit meiner möglicherweise seltsamen Frage zu tun hatte, erinnerte mich dann daran, dass ich, wenn sie was Komisches gesagt hätte, beinahe todsicher ein wenig gewartet und das Thema gewechselt hätte, bevor ich gegangen wäre.

Es gab keinerlei Zeugnis für das Vorgefallene. Solange es

nicht Schwarz auf Weiß stand, konnte ich es nicht so recht glauben. Vielleicht hatte Sappho deswegen Gedichte geschrieben – allerdings hatte man nach ihrem Tod Leichen zum Schutz gegen Maden in ihr Papyrus eingewickelt.

Ein Glück, dass Edith gegangen war, bevor ich in existenzialistische Grübeleien verfallen war. Ich sagte mir: Deshalb bist du Single. Deshalb kannst du mit zwei Leuten schlafen, keinem der beiden vom andern erzählen, mit einem zusammenleben und trotzdem noch Single sein.

28

JUNI

Anfang Juni waren meine Neunjährigen mit dem unregelmäßigen Plural und den Komposita durch und gingen zu Kollektiva über: eine Herde Schafe, ein Stapel Holz, eine Ladung Wichser. Letzteres behielt ich für mich, hätte aber schon gern gewusst, wie Engländer dazu sagten – «eine Ladung» konnte es nicht sein, aber als eine Nation, die sich notorisch einen auf ihre Großartigkeit runterholte, hatten sie doch sicher irgendeine Sammelbezeichnung dafür. Ich überlegte, wie ich das Edith fragen und es witzig statt seltsam klingen lassen konnte, und dann wollte Kendrick Yang wissen, was man zu Trauben sagte, und ich war raus.

«Bündel», sagte ich, «– nein, Büschel», und schwankte erneut. Aber er hatte sich schon «Büschel» notiert, darum ließ ich es so stehen.

Manchmal fragte ich mich, ob Englisch wirklich meine Muttersprache war. Als Kind hatte ich davon geträumt, heimlich aus einem fremden Land adoptiert worden zu sein. Russland war meine erste Wahl, weil ich einmal einen historischen Roman über eine Familie gelesen hatte, die vor der Oktoberrevolution flieht. Nähme ich das Buch jetzt allerdings noch mal zur Hand, würde ich die politische Haltung dahinter mit ziemlicher Sicherheit fürchterlich finden. Bücher über Menschen, die ihr Vermögen verlieren oder keins haben und eins erlangen, hatten meiner kindlichen Fantasie mehr zugesagt als solche, wo alles beim Alten blieb – dabei kam das im echten Leben weitaus häufiger vor. Und Figuren, die Klassenunterschiede überhaupt nicht hinterfragten, waren langweilig. Ich hatte so meine Zweifel, ob es solche Menschen überhaupt gab. Alle in der Schule wussten, wer das größte Haus hatte und wessen Eltern Anwälte waren.

Einmal hatte ich Julian «auf der Straße stehen» und «auf die Straße gehen» erklärt und gefragt, ob sich der irische Charakter seiner Meinung nach dadurch auszeichnete, dass beinahe kein Unterschied darin bestand, ob man arbeitslos war oder sich prostituierte. Er war schläfrig gewesen und seine Antwort vage. Ich fragte mich, ob ich diese Beobachtung nehmen und schauen könnte, was Edith davon hielt, wusste aber, es würde sich falsch anfühlen. Mir war nur nicht klar, ob ich ein schlechtes Gewissen hätte, weil ich etwas wiederholte, das angeblich nur für Julian bestimmt gewesen war, oder weil ich es für Edith aufwärmte.

Julian war inzwischen vier Monate fort. Manchmal hatte ich das Gefühl, er würde nie mehr wiederkommen.

Edith und ich schliefen weiter miteinander. Es gab nur eins, was sich besser anfühlte, als dass jemand so Vollkommenes sich für einen entschieden hatte, und das waren diese Worte aus ihrem Mund: «Ich will, dass du mich fingerst.»

Die meisten Leute hatten nur an bestimmten Stellen weiche Haut – hinter den Ohren, Handgelenke in Ärmeln –, aber Edith fühlte sich insgesamt so an. Sie war so zierlich, dass es sich schon fast witzlos anfühlte, sie in die Arme zu schließen. Wir umschlangen uns, lachten darüber, wie viel Bett noch übrig war. Ich hörte mich zu anderen sagen: Wir machen einander immer Platz, weil wir nämlich so kompakt sind. Dann fiel mir wieder ein, dass ich gerade ein halbes Jahr lang ziemlich viel Sex mit einem vertikal anstrengenden Mann gehabt hatte. Es war alles sehr aufschlussreich.

Wenn Edith nicht gerade arbeitete, lagen wir in meinem Bett und teilten Geheimnisse. Nach drei Wochen gestand sie, sie habe schon immer ausschließlich auf Frauen gestanden, aber erst in Cambridge sei ihr aufgegangen, dass nicht alle Frauen so und sie demnach lesbisch war.

Ich fragte, ob sie es je ihrer Familie gesagt hätte.

«Nein», erwiderte sie prompt.

Ich behauptete, dass ich es meiner sagen würde, sobald ich was Ernstes mit einer Frau hätte. Bis dahin bestand kein Zwang, sie über mein Sexleben zu unterrichten. «Nicht, dass es nur darum geht», fuhr ich fort. «Aber darauf würde es für sie am Ende hinauslaufen.»

Edith stimmte zu. Zu neunzig Prozent konnte sie es ihren Eltern genau deshalb nicht sagen.

Ich hatte noch nie mit einer Frau geschlafen, dabei war ich den überwiegenden Teil meiner Teenie- und Collegezeit von der einen oder anderen geradezu besessen gewesen. Sie hatten alle einen Freund gehabt – oder eine Freundin –, oder aber hätten mich nie im Leben heiß gefunden. Als ich Edith davon erzählte, fragte sie, ob ich glaubte, ich sei hinter unerreichbaren Leuten her gewesen, weil ich innerlich gewusst hätte, dann nie der Wahrheit ins Gesicht blicken zu müssen, dass keins meiner Probleme wie von Zauberhand verschwinden würde, wenn ich mit ihnen zusammenkam. Ich erwiderte, sie habe kein Recht, so was Einfühlsames zu sagen.

«Das macht doch jeder, Ava», meinte sie. «Du stellst dich

selbst dauernd als diese beispiellos verletzte Seele dar, obwohl vieles davon ganz normal ist. Ich glaube, du willst dich als was Besonderes fühlen – wer nicht –, aber du erlaubst dir einfach nicht, dich auf eine gute Art besonders zu fühlen, und darum redest du dir ein, dass du besonders verkorkst bist.»

Ich bat sie noch mal, damit aufzuhören, mich so gut zu durchschauen, und sie lachte und antwortete: «Na gut, ich hab's versucht.» Aber tatsächlich mochte ich es, wenn sie mich psychoanalysierte. Ihre Miene sachkundiger Objektivität bestätigte mir, dass jemand die Lage – mich – im Griff hatte.

Sie hatte schon mit ihrer Ex in Cambridge geschlafen – Sam, sagte sie. Das machte es leichter. Ihr ganzer Freundeskreis war LGBT. Seit sie nach Hongkong zurückgekehrt war, spielte sie wieder Verstecken.

«Sam», wiederholte ich zum Zeichen, dass das eine neue Information war.

Wir waren zu befangen, um uns in der Öffentlichkeit zu küssen. Das erste Mal galt nicht, weil es spontan gewesen war, doch als sich erst mal ein Muster herausgebildet hatte, machten wir uns Sorgen, wie die Leute darauf reagieren würden. Kleine Gesten waren unheimlich aufgeladen. Ich stupste sie an, damit sie sich etwas auf meinem Handy ansah. Wir gingen noch mal zum Central Pier und machten ein Selfie, und ich schickte es ihr mit der Zeile: Busenfreundinnen. Ich lud ein Foto von Edith in meine Instagram-Story hoch, und als ich sah, dass Julian es gesehen hatte, verspürte ich einen Stich, dachte zuerst, es sei Angst, und begriff dann, es kam eher Aufregung nah. Keiner der beiden kannte alle meine Geheimnisse.

Bei der Arbeit tat ich so, als sei ich sie oder als beobachte sie mich. Anstatt darüber hinwegzusehen wie sonst, räusperte ich mich so, wie Edith es bestimmt tun würde, wenn die Kinder tuschelten oder sich Videos auf ihrem Handy anschauten. Es funktionierte. Sie hörten auf damit. Als Clarice Xu um Hilfe bat, sagte ich ihr, sie mache das ganz toll. Normalerweise sah ich mich nicht als jemanden, die großzügig mit Komplimenten um sich warf – als hätte das einen Unterschied gemacht. Aber man musste gar nicht so toll sein, damit eine Zehnjährige bei einem Anerkennung suchte, außerdem hatte ich die Kreidestifte und sie nicht.

Manchmal kam Edith mir nach der Arbeit an der nächsten Metrostation entgegen. Dann durfte ich sie berühren. Wir konnten im Aufzug stehen und ich die Hand nach ihr ausstrecken. Wie Freundinnen das eben so machten. Die Leute sollten wissen, dass wir zusammen waren, aber nur diejenigen, die uns dafür nicht wehtun würden. In Dublin hätte ich Angst davor gehabt, und in Hongkong genauso.

Das hätte ich Edith gern erklärt: dass Julians Hand zu halten war, als hielte man einen Museumspass, und ihre, als hielte man eine Granate. Nicht mal in meinem Kopf ergab das Sinn, würde es also noch weniger, wenn ich es laut aussprechen würde, das wusste ich. Und sie wollte auch nicht Händchen halten, daher war das nie ein Thema.

Im Juni sah ich Miles wieder. Er erzählte davon, wie Zhou Enlai, der spätere Führer der Kommunistischen Partei, sich im Astor-Hotel in Shanghai vor Maschinengewehrfeuer und Bajonetten versteckt gehalten habe. Zur Tarnung trugen Zhou und seine Frau einen dreiteiligen Anzug beziehungsweise ein Seidenqipao. Der antikommunistische General Chiang war darüber im Bilde, dass sie dort waren, ließ sie jedoch höchstwahrscheinlich laufen, um sich dafür zu revanchieren, dass

Zhou ihn einmal vor gewalttätigen Linken gerettet hatte. Es wäre wahrscheinlich eine bessere Geschichte gewesen, wenn ich mehr über die Figuren gewusst hätte, die darin vorkamen.

Miles erzählte mir auch von Julians Geburt, dann davon, wie er Florence kennengelernt hatte. Sie trug einen eleganten Bleistiftrock und sagte, sie arbeite bei der Bank of England. Er fragte, ob sie Sekretärin sei, und sie erwiderte, nein, Politikberaterin, und dass sie an ihrer Promotion arbeite. «Du musst Nachsicht mit mir haben», sagte Miles. «Das waren andere Zeiten. Zumindest sie hat mir verziehen.» Er sah aus, als wollte er noch hinzufügen, dass sie (gegen ihn) einen Groll wegen tausend anderer Sachen hegte.

Miles schien mehr Einzelheiten aus ihrem Familienleben einzustreuen, seit ich ihn in Julians Abwesenheit besuchen kam. Es war unfair, dass das erst jetzt geschah, wo es nicht mehr ganz oben auf meiner Prioritätenliste stand, mehr über Julian herauszufinden.

Wir hörten uns eine von Nina Simones Montreux-Aufnahmen von 1976 an, «I Wish I Knew How It Would Feel to Be Free». Miles meinte, es sei in den Vereinigten Staaten der Sechziger eine Hymne der Bürgerrechtsbewegung gewesen. Nina sang: *I wish I could say all the things I can say when I'm relaxed.*

Im Moment sei jeder Versuch, sein Buch fertigzubekommen, vergeblich, sagte Miles. Stattdessen bemühe er sich, seinen Studierenden mehr Aufmerksamkeit zu widmen. Viele hätten vor ein paar Jahren bei den Regenschirmprotesten mitgemacht, und solche Aktionen würden immer wichtiger.

«Du willst also deine Studenten einer Gehirnwäsche unterziehen?», fragte ich.

«Ja, solange ich es noch kann.»

«Meine Achtjährigen fahren voll auf Verschwörungstheorien ab. Willst du's mal bei ihnen probieren?»

Nina sang: *Jonathan Livingston Seagull ain't got nothing on me.*

Ich sah auf die Uhr und kam auf fünfzehn Minuten, in denen ich nicht an Edith gedacht hatte, ein persönlicher Rekord. Natürlich brachte das den Stein sofort wieder ins Rollen. Miles hatte gefragt, was ich so getrieben hatte, und ich wusste nicht, was ich antworten sollte, weil ich die ganze Zeit mit Edith zusammen gewesen war. Es machte mir nichts aus, wenn Miles davon wusste, aber wenn ich ihm von Edith erzählte, erführe Julian es womöglich auch. Und wenn er das mit Edith erfuhr, würde Edith vielleicht das mit ihm erfahren. Dann würde sie wissen wollen, warum ich sie angelogen hatte. «Ich lüge alle zu allem an», wäre wohl nicht unbedingt eine zufriedenstellende Antwort für sie.

29

Mitte Juni sagte Edith, wir würden langweilig – «als Menschen», meinte sie, eine Bestimmung, die ich später rigoros sezierte –, wenn wir andauernd nur Sex hätten. Ich erwiderte, das sähe ich nicht so, aber wir könnten gerne ausgehen, wenn sie das glücklich mache. «Allerdings», meinte Edith. Ihre Offenheit war für mich immer noch so ungewohnt, dass ich mich zu dem Eingeständnis hinreißen ließ, ich fände Ausgehen toll. «Wer nicht», sagte sie. Ich meinte, mir täten alle leid, bei denen es anders sei.

Wir holten uns Streetfood und wetteten im Happy Valley auf Pferde. Sie ging mit mir auf einer langen, hügeligen Straße, in der sich ein Convenience-Store an den nächsten reihte, Bubble Tea trinken und machte sich darüber lustig, wie lange ich zum Bestellen brauchte, und dann darüber, was ich mir aussuchte. («Wenn du mich nicht so hetzen würdest, hätte ich vielleicht was anderes genommen.» «Jeder, der sich in jeglicher verfügbaren Bedenkzeit für ‹Matcha Love Potion› entscheidet, stellt eine Gefahr für die öffentliche Sicherheit dar.») Wir versuchten – vergeblich, aber der Versuch zählte –, mir auf dem Riesenrad am Hafen und der Seilbahn auf Lantau über die Berge meine Höhenangst auszutreiben. Auf beiden klammerte ich mich kreischend an Ediths Hand, ehe mir dämmerte, wie pärchenmäßig das war. Ich hätte gern gewusst, ob andere auch so was Pärchenmäßiges machten und dann ihre eigene Aufrichtigkeit hinterfragten. Aber selbst wenn alle auf Dates das Gleiche wie Edith und ich unternahmen, war es bei uns trotzdem etwas Besonderes, beschloss ich.

Einmal gingen wir zum Man-Mo-Tempel, um uns etwas zu wünschen. Weihrauch waberte von Deckenspiralen herab. Wir standen vor der Urne, rund und golden wie ein Kelch, und ich fragte Edith, was ich wollte. «Sag du's mir», antwortete sie. Ich küsste sie lachend auf die Wange.

In der letzten Juniwoche fragte Edith, wann Julian zurückkehren würde.

«Ich weiß nicht», erwiderte ich. «Er hält sich da bedeckt.»

Wir kamen gerade vom Shoppen zurück. Julian hatte gesagt, ich könnte noch mehr Plaids kaufen, nachdem ich einmal bemerkt hatte, mir gefiele das in meinem Zimmer. Ich hatte mit Edith vier neue besorgt – zwei mit Fischgrät- und zwei mit Fensterkaromuster – und drapierte sie jetzt im Wohnzimmer. Edith hatte nicht viel zu meiner Kaufentscheidung gesagt, weshalb ich argwöhnte, dass sie sie bestimmt nicht ausstehen konnte, genau wie Julian, sobald er wieder da wäre. Es war nicht fair, dass sie beide einen besseren Geschmack als ich hatten.

Ich hakte nach: «Findest du die Plaids langweilig?»

«Wie bedeckt?», entgegnete Edith. «Die Plaids sind super.»

Es war alles Zeit auf Pump, für die ich später bezahlen würde. Das war mir klar. Im Tempel hatte ich mir gewünscht, dass Julian zurückkehren und sich alles schon fügen würde. Aber ich konnte es mir überhaupt nicht klar vorstellen. Wenn ich die Augen schloss, sah ich vor mir, wie er ihr die Hand gab, kam aber über diesen Moment nie hinaus.

Immer wenn Edith zu tun hatte, ging ich raus und klapperte meine Convenience-Stores und Einkaufszentren ab, oder ich blieb einfach im Bett. Ich war keineswegs einsam, sondern genoss es, Zeit für mich zu haben, da meine Arbeit permanent zwischenmenschlichen Kontakt erforderte. Doch abschalten konnte ich nicht.

An diesem Abend schrieb ich Julian: du fehlst mir. Was seltsam von mir war.

Ich wollte meine Handschrift verbessern, um meinen Schülern ein gutes Beispiel zu geben. Im Netz fand ich eine französische Kursivschrift und führte darin Sätze aus, die alle Buchstaben des Alphabets enthielten: Vogel Quax zwickt Johnys Pferd Bim, Stanleys Expeditionszug quer durch Afrika wird von jedermann bewundert, zwölf laxe Typen qualmen verdächtig süße Objekte. Es erschien mir wie eine Strafe, auch wenn nicht ganz klar war, wofür. Nachdem mein Pangrammbestand erschöpft war, schrieb ich Shakespeare-Sonette ab.

Als wir uns dann einmal einen Film auf meinem Bett ansahen, fiel Ediths Blick auf eine meiner Abschriften auf dem Nachttisch. Sie sagte, ich hätte eine schöne Schrift. Ich nahm das Kompliment schlechten Gewissens an, als wären die Buchstaben auf dem Papier nicht wirklich meine.

In dieser Woche nahm ich mit meinen Zehnjährigen *if* und *whether* durch. Auf Französisch gab es zwar eine ähnliche Konstruktion mit «ob», wenn man eine Frage in indirekte Rede umwandelte, aber die Dubliner konnten sich nicht in jedem Fall dazu aufraffen. Wir sagten oft: *I don't know will he come back*, was schlechtes Englisch war. Man musste sagen: *I don't know whether he'll come back*, oder: *I don't know if he will* – ich weiß nicht, ob er zurückkommt.

Ich unterstrich die Konjunktionen in den Beispielsätzen, dann machten sich die Kinder an die Arbeit. Ein paar waren früher fertig und quatschten auf Kantonesisch. Ich tat, als bemerkte ich es nicht.

Ollie aus Melbourne kam herein, um sich einen Whiteboardmarker zu leihen. Wir unterhielten uns, während die Kinder schrieben. In seinem schulmeisterlichsten Ton sagte Ollie, Konjunktionen seien vertrackte Scheißdinger. Es gehöre schon Geschick dazu, meinte er und fuhr mit erhobener Hand durch die Luft, als fliege das Geschick frei herum und er versuchte, es für mich einzufangen.

Julian hatte auf mein «du fehlst mir» nicht geantwortet. Unklar, ob ich ihn wirklich vermisste oder ob ich mich stark fühlen wollte, indem ich Dinge von mir behauptete, die nicht stimmten und ihn glauben machten, die Oberhand zu haben. So was zog ich mit Edith nicht ab. Und nicht, weil ich bei ihr unverfälschter ich selbst war – Manipulieren lag in meiner Natur, sonst würde ich es ja nicht andauernd tun. Aber Edith brachte das im Gegensatz zu Julian nicht in mir hervor. Ich mochte mich selbst nicht in seiner Gegenwart, nur hatte ich das Gefühl, mich manchmal in diesen Menschen verwandeln zu müssen, weil er ebenso schlecht war wie ich.

«Du bleibst immer für dich, Ava», schloss Ollie, aber ich hatte nicht mehr zugehört. Ich erwiderte, ich hätte den Kopf voll.

Schließlich antwortete Julian doch noch auf meine Nachricht. Er hatte so lange gebraucht, dass ich es schon ganz vergessen hatte.

Sorry – viel los. Du fehlst mir auch.

Darüber musste ich lächeln, hatte das Gefühl, damit Edith zu hintergehen, und dann Julian, weil Edith mir täglich solche Sachen schrieb und ich mich immer noch mehr darüber freute, wenn es von ihr kam. Was gegen jede wirtschaftliche Logik verstieß. Vorausgesetzt, bei mir bestand eine elastische Nachfrage nach süßen Nachrichten, hätte ihr Wert ja eigentlich mit zunehmender Knappheit steigen müssen. Aber wenn sie von Edith kamen, standen sie immer hoch im Kurs.

Beim Sex redeten Edith und ich viel. Julian machte im Bett nie den Mund auf, weshalb es immer peinlich gewesen war, wenn mir was rausrutschte, so als ob ich falsch verstanden hätte, was wir da gerade zu tun versuchten. Bei Edith gehörte Reden dazu – stammelnd stießen wir Worte hervor, bis wir nicht mehr konnten. Sie sagte: Mach weiter, wir haben Zeit. Danach meinte ich, es sei irgendwie schräg und auch ein bisschen deprimierend, so: Lass uns beim Sex nicht zurückhalten, weil unser zu erwartender Todeszeitpunkt noch in relativ weiter Ferne liegt. Edith erwiderte, a) sie meinte eigentlich, dass die letzte Metro erst in ein paar Stunden komme, und b) wir es gleich lassen könnten, wenn wir einander für jede absonderliche Äußerung beim Sex an den Pranger stellten.

Für Judy Garland pflegten wir weiterhin die gebührende Hochachtung. «Ich habe ein Foto von ihr in ihren Fünfzigern gesehen», sagte Edith. «Wir hatten recht mit den Eulenbrauen. Sie sieht aus, als wäre sie durch nichts aus der Ruhe zu bringen. Nicht besonnen, eher auf so eine Toughe-alte-Schnalle-Art.»

«Das passt zu ihrer Biographie.»

«Wir sollten ihr Grab besuchen», meinte Edith.

«Du bist immer so makaber nach dem Sex», erwiderte ich. «Was das wohl zu bedeuten hat ...»

Mein «immer» hatte hier nichts zu suchen – es waren ja erst ein paar Wochen. Ich bemerkte, dass Edith es registrierte und trotzdem einverstanden schien.

Manchmal stellte ich sie mir in Cambridge vor. Keine Ahnung, warum. Meine imaginären Abendessen mit Florence gehörten wahrscheinlich nicht zu der Sorte Tagtraum, die für einen glücklichen Menschen sprach, dienten aber wenigstens einem eindeutigen Ziel. Die Cambridge-Sache dagegen nicht. Ich malte mir einfach gern Ediths dunkle Haare vor dem Schnee im Hintergrund aus, oder die Treppen, die sie in steinernen Türmen zu Kolloquien erklomm. Ich dachte auch über ihr Leben in Hongkong nach. An hohen Feiertagen veranstalteten die Zhangs Festessen, und die Kanzlei konnte ich mir anhand ihrer Parallelen zu Julians Bank zusammenfantasieren. Die Bank hatte ich auch nie von innen gesehen, ihn aber gebeten, sie mir zu beschreiben.

Vielleicht lebte ich durch Edith. Wenn ich sie in Gedanken an ihre hochfliegenden Orte versetzte, dann, weil ich mich dort nicht selbst hinverpflanzen konnte und sie dem noch am Nächsten kam. Dass ich meinen Ehrgeiz stellvertretend durch sie auslebte, erklärte nur unzureichend, warum ich nach ihrem Leben süchtig war, doch ich kannte mich selbst nicht gut genug, um es besser zu wissen.

«In Irland», sagte ich ihr in meinem Bett, «fand ich Sex mit Männern verstörend.»

In Wirklichkeit erklärte ich ihr damit, dass «Du fehlst mir» mehr aus ihrem als aus Julians Mund bedeutete. Nach menschenmöglichem Ermessen konnte man nicht von ihr erwarten, diese Verbindung herzustellen, darum konnte ich das getrost sagen.

30

Am letzten Sonntag im Juni holten wir uns einen Salat bei Marks & Spencer und nahmen den Bus zum Tai Pak Beach in Discovery Bay.

Ich fuhr gern mit Edith Minibus. Er war grün und weiß und schüttelte uns ordentlich durch. Selbst Edith fiel ihre Sonnenbrille herunter, als der Bus eine Kurve nahm. Eines Abends gab es keinen Knopf, und wir mussten dem Fahrer zuschreien, anzuhalten. Edith übte es auf Kantonesisch mit mir – *bus-ee jau m'goi* –, ließ es mich dann ausrufen und lachte, als ich die Töne nicht richtig hinbekam.

Am Strand war es heiß. Nicht weit von uns hockten drei ältere Damen in Klappliegestühlen um einen Sonnenschirm herum. Ich fragte Edith, worüber sie sprachen, und sie antwortete, von Hakka verstehe sie kaum was. Ediths Großmutter mütterlichseits sprach nur Hakka und behauptete, in Hongkong brauche man keine andere Sprache. Es gebe ein paar Unglücksraben, die sie nicht beherrschten – ja, eine ganze Menge und vielleicht mehr, als man gutheißen könne –, doch Mrs Tan bezweifelte, dass es deren Los auch nur um ein Haar verbesserte, wenn sie sich auf ihr Niveau herunterziehen lassen würde.

«Im Grunde ist meine Oma die Hakka-Ausgabe eines britischen Expats.»

Klar würde ich diese Bemerkung später als meine eigene neu verpacken und an Julian schreiben. Der gleichzeitige Austausch mit den beiden kostete Kraft, doch durch ihre Gemeinsamkeiten ließ sich ein gewisser Mengenrabatt erzielen. Ich konnte nicht nur meine eigenen Beobachtungen für beide jeweils recyceln, sie kamen auch noch in den Genuss der Worte des jeweils anderen, nichts ahnend, von wem ich sie geklaut hatte.

Edith bat mich, ihr Irisch beizubringen. Als sie die Sätze wiederholte, sprach sie sie nicht mit ihrem gewohnten Akzent, sondern in chinesischem Tonfall aus. Vielleicht konnte man noch so viel Sprachen lernen, meinte sie, letztlich käme doch immer die Muttersprache durch.

«In fünfzig Jahren sprechen wir sowieso alle Chinesisch», erwiderte ich. «Wenn man Julian da Glauben schenken will. Er meint, die meisten Kunden stammen mittlerweile vom Festland.»

«Warum behalten sie ihn dann?»

«Er ist sehr groß.»

Edith meinte, er höre sich wie ein Typ aus ihrer Kanzlei an, mit dem sie immer laufen ging. Er sei ein Arschloch mit Hang zur Überpronation, schloss sie. Überpronation war, wenn der Fuß beim Abrollen zu weit nach innen knickte. Arschloch war, wenn man einen Charakter wie er hatte.

«Wieso gehst du dann mit ihm laufen?», fragte ich.

«Er ist in meinem Team. Also entweder das oder mit ihm ein Bier trinken gehen.»

Edith konnte fast alle Wörter schneidend klingen lassen, und «Bier» war eines davon.

«Glaubst du, er will was von dir?», fragte ich.

«Männer stehen nie auf mich», sagte sie selbstgefällig.

«Julian vielleicht, wenn er zurückkommt. Ich sollte ihn vorwarnen, dass du lesbisch bist. Habe ich dir mal seine Ex gezeigt?»

Wir sahen uns Fotos von Kat an. Das Display spiegelte in der Sonne. Edith meinte, Kat sei umwerfend und wie Julian sie nur um Himmels willen hatte rumkriegen können. «Aber ich kenne ihn ja nicht, ich sollte nicht so gemein sein», fügte sie, nicht gerade reumütig, hinzu.

Dann fragte Edith, ob ich daran dächte, Hongkong jemals wieder zu verlassen.

Die Hakka-Tanten guckten, deshalb streichelte ich nur ihre Hand. «Wir könnten zusammen weggehen», antwortete ich. «In London gibt es auch Kanzleien.»

«Ich habe gehört, es gibt demnächst einen Einstellungsstopp wegen Brexit und so. Warum überhaupt London?»

«Weiß nicht. Scheint doch lebenswert.»

«Weil es weit weg von deiner Familie ist?»

«Wahrscheinlich.»

«Ich glaube, du hast gern deinen Freiraum», sagte Edith.

Ich konnte schlecht sagen: Alle in Dublin haben mich so gehasst, dass ich mich irgendwann auch selbst hasste, und ich bin hergekommen, weil ich das ändern wollte, was irgendwie, aber nicht hundertprozentig geklappt hat. Edith würde das nicht verstehen, glaubte ich. Keine Ahnung, ob das überhaupt stimmte, dass mich alle gehasst hatten. Es hatte sich so angefühlt, aber vielleicht war das in dem Alter normal.

Sie widmete sich wieder einem Dokument auf ihrem iPad, und ich ließ mir noch mal durch den Kopf gehen, was ich vorhin gesagt hatte, von wegen wir sollten zusammen weggehen. Das war mir einfach rausgerutscht; ich hatte mir nie viele Gedanken darüber gemacht. Es war ja schon kaum auszudenken, was wäre, wenn Julian irgendwann wieder zurückkam, geschweige denn danach. Aber ich sah uns in einem sehr aufgeräumten Zuhause vor mir, ohne dass unsere Familien es je herausfinden würden. Am schlimmsten wäre es, wenn wir vor ihrer, aber nicht vor meiner Familie out wären. Dann hätte sie mehr Macht: sie könnte mit ihnen über mich reden. Sofort fühlte ich mich schlecht, weil ich wollte, dass sie ihren Eltern genauso viel verheimlichte wie ich meinen, nur damit zwischen uns Gleichstand herrschte. Ob andere Leute solche Gedanken wohl bewusst beiseiteschoben – oder würden sie gar nicht erst darauf kommen? Aber es war vermessen, überhaupt darüber nachzugrübeln. Wahrscheinlich redete ich das Ganze auch noch herbei.

An diesem Abend in Julians Wohnung fragte ich: «Stimmt es eigentlich, dass es scharenweise Lesben auf dem Internat gibt?»

«Wenn ja, outen sie sich jedenfalls nicht», meinte Edith. «Die Lehrer haben sich Sorgen gemacht, dass zu wenig Zwangsheterosexualität herrscht, und deshalb mussten wir immer zu Gemeinschaftsveranstaltungen mit Eton.»

Ich wollte schon sagen, womöglich war sie dort Julian über den Weg gelaufen, ehe mir einfiel, dass er schon in Oxford gewesen sein musste, als sie ins UK kam.

«In meiner Stufe hat sich auch keiner geoutet», sagte ich. «Man wäre gegen eine Mauer angerannt.»

Sie sah mich an, als wüsste sie nicht, ob ich nur Spaß machte. Da war ich auch nicht so sicher. Neben Männern gab es andere Gründe, warum ich in Dublin nicht glücklich geworden war.

Am nächsten Morgen gingen wir im Sun-Yat-Sen-Park spazieren. Edith fragte, wie sie meine Freundin werden könne. Sie fragte: «Muss ich mich da irgendwo anmelden?»

Julian meldete sich aus London zur Hongkonger Politik. Er wusste mehr als ich. Ob ich von der Entscheidung des Obersten Gerichtshofs gehört hätte, dass ein schwuler Beamte Anspruch auf Ehegattenzuschlag habe? Das Urteil könnte in Berufung gehen, markiere aber trotzdem einen Wendepunkt. Bei seiner Bank gebe es einen Australier, der offen schwul lebe, aber keine Einheimischen, die er kannte. Vielleicht käme jetzt Bewegung in die Sache. Während dieses Austauschs war ich besonders dankbar dafür, meine Gesichtszüge nicht unter Kontrolle halten zu müssen.

Ich fragte, wie es so daheim in England war. Er schrieb:

> Mum freut sich, dass ich da bin. Würde sich noch mehr freuen, wenn ich kündigen würde, aber sie hat akzeptiert, dass das nicht passieren wird. Ein paar Leute jetzt verheiratet, was verboten sein sollte. Keine Ahnung, wie man darauf stolz sein kann, jemanden gefunden zu haben. Statistisch gesehen ist die Wahrscheinlichkeit dafür höher als nicht, vor allem wenn man seine Ansprüche herunterschraubt. Und eine vom Balliol kriegt ein Kind. Schätze, irgendwer muss auch Kinder kriegen.

Wir wählten mit Bedacht, was wir teilten. Beim Schreiben reduzierte ich mein Leben, verbrannte Fett, schliff Kanten ab. Im Überarbeitungsprozess konnte ich nachträglich die traurigen, langweiligen oder irrelevanten Momente verwerfen, die ich erlebt hatte. Zwangsläufig kuratierte auch Julian, was er mir erzählte, und darüber war ich froh. Zusammen schufen wir etwas, das klein und präzise war.

In meinem Leben gab es einen Bereich, von dem ich Julian nichts sagte und der weder traurig noch langweilig noch irrelevant war, aber ich hatte andere Gründe dafür, ihn zu unterschlagen.

31

Ende Juni war ich bei Edith eingeladen, um ihre Familie kennenzulernen. «Wird das nicht komisch?», fragte ich. «Sie wissen es doch immer noch nicht.» Edith meinte, das sei schon okay. Sie würden viel eher Verdacht schöpfen, wenn sie den Eindruck hätten, Edith würde mich vor ihnen verstecken.

«Außerdem ist es jetzt schon über einen Monat», fuhr sie fort. «Du musst sie einfach kennenlernen.»

Dass Edith und ich nach «über einem Monat» an den Punkt gelangt waren, wo man einander den Eltern vorstellte, ich Julian dagegen monatelang gekannt hatte, bevor er Miles überhaupt nur erwähnte, sagte mir alles, was ich über Beziehungen mit einer lesbischen Frau versus Beziehungen mit einem Heteromann wissen musste.

Das Zuhause der Zhangs lag in Happy Valley, einer Wohngegend weit oben, wo ich die Domizile der Reichen mittlerweile fest erwartete. Die Böden waren spiegelglatt. An den Wänden lehnten Ölgemälde, als hätten die Zhangs sie sich aus einer Laune heraus gekauft und seien bisher nicht dazu kommen, sie anzubringen. In den Regalen und auf den Beistelltischchen standen schlichte Figurinen: Schwäne, Hengste, Elche. Edith erklärte, Mr Zhang habe sich irgendwann in den Kopf gesetzt, dass Mrs Zhang Porzellan sammelte. Was nicht der Fall war – sie schimpfte mit ihm, dass er das ständig wieder vergaß, stellte sich die Dinger dann aber trotzdem hin, damit die Leute sahen, dass sie einen aufmerksamen Ehemann hatte.

Über dem Fernseher hing eine große gerahmte Fotografie von einem kleinen Mädchen in Talar und Doktorhut. Ich nahm an, es sei Edith auf irgendeiner Wunderkindfeier, aber sie sagte, es sei ihre Schwester beim Vorschulabschluss, den alle machten – außer Edith, die sich im Auto übergeben und geweigert hatte, hineinzugehen. An jenem Abend war Mrs Zhang mit Edith zur Rektorin gefahren, damit sie eine vorher einstudierte Entschuldigung für ihre Abwesenheit hervorbrachte. Mrs Shrek blinzelte und meinte: «Danke, Edith – aber, Mrs Zhang, das wäre doch nicht nötig gewesen», und den ganzen Heimweg über hatte Mrs Zhang wiederholt: «Nicht nötig!», und zur Abwechslung zwischendurch ein «Unnötig!» eingestreut.

Wir sahen fern. In der Werbepause las Edith Posts von ihrer Freundin Audrey, einer Micro-Influencerin, vor. Manchmal war auf Flatlay-Frühstücksfotos die Brieftasche ihres Freundes zu sehen, nie aber sein Gesicht. So erlitt die Marke auch dann keinen Schaden, wenn sie einen neuen hatte.

Wir wunderten uns über die Heteros.

«Die sind wie Pandas», meinte Edith. «Im Zoo tun sie einem leid, aber stoß nur die Käfigtür auf, und sie bleiben einfach dort hocken und mampfen.»

«Du weißt aber schon, dass an sich nichts Radikales daran ist, dass wir Frauen sind.»

«An sich nicht, nein» – wie um zu sagen: Herausforderung angenommen.

Sie fügte hinzu, dass ihre Mutter bald heimkommen würde. «Sag nichts zum Facelift», mahnte sie.

Mrs Zhang trat ein. Ich sagte nichts zum Facelift. Sie kehrte mit der Hausangestellten, Cristina, vom Einkaufen zurück, die einen Kopf kleiner als die beiden war und T-Shirt und Laufshorts trug. Mrs Zhang sagte zu Edith, sie werde langsam fett, dann trug sie dem Mädchen auf, uns Jiaozi zu kochen. Das Porzellan war mit Blättern und Blumen bemalt. Während des Essens stand Christina am Rand, um Wasser nachzuschenken. Edith und Mrs Zhang taten, als sei das ganz normal, weshalb ich mir auch nichts anmerken ließ. Gut, dass ich das über mich selbst weiß, dachte ich. Gut zu wissen, wie ich mich in einer solchen Situation verhalte.

Mrs Zhang erzählte uns von der Wohltätigkeitsgala am Vorabend, sah dann zu Edith, die sich pflichtschuldigst erkundigte, ob der *Tatler* da gewesen sei. «Vielleicht», sagte Mrs Zhang, die Augen gen Himmel verdreht, als sei der Geist des *Tatler* in sie gefahren.

Mich beachtete sie kaum. Sie wollte wissen, was ich beruflich mache, und als ich antwortete, ich würde Englisch als Fremdsprache unterrichten, hatte sie keine weiteren Fragen. Wofür ich dankbar war – es ersparte uns beiden die Peinlichkeit, dass sie an jemandem Interesse heucheln müsste, der so erfolglos war wie ich. Flüchtig zog ich in Erwägung, aufzustehen, die Tischdecke herunterzureißen, sodass das Silber Mrs Zhang in den Schoß krachte, und sie anzubrüllen, dass sie kein Recht hätte, Edith Komplexe einzureden. Doch das stand mir nicht zu.

Nach dem Essen zeigte Mrs Zhang uns ihre Hochzeitsfotos. Die Ähnlichkeit mit Edith war darauf deutlicher zu erkennen, entweder weil sie da ungefähr gleichaltrig waren oder Mrs Zhangs Gesicht noch keine Spuren von chirurgischen Eingriffen zeigte. Mr Zhang war gutaussehend und trug eine dicke

Achtziger-Jahre-Brille. Das Paar sah aus wie vom Schicksal ausersehen, wie auf einem Bild in einem prächtigen Geschichtsband, das noch aus der Zeit stammte, bevor sie berühmt geworden waren.

Mr Zhang war für einen Tag in Shanghai. Edith sagte, ich würde ihn schon bald kennenlernen, und ihre Schwester Gabrielle und ihren Bruder Angus, wenn er aus New York zurück war, und irgendwann ihre Großeltern natürlich, und dann kannte ich die Zhangs.

Am nächsten Abend sahen Edith und ich uns *Vampire Cleanup Department* im Kino auf der Paterson Street an. Der Plot drehte sich um Tim Cheung, einen Hongkonger Schüler, der beide Eltern durch eine Anti-Vampir-Mission verlor. Wie Edith sagte, wurde er in allen Punkten einem B-Movie gerecht, und wenn man irgendetwas anderes erwartete, hätte man nicht geschnallt, worum es ging.

Ihr Profil schien im Licht der Kinoleinwand auf: die Lippen leicht geöffnet, der Hals lang und blass wie der Staubfaden einer Orchidee. Beinahe hätte ich die Hand ausgestreckt und ihr Gesicht berührt, doch in diesem schwebenden Moment wirkte sie so in sich gekehrt, dass ich sie nicht aufschrecken wollte. Lautlos sagte ich: Du bist so schön. Dann: Ich liebe dich. Edith gab ihre Haltung auf, um zu kichern, als eine Figur das iPhone des Protagonisten schluckte. Ich lachte auch. Unsere Blicke trafen sich, und wir konnten nicht mehr aufhören. Ein paar Reihen weiter unten war ein demonstratives Hüsteln zu vernehmen, worüber wir erneut losprusten mussten. Sie hielt sich beide Hände vor den Mund. Das machte sie immer, wenn sie etwas wirklich lustig fand, nicht, wenn sie nur aus Höflichkeit lachte. Ich mochte es, sie so gut zu kennen.

Es war 2 Uhr nachts, als der Film aus war. Keine von uns brauchte laut auszusprechen, dass wir zu Fuß gehen würden, anstatt ein Taxi zu nehmen, damit wir an der Nachtluft ungestört reden konnten.

«Danke für – du weißt schon, Mrs Zhang», sagte Edith.

«Was?»

«Wie du damit umgegangen bist.»

«Was hat sie denn getan?»

«Einfach allgemein, wie sie ist. So unfreundlich zu Cristina, und ich gehe einfach darüber hinweg, als ob es dadurch weniger peinlich wird. Aber es geht ja auch nicht um Umgangsformen. Egal wie man sie behandelt, an ihren Arbeitsbedingungen ändert das nichts.»

«Sind Arbeitsbedingungen nicht ein Aspekt davon, wie man jemanden behandelt?», erwiderte ich. «Darum hasse ich Benny. Nicht, dass er einen nicht nett bitten würde. Er bittet eigentlich überhaupt nicht.»

«Stimmt.»

Wir bogen rechts in die Yee Wo Street, vorbei an Schaufenstern mit Billigparfüm und Arzneiläden. Vier stumpfsinnige Australier stapften uns Seite an Seite voraus. In stillschweigender Übereinkunft schlängelten wir uns um die Blockade herum. Einer pfiff Edith hinterher. Sie huschte weiter, als verweigerte sie ihm den Zutritt zu der Kategorie Menschen, von denen sie überhaupt Notiz nahm.

«Manchmal stelle ich mir mein Coming-Out vor Mrs Zhang vor», sagte Edith. «Wenn ich nachts nicht schlafen kann, gehe ich das Drehbuch durch.»

Wie manches von Ediths Ausdrucksweise klangen ihre Worte ein bisschen einstudiert, und ich fragte mich, ob ich ihr ebendieses Gefühl gab – sich vorzubereiten müssen. Gern hätte ich ihr gesagt, das brauche sie doch nicht, aber das hätte sie wahrscheinlich nur noch befangener gemacht. Und irgendwie gefiel es mir ja auch, dass ich jemanden, der so makellos wie Edith war, in Verlegenheit bringen konnte. Ihr wehtun konnte. Was ich nicht wollte, aber ich konnte es.

Ich musste gar nicht wissen, wie es bei anderen lesbischen Paaren lief. Für uns beide stand es mir auf ewig vor Augen: durch Städte zu schlendern und über Dinge zu lachen, die eigentlich gar nicht so lustig waren.

Ein paar Meter von der Shanghai Commercial Bank entfernt gab es einen Yun Fat Pawn Shop. Er gehörte zu einer Kette, ich hatte schon mal einen in Wan Chai gesehen. Es gab keine Fenster, doch durch das Milchglas der Tür zeichneten sich verschwommene Farbkleckse ab. Am oberen Ende der Pennington Street kamen wir an der China Congegrational Church und einer Armani-Reklamewand vorbei, neben der alles zwergenhaft aussah. Wir warteten an der Ampel, marschierten dann mit der Menge auf die Leighton Road. Edith schritt so würdevoll dahin, dass ich etwas zurückblieb, um ihren Gang zu betrachten. Sie trug spitze Ballerinas aus rotem Wildleder. In einer stilleren Umgebung hätte ich ihre Schritte auf dem Asphalt gehört.

32

JULI

Dad besuchte seine Schwester und ihre Familie in New York. Mam sagte, er lasse mich lieb grüßen. Das kam mir seltsam vor – es war ja nicht so, dass ich plötzlich auf seine Gesellschaft verzichten musste, nur weil er in den Vereinigten Staaten war. Wahrscheinlich war New York sogar weniger weit weg als Dublin. Während Mam redete, schrieb ich meiner Freundin, Edith, mit der ich zusammen war.

«Tut mir leid, dass ich gestern Abend nicht angerufen habe», sagte ich. «Ich war mit einer Freundin was essen.»

«Welcher Freundin?», fragte Mam.

«Du kennst sie nicht.»

Anscheinend war Mams Überzeugung, dass sie jede meiner Freundinnen seit jeher kannte, auch dann nicht zu erschüttern, nachdem ich den Kontinent gewechselt hatte.

«Wie heißt sie?», wollte Mam wissen.

«Edith.»

«Kommt sie aus Hongkong?»

Weil Edith eine der wenigen Hongkonger war, die ich erwähnt hatte, war Mam über Gebühr neugierig. Aus demselben Grund, aus dem es mir leidtat, erwähnt zu haben, dass Julian Banker war, vermied ich es, ihr zu verraten, dass Edith Anwältin war. Da ich Mam nicht von Edith erzählt hatte, als wir nur befreundet gewesen waren, und sie jetzt als eine Freundin bezeichnete, wo sie meine Freundin war, würde ich Mam Letzteres wahrscheinlich erst wissen lassen, wenn Edith und ich heirateten.

Ich bereute es, so weit gedacht zu haben.

«Ava?»

«'tschuldige, was?»

Mam rüffelte mich dafür, dass ich mit dem Kopf woanders gewesen war, und wiederholte, dass Tom ein Praktikum bei einer Bank begonnen hatte.

«Respekt», meinte ich.

«Er ist auf Zack, Ava», als hätte das irgendwas damit zu tun. «Dein Vater ist stolz auf ihn. Und George vermisst dich» – das drangehängt, als ergäbe es sich ganz natürlich aus dem Vorhergehenden. «Er sagt es nicht laut, aber so ist er halt. Frisst alles in sich rein. Genau wie dein Dad. Es würde ihnen so viel bedeuten, wenn du uns besuchen kommst.»

Für sich selbst bat Mam um nichts.

«Ich denk drüber nach», antwortete ich.

Ich wusste, ich schuldete ihnen eine Woche zu Hause, aber ich wollte erst abwarten, bis Julian zurückkehrte. Einer von uns musste in Hongkong bleiben, um unsere Beziehung zu verankern. Die Wohnung lag nautisch hoch oben, näher an den Wassermassen des Himmels als irgendeinem anderen Ort, an dem etwas Wurzeln schlagen konnte, und erforderte permanente Beobachtung. Wenn ich wegging, wäre alles zwischen uns in der Schwebe. Schlimmer noch: es würde sich gar nichts ändern, nur ich könnte es nicht sehen.

«Diese Edith», sagte Mam, «sie ist auch jederzeit bei uns willkommen.»

Das wäre was: Ediths spindeldürre Beine, die von der Couch baumelten, Edith, die sich fertigmachte, bevor alle anderen auf waren, damit wir uns bei ihrem Anblick im Schlafanzug nicht genierten. Diese Edith. Aber sie hatte mal gesagt, dass sie mit kaltem Wetter nicht klarkam und ihre Cambridge-Jahre eine spirituelle Herausforderung gewesen seien. Eine sehr teure spirituelle Herausforderung, hatte sie hinzugefügt.

«Danke», sagte ich zu Mam. «Das leite ich gern weiter. Schau, ich muss bald los.»

«Tom ist da. Soll ich ihn dir geben?»

Als er sich meldete, klang er müde.

«Wie steht's?», fragte er.

«Ganz gut. Mam hat gesagt, du bist jetzt Banker.»

«Schnauze. Ist bloß die Bank of Ireland.»

«Was machst du da?»

«Mir den Finger in den Arsch stecken, aber dann bleib ich abends lange da, damit es so aussieht, als hätte ich was getan.»

«Du zeigst Präsenz», sagte ich in einem Tonfall, der besagte, dass diese Wendung schon immer zu meinem Wortschatz gehört hatte und ich sie nicht erst vor kurzem bei Julian aufgeschnappt hatte. «Hoffe, es wird besser.»

Es gab da ein Mädchen bei der Arbeit, erzählte Tom, aber es war noch nichts Ernstes. Er hatte bisher nur was mit ihr. Ich fragte nicht, was genau. Er erkundigte sich nach Julian mit einer Skepsis, die mir für einen kleinen Bruder frech vorkam. Ich erzählte ihm von Edith – nicht, dass sie meine Freundin war, aber schon ein wichtiger Mensch in meinem Leben, und dass ich mir wünschte, er würde sie kennenlernen. Er meinte, sie höre sich netter als Julian an.

«Ich vermiss dich», sagte ich. «Ich muss los.»

«Klar doch. Halt mich über Edith auf dem Laufenden.»

Manchmal hatten die Kinder Fragen zu meinem Leben. Die jüngeren wollten wissen, ob ich in der Schule schlief und ob Irland dasselbe war wie England. (Ein Punkt, über den sich Julians Bankerkumpel oft genauso wenig im Klaren zu sein schienen.) Die älteren fragten, ob ich selbst Kinder habe. Das fand ich schrecklich, doch da ungefähr zehn Prozent meines Gehalts darauf entfielen, eine fürsorgliche Aura auszustrahlen, lächelte ich bloß und verneinte. Als sie nach Männern fragten, fiel mir ein, dass ich für viele der Eltern als Lehrerin ihrer Kleinen nicht in Frage käme, wenn sie von Edith wüssten. Wahrscheinlich waren manche der Kinder alt genug, um mich von sich aus abzulehnen. Ich hätte auch nicht von mir unterrichtet werden wollen, aber nicht, weil ich eine Freundin hatte.

33

Am fünften Juli wurde Edith dreiundzwanzig. Ich kaufte ihr mit Julians Karte ein Paar Lederhandschuhe. Ich schrieb ihm, behauptete, sie seien für mich, und fragte, ob ich sie in Schwarz oder Cognac kaufen sollte. Er antwortete: «Und du glaubst echt, ich hätte dazu eine Meinung.» Fünf Minuten später: «Cognac.»

Am Abend nahm Edith mich zu einem Geburtstagsessen in der Connaught Road mit. Ihre Freunde waren alle in unserem Alter und hauptsächlich Frauen. Cyril Kwok und Tony Ng kreuzten zusammen auf und machten Edith ein Gemeinschaftsgeschenk. Sie hatte schon erwähnt, dass manche Hongkonger Eltern liberaler waren als ihre eigenen.

Ob wohl jemand wusste, was zwischen Edith und mir lief?

Im Restaurant gab es unverputztes rotes Mauerwerk und Speisekarten auf Klemmbrettern, in denen alles als «hausgemacht», «perkoliert» oder «dekonstruiert» bezeichnet wurde. Man hatte sich in der Personenzahl geirrt. Edith sorgte dafür, dass ein zweiter Tisch gekapert und mit unserem zusammengestellt wurde, und wies uns mit energischen Ansagen auf unsere Plätze. Sie konnte rege Konversation machen und griff auf maßgeschneiderte Taktiken zurück, um alle aus der Reserve zu locken. Egal was ich sagte, ich hatte das Gefühl, die anderen hörten nur zu, weil ich auf eine Frage von Edith antwortete. Sie schenkte allen am Tisch Wasser ein.

«Du hast dir als Erstes einen geangelt», sagte ich zu Tony. Edith hatte mich neben ihn platziert.

«Männer sind leicht», erwiderte er. «Frauen sind schwer.»

Ich meinte, ein Lächeln zu sehen.

Das Essen kam auf Schieferplatten mit Saucen in Keramiktässchen. Viele der Gesichter waren mir von Ediths Instagram her vertraut – was ich ihr später erzählen konnte, verständlicherweise aber vor den Leuten selbst verbergen musste. Es waren alles Hongkonger. Die meisten waren mit Edith auf dem Internat gewesen und zum Studium im UK geblieben, während andere in die Staaten gegangen oder heimgekehrt waren. Sie hatten die Art von forschem englischem Akzent, der meine Mutter nervös machte.

Tony und ich kamen mit Clara ins Gespräch, die als Yogalehrerin in einem Studio in der Nähe des International Financial Centre arbeitete. Eine günstige Lage – die Banker zahlten gern einen Aufpreis, weil es so praktisch lag, und wenn irgendjemand mit Zen unterversorgt war, dann Hongkonger Investoren.

«Ava», wandte Tony sich an mich, «kommst du eigentlich klar auf dieses ganze neokolonialistische TEFL-Ding?»

«Ne», erwiderte ich. «Aber sonst stellt mich keiner ein.»

«Ich finde was für dich», meinte er.

Ich teilte Ediths Meinung, was Tonys Fertigkeiten anging, seinen Reichtum nicht heraushängen zu lassen.

«Hier gibt es nichts für mich», sagte ich. «Ich bin eine nutzlose Weiße.»

«Du bist komplett nutzlos», sagte Tony liebenswürdig. «Aber ich mag dich.»

Nach dem Dessert, als die Runde noch mehr Drinks bestellte, entschuldigte ich mich. Zwar hatte ich Angst, es könnte Edith kränken, dachte dann aber, dass es ihr unangenehmer wäre, wenn ich bliebe und nichts zu Gesprächen beitrüge, die sich am Ende doch immer um Leute drehten, die alle außer mir kannten.

Ich war gerade ins Bett gegangen, als sie anrief, dass ich kommen und die Rechnung zahlen müsse.

«Was?», sagte ich. «Im Restaurant?»

«Nein, TST. Wir sind noch was trinken gegangen. Ich hab meine Karten zu Hause gelassen, weil ich dachte, wenn ich nur fünfhundert mitnehme, gebe ich auch nur fünfhundert aus.»

«Wie viel?»

«Ich hab dir doch gesagt, ich war was trinken. Und Holly kann nur die Hälfte zahlen.»

«Edith», sagte ich, «wo bist du? Wie viel ist es?»

«So eine Bar in LKF.»

«Du hast gesagt, du bist in TST.»

«LKF.»

«Welche Bar?»

«Ich, ich zeig's dir in Scheiß-Maps.»

«Das bringt nichts, Edith, weil ich nicht neben dir stehe.»

«Ich schick dir einen Screenshot.»

Die Bar lag am Ende der D'Aguilar Street. Ich nahm Julians Karte und war dankbar, dass er nicht ausdrücklich festgelegt hatte, für wessen Dummheiten sie im Notfall gedacht war. Als ich zu Edith kam, hatte sich auch die Freundin abgesetzt, nachdem sie genug Geld für die Hälfte der Rechnung dagelassen hatte. Ich fand, dass sie eigentlich auch die ganze Zeche hätte übernehmen können, und hoffte, jemand würde sie in näherer Zukunft auch mal unnötig aus dem Bett reißen. Ediths Locken waren platt. Einer der Träger an ihrem Kleid war heruntergerutscht. Betrunkener hatte ich sie in den vier Monaten, die wir uns kannten, nie gesehen. An den Wänden formten Neon-Großbuchstaben kurze Zitate: THE CHILD IS THE FATHER OF MAN, SILENCE IS MORE MUSICAL THAN ANY SONG.

Edith sah den Namen auf der AmEx und sagte, ich solle Julian danke sagen.

«Er braucht es nicht zu erfahren», erwiderte ich. «Ich sag einfach, ich war mit einem Freund aus, der sich eingebildet hat, dass da mehr ist, und um das richtigzustellen, hab ich die Drinks übernommen.»

«Oder du kannst es ihm einfach erzählen.»

«Nicht nötig.»

«Macht es Julian was aus, wenn du sein Geld nimmst?» Es schien sie nicht zu kümmern, dass das eine ziemlich dreiste Frage für jemanden war, der momentan nicht in der Lage schien, seinen Kopf gerade zu halten. «Ich meine», fuhr sie fort, «ihr seid ja nur Mitbewohner.»

«Also, eigentlich sorgt er sich eher, dass ich mich zu wenig dafür interessiere.»

Was ich nicht unbedingt an ihm beobachtet hatte, aber sehr wohl hätte stimmen können und interessanter Gesprächsstoff für einen Dritten war. «Er will nicht, dass man ihn nur um seiner selbst willen mag», sagte ich. «Er wüsste nicht, was er damit anfangen sollte.»

Ich wusste nicht, warum ich das gesagt hatte. Ich war nicht die Betrunkene von uns beiden.

Wir riefen ein Taxi. Edith versuchte, mit dem Fahrer zu sprechen, der ihr Kantonesisch einfach ignorierte. «Festländer», sagte sie und verdrehte die Augen, handelte dann unsere Fahrt in die Mid-Levels auf, wie ich annahm, Mandarin aus. Ich traute mich nicht, zu fragen, ob sie ihren Vater als einen anderen Typ Festländer betrachtete. Vor Julians Hochhaus zog Edith ihre High Heels aus und fragte, ob ich einen für sie nehmen könnte. Es war nicht ganz klar, wieso sie einen Schuh, aber nicht zwei tragen konnte, aber das zu hinterfragen wäre wohl sinnlos gewesen. Der Gebäudekomplex war praktisch menschenleer. Edith jammerte, dass ihr die Füße vom Asphalt wehtaten, deshalb machten wir auf einem Rasenstück im Innenhof eine kurze Pause.

«Es ist nicht fair», sagte Edith. «Ich liebe dich so sehr, und du willst nicht in Hongkong bleiben.»

«Doch. Ich sage dir doch immer, dass es mir hier gefällt.»

«Und ich sage dir dauernd alles zuerst. Ich habe dich vor ein paar Wochen gefragt, ob du meine Freundin sein willst, und jetzt habe ich zuerst Ich liebe dich gesagt, und du reagierst nicht mal drauf.»

«Danke, Edith. Danke, dass du es gesagt hast. Ich liebe dich auch.»

Und ich meinte es wirklich so. Das überraschte mich selbst: In Dublin hätte ich nie so kurz mit jemandem zusammen sein und aufrichtig Ich liebe dich sagen können. Aber hier hatte ich genug Raum für diese Empfindung.

«Gut», sagte Edith.

«Wie oft gibst du dir so die Kante?»

«Du bist besessen von Julian», sagte sie.

Genau diesen Gedanken in genau diesen Worten hatte ich auch schon mal gehabt und fragte mich, ob ich ihr das vielleicht irgendwann verraten hatte. Ich schwieg.

«Ständig fragst du, was er zu allem und jedem wohl sagen würde», fuhr sie fort. «Du hast eindeutig kein Interesse daran, dein Leben so zu ändern, dass es kein Problem wäre, wenn nicht mehr er deine Miete zahlt. Wieso macht er das überhaupt? Er klingt wie ein reicher Freak, und du weißt, dass er sich früher oder später mit dir langweilt, weil reiche Freaks selbst langweilig sind. An denen ist nur ihre Kohle lasterhaft.» Sie sprach schnell und sah mich kaum an, als hätte sie das alles schon mal zu ihrem Spiegelbild gesagt. «Und er gibt dir Geld. Wieso? Wer lässt ohne Scheiß eine AmEx für seine Mitbewohnerin da? Und warum sollte er dir verbieten, Leute einzuladen? Du möchtest eigentlich gar kein schönes Leben, glaube ich. Was richtig arrogant ist, weil du von anderen erwartest, dass sie dir bei einer Existenz unter die Arme greifen, für die du selbst nicht die geringste Begeisterung aufbringen kannst. Nimm das nicht persönlich, übrigens. Ich stelle nur fest.»

«Du bist so dicht», sagte ich. «Aber ich liebe dich wirklich.»

«Meine Familie ist enttäuscht von mir. Sie versuchen, es zu verbergen, aber ich weiß es.»

Oben in der Wohnung brachte ich Edith dazu, sich die Zähne zu putzen. Sie sagte, sie hätte gern einen Bademantel. Meiner war in der Wäsche, deshalb lieh ich ihr Julians, der sich wie ein Abendkleid um ihre eins fünfzig große Gestalt bauschte. Auf ihrem Oberschenkel prangte ein blauer Fleck. Sie bedankte sich dafür, dass ich ihre Rechnung bezahlt hatte. Ich erwiderte, mir gefiel die Vorstellung eigentlich ganz gut, dass Julian den Betrag sehen und denken würde, dass ich ohne ihn Spaß hatte. Dann sagte Edith noch mal, dass sie mich liebte, und ich erwiderte es, während ich daran dachte, dass es Leute gab, die zimperlich waren, was das Tragen fremder Bademäntel anging, während es für andere einfach war, als liehen sie sich einen Mantel.

Wir saßen auf dem Sofa, und sie lehnte sich an mich. «Deine Familie ist nicht enttäuscht von dir», sagte ich. «Niemand ist enttäuscht von dir. Du bist unglaublich.»

«Danke», sagte sie.

Ich hatte nicht das Recht, so etwas über ihre Familie zu sagen. Ich hatte ja nur Mrs Zhang kennengelernt und wusste nicht, wie das Beziehungsgefüge innerhalb der Familie aussah. Dennoch wirkte Edith zufrieden. Sie schmiegte sich noch enger an mich. Und da hätte ich am liebsten alles hingeschmissen für den Versuch, glücklich zu werden, und den Rest meines Lebens nur noch damit verbracht, herauszufinden, was jemand Edith sagen sollte, und es ihr dann zu sagen.

34

Am nächsten Tag auf der Arbeit hatte ich einen Husten, der jeden meiner Sätze abwürgte. Joan drückte mir eine mintgrüne Maske in die Hand. Ich sagte, ich bräuchte keine, und sie erwiderte, wenn mich die Eltern ohne husten sähen, würden sie sich Sorgen machen, dass ich ihr Kind ansteckte. In der Mittagspause las ich im Internet und fand heraus, dass sich in der Maske Keime noch eher vermehrten, weil sich darin die Feuchtigkeit sammelte. Dieses Doktor-Google-Wissen beeindruckte Joan nicht. «Setz die Maske auf», sagte sie. Ich überlegte kurz, ob ich mich krankmelden sollte, da ich ja tatsächlich krank war, aber sie war ganz offensichtlich nicht in der Stimmung für meine lustigen Späße.

Die Zwölfjährigen waren beim Perfekt angelangt, die Armen. Sie hatten gerade die Vergangenheitsform bezwungen, und als Nächstes kam die Verlaufsform dran – falls sie's überlebten. Present perfect, wenn das Ergebnis einer vergangenen Handlung in der Gegenwart betont wird, z. B. *They've been together.* Verlaufsform des Present Perfect, wenn ein Zustand bis in die Gegenwart hinein andauert, z. B. *They've been fucking.* Past perfect, wenn etwas a) bis zu einem bestimmten Zeitpunkt in der Vergangenheit anhielt, z. B. *They had been living together*, oder b) in der Vergangenheit wichtig war, z. B. *I had thought I loved him until I met her.* Ich dachte, ich liebe ihn, bis ich sie kennenlernte. Es gab noch mehr, aber meine Luftröhre kapitulierte.

Eunice Fong fragte: «Sind Sie krank, Miss?»

Ich war nicht sicher, ob ich das bejahen durfte.

Dublin hatte seine eigene Sicht aufs Perfekt. Ich wusste nicht, wie ich es nennen sollte, aber wenn man *after doing something* war, hieß das, man hatte es gerade getan, nahm aber an, dass der Zuhörer noch nicht davon wusste. *I've just fallen in love*: Wir dachten, es könnte so kommen, und so kam es dann auch. *I'm after falling in love*: Hör zu, ich hätte auch nicht gedacht, dass in diesem verschissenen Brustfach irgendwo ein Herz steckt, aber siehe da. *Only after* war wie *just after* in frustriert – Schmutz auf dem Teppich, wo man eben erst gesaugt hat; jemanden verlieren, den man gerade erst fand.

Bei Julian und seinen Freunden bedeutete *after*, dass sie etwas anstrebten: Sie waren hinter Boni und Kunden her, nie zufrieden mit dem, was sie hatten. *After* bedeutete in keiner Weise, innezuhalten und zurückzublicken. Wenn man bedachte, wer sie waren, hielt sich mein Mitgefühl in Grenzen, aber in meinen Augen konnte das vielleicht erklären, warum sie nicht glücklich waren.

Ollie aus Melbourne hatte Hongkong in einer Nacht-und-Nebel-Aktion verlassen, um keine Einkommensteuer zahlen zu müssen. Das kam bei TEFL-Lehrern häufig vor. Sein Nachfolger Derek kam aus Limerick. Bei einer Willkommensbesprechung informierte Joan uns hilfreicherweise, dass wir beide aus Irland kamen. Madison enthüllte, dass sie aus Dublin, Erath County, TX stammte.

«‹TX›?», fragte Derek.

Joan sagte: «Sie kommt aus Amerika.»

«Schon komisch, dass alle Iren aus Irland weggehen», sagte Madison. «Es ist so grün. Und ihr habt den goldigsten Akzent. Ich habe so ein Foto – warte, ich muss es kurz suchen –, beim Chillen mit Molly Malone. Da schiebt sie ihren Schubkarren ... Und hier, wie ich zum Guinness Storehouse bin. ‹Bierchen zischen mit den Jungs.› Ich bin so ein Alki. Vielleicht bin ich ja insgeheim irisch. Und habt ihr jetzt nicht auch einen schwulen Präsidenten? Ich kann nicht fassen, dass ich wieder weg bin, und ich war nur drei Tage da. Was zur Hölle haben die Iren gegen Irland?»

Ich erwiderte: «Du weißt schon, dass wir nicht abtreiben dürfen?»

Ich hatte nicht immer das Gefühl, Madisons Lieblingsirin zu sein.

Ich liebte Edith so sehr, dass meine Angst, sie zu verlieren, nur vernünftig schien. Man konnte sich wohl kaum derart auf jemanden einlassen und nicht ab und zu darüber grübeln, was man wohl ohne den anderen machen würde. Ich erwog alle Eventualitäten und folgerte: nichts. Auf dem Sofa oder im Bett malte ich mir verschiedene Szenarien aus, in denen Edith mir den Laufpass gab, und kam zum Schluss, meine daraus resultierende Strategie wäre: keine. Hoch und runter auf der Rolltreppe, auf und ab tigernd in meinem muffigen Klassenzimmer: wenn sie Schluss machen würde, wäre auch mit mir Schluss. Manchmal fand ich das okay und normal, manchmal musste ich dann alles, was ich gerade in der Hand hielt, so fest umklammern, bis mir die Finger wehtaten. Dann textete ich Julian. Edith existierte nicht in dem Raum, den ich mit ihm teilte, hier konnte ich mich wieder einkriegen. Ich schrieb: Alle haben zu viele Gefühle. Es ist peinlich. Er stimmte zu. Innerhalb meiner emotionalen Quarantäne mit ihm war ich sicher. Er hatte mich unglücklich gemacht, aber ich würde viel tiefer im Elend versinken, wenn Edith mich jemals verließ. Sie machte mich high. Manchmal hatte ich das Gefühl, ich versuchte mich auch davor zu schützen, wenn ich mit Julian sprach.

35

Li Hongzhang, ein chinesischer General unter der späten Qing-Dynastie, erklärte, er begreife nicht, weshalb man in Europa Jesus Christus verehrte. Es wollte ihm nicht in den Kopf, wie sich nur irgendjemand hinter einen Heiland stellen konnte, dessen eigenes Leben dermaßen in die Hose gegangen war, dass er schließlich am Kreuz landete, qualvoller Tod und demütigende Strafe obendrein.

Das erzählte mir Miles. Später gab ich die Geschichte Julian am Telefon wieder.

«Da hatte er schon recht, der gute Hongzhang», sagte Julian. «Ich bezweifle, dass man Warren Buffett mal an irgendein Kreuz nagelt.»

«Würdest du dein Leben für irgendwas opfern?», fragte ich.

«Ich sehe nicht, welchen Sinn das hätte. Außer man ist der Überzeugung, dass es die Welt automatisch zu einem besseren Ort machen würde, wenn man alle Banker an die Wand stellt, was bei dir schon der Fall sein mag.»

«Was hätte Jesus denn tun sollen?», erwiderte ich. «Da Gekreuzigtwerden ja nur memmenhaftes Gedöns ist.»

«Im Idealfall ein Start-up gegründet.»

Während wir telefonierten, machte ich mir einen Kräutertee. Anfangs war die Tasse zu heiß zum Anfassen. Es war ein langes Telefonat. Das wusste ich, weil ich die Keramik nach und nach fester umfassen konnte.

«Übrigens», sagte ich, «ich schlaf nicht mehr mit dir, wenn du wieder zurück bist.»

«Du hast aber wirklich an dir gearbeitet», antwortete er.

Wenn Edith dabei gewesen wäre, hätte ich meine liebe Not gehabt, ihr zu erklären, warum wir lachten. Ich würde sagen: Es ist lustig, wenn ich Julian mitteile, dass ich eventuell keinen Sex mehr mit ihm habe, weil ich dann ausziehen müsste, und er weiß, ich kann das nicht – und es ist zum Totlachen, wenn er unterstellt, mit ihm zu vögeln sei eine Form der Selbstverletzung, weil er damit recht hat. So oder so gäbe es dringlichere Probleme, wenn ich Edith Julian und mich jemals erklären müsste.

Am nächsten Abend schrieb er was über Kat.

Hab sie auf einer Party gesehen. Eigentlich alles okay. Wir haben uns über Mays Garantie für Unionsbürgerschaft unterhalten. Sie hat diese Freundin Izzy, und sie (Izzy) meinte was von wegen, dass ich mich hier «blicken lasse». Keine Ahnung, ob Kat derselben Meinung ist. Hören uns bald. J.

Das las ich in der Warteschlange beim Starbucks auf der Caine Road. Versuchsweise tippte ich:

ich hab das gefühl, dass ich für dich selbstverständlich bin, genauer, dass ich noch da bin, wenn du zurückkommst, was einer gewissen komik nicht entbehrt, wo ich a) immer noch nicht hundertprozent sicher bin, ob du nicht doch der typ aus american psycho bist, b) meine freundin i. eine echte göttin und ii. fast ganz bestimmt nicht der american-psycho-typ ist, und ich es c) zugegeben nicht ganz lassen kann, mit dir zu reden, aber das liegt definitiv nur daran, dass ich echt am arsch bin und mal eine pause von meinen gefühlen bräuchte.

Als ich mit Bestellen dran war, löschte ich den Entwurf wieder, so als müsste ich mich jetzt um ernsthafte Angelegenheiten kümmern.

Ich berichtete Miles von Julians Reaktion auf die Li-Hongzhang-Anekdote, und er sagte, die gleiche Wirkung habe sie auf Julian schon gehabt, als Miles sie ihm zum ersten Mal erzählt hatte. Zweifellos hatte Julian bei mir das gleiche Interesse geheuchelt wie ein Vater, dem sein Kind etwas erzählte, was er längst wusste – oder die Geschichte komplett vergessen, seit Miles sich mit ihm darüber unterhalten hatte. In diesem Fall war sein Verhalten absolut vorhersehbar, weil er zweimal exakt die gleiche Reaktion gehabt hatte.

Wir saßen auf der Dachterrasse über Miles' Wohnung. Er teilte sie mit den anderen Hausbewohnern, heute jedoch war sie leer.

«Es ist nett von dir, dass du mich besuchen kommst», sagte Miles. «Trink noch ein Schlückchen Wein. Ich habe schon einen kleinen Vorsprung.»

Ich hätte gern gewusst, ob die Beziehung der meisten Leute zu ihrem Vater eher meiner mit meinem Dad oder meiner mit Miles ähnelte. Seit ich nach Hongkong gezogen war, hatte sich sämtliche verbale Kommunikation mit Dad auf eine Abfolge von «Wie läuft's?» – «Schön, schön, und auf der Arbeit?» –

«Schön, schön, und ist es heiß?» beschränkt, ehe er mich wieder an Mam übergab. Über Politik konnten wir nicht reden – er sagte dann immer irgendwas Furchtbares über Globetrotter und Transmenschen, und dann sah Mam mich an, so: Hör auf, ihn zu piesacken. Das Einzige, was wir gemeinsam hatten, war unsere DNA, was uns in Sachen Gesprächsaufhänger auch nicht viel weiter brachte.

«Ich wollte dich noch nach Julian fragen», fuhr Miles fort. «Wie, glaubst du, geht es ihm in London?»

«Gut, glaube ich. Er mag seinen Job gern.»

«Ich werde ihn wohl nie verstehen.»

«Ich auch nicht», meinte ich. «Er hat nach dir gefragt.»

Julian hatte Miles wahrscheinlich auch nach mir gefragt. Was Miles ihm wohl erzählt hatte? Es gab ja doch nicht viel zu sagen, außer dass mit mir alles okay war, und es wäre absurd, überlegte ich, wenn Julian daraus ableiten würde, dass ich jetzt eine Freundin namens Edith hatte. Mit vielen Leuten war alles okay, ohne dass sie eine solche Freundin hatten.

Miles sagte, sie wollten irgendwann sonntags in die Kirche gehen, wenn Julian wieder da war, und dass ich gerne mitkommen könnte. Der Eindruck, den ich als Kind von Protestanten bekommen hatte, war, dass sie viel sangen und das Abendmahl mehr oder weniger wörtlich nahmen, je nach Standpunkt. Julian und Miles hatten beide einen kräftigen Hals und ein Timbre, das auf eine gewisse Wucht in der Stimme schließen ließ. Wenn es ans Singen ging, waren sie bestimmt Gold wert.

Ich erzählte Miles von der irischen Messe. Meine Eltern glaubten nicht an Gott und waren obendrein katholisch (was kein Widerspruch war, erklärte ich, und sogar auf die meisten Iren zutraf), aber Mam hatte mich gezwungen, den wichtigen Gottesdiensten beizuwohnen, weil man sonst nie die Maria im

Krippenspiel sein durfte. Ich war sowieso nie die Maria. Ich zappelte zu viel herum, und die Mutter Gottes hielt ihre Hände still oder beschäftigte sie mit was Nützlichem und zwirbelte nicht dauernd an ihrem Pferdeschwanz rum.

Ohne Frage hatte ich ein gewisses schauspielerisches Talent, sonst hätte ich nicht gleichzeitig Ediths Freundin und Julians Kein-Plan-was-ich-war sein können. Ediths Freundin stand zu ihren Gefühlen. Kein Plan, was Julians Kein-Plan-was-sie-war anging. Es war wie das Rätsel mit den zwei Türen und zwei Wächtern davor, von denen einer die Wahrheit sagte und der andere log. Und ich hatte ein Vergnügen, das echten Schauspielern selten zuteilwurde: Ich konnte mich entscheiden, welches nur eine Rolle und welches mein wahres Ich war. Konnte entscheiden, wie in: niemand sonst würde für mich entscheiden – und konnte mich nicht entscheiden, wie in: konnte es nicht.

36

«Wir müssen was mit der Wohnung machen», sagte Edith Ende Juli.

Sie machte den Anfang und ließ Freesien und Tulpen mit einer Notiz im Flur: Stell sie in Wasser oder sie sterben. Ich hatte ihr den Ersatzschlüssel gegeben – oder zumindest nannte ich ihn in Gedanken so, obwohl es in Wirklichkeit Julians war. Ich fragte mich, ob Edith das als Fingerzeig aufgefasst hatte, dass sie mich mit van der Blooms Sommersortiment überschwemmen sollte. Keine Ahnung, wie echte Paare funktionierten.

Ich packte den Strauß in eine Vase, die ich im Schrank gefunden hatte, überzogen von einer so dicken Staubschicht, dass es sich wie Schlick anfühlte. Später rief ich Edith an. «Ich hab sie ins Wasser gestellt», sagte ich. «Sie sterben trotzdem.»

Am nächsten Abend waren die Blumen verschwunden, stattdessen waren neue da, die ich nicht einordnen konnte. Auf dem Schild stand: «Leucospermum ‹Tango›, Kängurupfote, Sternskabiose, Eukalyptus und Blumen der Saison.» Ich begann eine Nachricht an Edith – wozu überhaupt eine Bankertussi sein, wenn man nach einem Jahr immer noch so eine Niete in Blumensträußen war wie ich –, ehe mir einfiel, dass es vermutlich die schlechteste Idee aller Zeiten wäre, sie abzuschicken.

Ich war schrecklich. Ich wohnte bei der einen Person, vögelte mit einer anderen, ohne es der ersten zu sagen, und hatte in erster Linie Gewissensbisse, weil das bedeutete, ich konnte mich mit der zweiten nicht über die erste mokieren. Dafür hatte ich eine Freundin von geradezu mythischer Schönheit und eine tolle Wohnung, die ich mit ihr teilen konnte. Es wäre undankbar, irgendwas zu sagen, das mein Glück verkehren könnte.

«Ich versorge dich nicht für immer mit van der Blooms», sagte Edith. Ich hatte mich beschwert, dass die neuen Blumen ebenfalls eingingen.

«Ach komm, schmeiß noch eine Runde», sagte ich.

«Na gut», erwiderte sie. «Nimm die AmEx.»

Unsere Klamotten wanderten hin und her, ihre Kleider in meinen Schrank und meine Pullis in ihren. Ich sah ihre Loafers im Flur und dachte, wenn Julian sie sehen würde, wäre der Spaß vorbei. Dann fiel mir ein, er würde denken, sie gehörten mir.

Und es passte ja theoretisch auch. Alles, was auf seiner Kreditkartenabrechnung auftauchte, konnten Dinge sein, die ich mir selbst kaufte. Wenn seine Freunde Edith und mich zusammen sehen würden, wären sie schwerer davon zu überzeugen, dass wir vögelten, als vom Gegenteil. Beinahe wünschte ich mir, ich hätte noch Kontakt zu Victoria, damit ich ihr sagen könnte: Ich bin auf eine neuartige Lösung für die administrativen Herausforderungen des Fremdgehens gekommen. Aber ich hatte sie schon über zwei Monate nicht mehr gesehen, und Julian war jetzt seit beinahe sechs fort.

Am letzten Julitag lag ich im Bett und konnte nicht einschlafen, so sehr ich mich auch dazu zwang, aktualisierte endlos Zeug auf meinem Handy, als eine Nachricht kam.

> Wollte nur Bescheid sagen, dass die Arbeit mich jetzt wieder zurückschickt. Fliege nächste Woche. Muss paar Sachen regeln, deshalb vielleicht nicht so gut erreichbar in nächster Zeit. Sag, wenn du was brauchst. Danke, dass du die Wohnung gehütet hast. J.

Ich dachte: Jemand muss diesem Kerl beibringen, etwas zu empfinden, und wie man eine Nachricht schreibt, und mir außerdem sagen, was ich jetzt verdammt noch mal tun soll.

37

AUGUST

Im August war es zu heiß, um draußen zu sein. Einen Tag nachdem Julian mir geschrieben hatte, fuhr ich allein zum Pacific Place und drehte eine Runde an Designer-Outlets und amerikanischen Coffeeshops vorbei. Vor Céline verstrubbelte ich meine Haare, um wie ein abgefucktes reiches Mädchen auszusehen, ging rein und probierte einen weißen Blazer an. Die Schulterpolster standen wie von selbst, als wäre mein Oberkörper substanzlos. Die Verkäuferin schien zu denken, dass das auch für den Rest von mir galt. Wenn ich jetzt den Laden leerkaufte, müsste sie wohl oder übel akzeptieren, dass ich jemand Wichtiges war – und im Ernst, ich könnte mein ganzes Leben damit verbringen, das zu beweisen. Wahrscheinlich konnte ich Julian dazu überreden, mich zu heiraten, wenn ich behauptete, dass wir es sarkastisch täten, und dann wäre es nur noch eine Frage davon, nicht zu viel Geld auf einmal zu nehmen. Er würde mir bestimmt genug geben, damit die ganze Welt dachte, ich würde etwas gelten.

Acht Tage, bis er wiederkam.

Auf meinem Sparkonto hatte ich jetzt mehr als genug für eine Kaution. Wenn ich wollte, konnte ich schon morgen ausziehen. Ich hatte nichts von Julians Rückkehr zu befürchten.

Im schlimmsten Fall würde er mich rausschmeißen, und ich würde zu einem Leben zurückkehren, in dem ein Zimmer die Hälfte meines Gehaltsschecks verschlang. Die meisten Leute lebten so. Es war okay.

Im Erdgeschoss sah ich zufällig mein Spiegelbild in einem großen Zara-Schaufenster. Wie kannst du nur so blass und nicht krank sein, dachte ich. Es war alles so lächerlich. In einem marmorgefliesten Café bestellte ich einen Flat White, setzte mich hin und trank. Das Koffein flutete durch die zuständigen Kanäle. Ich dachte: Schneller, bitte.

Anfangs war es mir unwahrscheinlich erschienen, dass ich Edith oder Julian etwas anhaben könnte – sie waren reich und klug, während ich mir meinen Lebensunterhalt mehr schlecht als recht damit verdiente, Frikative zu verhunzen. Nur – je mehr ich dieser Logik folgte, desto unbegreiflicher kam es mir vor, wie sie überhaupt jemals was mit mir hatten anfangen können. Wenn sie so krass danebenliegen konnten, was unsere jeweilige Situation anging, dann lag es nahe, dass es sie irrigerweise auch verletzen könnte, wenn ich mit jemand anderem was hatte.

Meine Gedanken beim Kaffee waren immer recht interessant.

Mein Abendessen bestand aus Instantnudeln und Wein. Ich zog mir einen Zombiefilm auf Netflix rein, likte einen Post von Edith auf Instagram und las eins von Miles' PDFs. Schließlich öffnete ich Julians letzte Nachricht.

> Wir sollten R&V zum Essen einladen, wenn ich zurück bin. Oder mit ihnen ausgehen. Letzteres am besten, glaub ich. Bin mit V in Kontakt & sie sagt, du ignorierst ihre Nachrichten. Alles okay? Sieht dir nicht ähnlich, nichts zu schreiben. Sieht dir auch nicht ähnlich, gern was mit

V zu machen, aber du brauchst Freunde. Frag, wann sie Zeit haben. Vielleicht ein Geschenk. Einfach was von M&S und dann sag ich, dass ichs in London gekauft hab. & auch was für Miles. Keine Karten – das mach ich dann. Hören uns. J.

Ich beschloss, einen meiner therapeutischen Entwürfe zu schreiben. Ich tippte:

ich vögel mit edith. ich hab dir in vergangenen unechten nachrichten von ihr erzählt, daher weiß ich nicht, ob es stimmiger ist, wenn ich so tue, als ob ich das hier dem julian schicke, der diese nachrichten bekommen hat, oder ob du jetzt ein neuer bist. ist sowieso alles nicht echt. egal: meine freundin edith und ich sind verliebt. Sie weiß nichts von dir. außerdem wäre es nicht ideal für mich, wenn du mich jetzt rausschmeißt, also keine Ahnung, warum ich's dir erzähle. du sagst dass du keine gefühle hast, aber wenn doch – tut mir leid.

Ich löschte den Text, ging in die Küche und trank noch mehr Wein. Der Wasserhahn tropfte. Ich hatte ihn eigentlich reparieren lassen wollen und Julian gefragt, wen ich anrufen konnte, worauf er mir die Nummer des Vermieters schickte, aber dann die Nachricht nicht mehr finden können. Jetzt wollte ich ihn nicht noch mal fragen, um nicht schusselig zu wirken.

Zurück in meinem Zimmer, klappte ich meinen Laptop auf und sah, dass ich statt «Löschen» auf «Senden» gedrückt hatte. Ich lachte.

Er antwortete nicht. Auf der Arbeit machte ich Toilettenpausen, um meinen Posteingang zu checken, und hielt Joans bitterbösen Blicken stand. In der Metro hatte ich schlechten Empfang, weshalb ich längere Zeiträume ohne Aktualisierung aushalten musste. Ich ging davon aus, dass er sich doch bis zu meiner Haltestelle gemeldet haben musste, kam nach oben, hatte wieder Netz und sah, dass er immer noch nichts geschrieben hatte. Meine Kehle fühlte sich wie zugeschnürt an, verlogen. In dem analphabetischen Sekundenbruchteil, als ich die Fettschrift einer neuen Nachricht sah, schlug mir das Herz bis zum Hals, dann – «TST heut abend? jemand bock» im Lehrer-Gruppenchat, und es beruhigte sich wieder. Ich dachte: Ich hab keinen Bock auf TST, weder heute Abend noch sonst irgendwann, und konnte innerhalb von zwei Sekunden entsprechend antworten, aber das bedeutete Arbeit, und zurzeit konzentrierte ich jegliche verfügbaren Ressourcen – körperlich, geistig, menschlich – darauf, nicht in aller Öffentlichkeit loszuschreien, was für eine Riesenscheiße das alles war.

Edith fragte, was los sei. «Du bist genau wie ich in letzter Zeit», sagte sie. «Ständig am Handy.» Ich antwortete, wenn sie das mache, könne ich es doch auch. «Du kannst machen, was du möchtest», sagte sie. «Ich wüsste nur nicht, warum du wie ich sein willst.» Ich wollte wie sie sein, aber das war nicht der Grund, warum ich dauernd aufs Handy starrte.

An der Stelle hätte ich ihr von Julian erzählen können, aber das hätte Konsequenzen gehabt, während ich mich nicht damit herumschlagen musste, solange ich es aufschob. Was mir sehr einleuchtend erschien, und ich hätte gern mal gewusst, warum überhaupt irgendwer freiwillig Informationen herausrückte.

Vier Tage später schrieb Julian zurück.

A – bisschen komisches Geschreibsel, ich geh davon aus, unter Alkohol verfasst. Alles gut. Ist ja nicht so, dass wir zusammen wären, also mach, was du willst. Sehen uns nächste Woche. J.

Meine Abkürzung fühlte sich wie ein Seitenhieb an. «A» bedeutete sowohl, dass er sich nicht dazu bequemte, zwei zusätzliche Buchstaben zu tippen, als auch, dass ein unbestimmter Laut für mich völlig ausreichte. Ich hätte gern geantwortet: Stimmt, ich bin der unbestimmteste Laut von allen.

38

An diesem Wochenende rief ich Tom an. Während wir telefonierten, stand ich auf dem Balkon und sah zu, wie Kinder ihren Eltern ausbüxten und ausgenutzte Kynophile von ihren Deutschen Doggen Gassi geführt wurden. Wir sprachen zuerst über ihn. Seine neueste Romanze war den Bach runtergegangen, was ihm direkt Lust machte, mehr über mein Liebesleben zu erfahren – vermutlich weil es ihn mit Dankbarkeit erfüllte, selbst keins zu haben.

«Dachtest du wirklich, ich hätte das mit Edith nicht erraten?», fragte er.

«War es so offensichtlich?»

«Was hast du denn geglaubt, würde passieren?»

«Du meinst, was ich geglaubt habe, was passieren würde, wenn ich es Edith nicht sage?»

«Genau.»

«Na ja, so ungefähr das», antwortete ich.

Tom entgegnete: «Manchmal fällt's mir schwer, von dir als der Älteren zu denken.»

«Ich sollte es ihr sagen», erwiderte ich.

Tom meinte, er werde mir nicht vorschreiben, was ich zu tun hatte, aber dass ich darüber nachdenken sollte, für wen ich mich entschied. Es konnte sein, dass ich das nicht müsste, doch wenn einer der beiden es verlangte, sollte ich besser wissen, was ich dann antwortete.

Ich sagte Tom, ich wüsste es nicht. Ich wollte sie nicht gegeneinander abwägen.

«Okay, schön», sagte er, «dann vergleich sie eben nicht. Aber was fühlst du, wenn du mit ihnen zusammen bist? Oder wie bist du bei ihnen, meine ich?»

Diese Frage war mir weniger unheimlich.

«Ich bin nicht nett zu Julian», sagte ich. «Er liebt mich nicht, und ich habe das Gefühl, es bedeutet, mit mir stimmt was nicht, und deshalb würde ich gern glauben, dass das Problem in Wirklichkeit bei ihm liegt. Wir lachen sehr viel, aber bei ihm bin ich ein furchtbarer Mensch. Ich will, dass er sich so schlecht fühlt wie ich.»

Das überraschte mich selbst, aber jetzt war es raus, hing in der Luft und echote dank der schlechten Verbindung zu mir zurück.

«Das ist nicht gut», sagte Tom. «Für keinen von euch.»

«Nein. Er ist nicht über seine Ex hinweg. Das sollte ich ihm nicht verübeln.»

«Und Edith? Wie bist du bei ihr?»

«Freundlicher. Nachsichtiger. Und der Sex ist besser.»

«So genau wollte ich es gar nicht wissen.»

«Ich sag bloß, wie's ist.»

«Cool. Also, wie ich schon sagte, ich kann dir nicht vorschreiben, was du tun sollst. Wie lange noch, bis er wieder da ist?»

«Jetzt noch zwei Tage.»

«Also ein Tag, um es ihr zu sagen.»

«Wahrscheinlich sag ich's ihr nicht», meinte ich.

«Was mich kein bisschen wundert.»

«Ich weiß. Aber es hat gutgetan, alles durchzusprechen. Danke, Tom.» Das sagte ich ihm nicht oft. «Ich weiß, dass es nicht leicht ist, offen mit mir zu reden.»

«Stimmt. Man kriegt später die Quittung dafür.»

«Ich muss los.»

«Klar.»

«Tom?»

«Ja?»

«Danke noch mal. Und sag auch Mam danke von mir.»

«Du klingst, als ob du morgen an die Front ziehst.»

Ich erwiderte: «Da liegst du gar nicht so falsch.»

Später an diesem Sonntag kam Edith vorbei. Wir zündeten endlich meine Jo-Malone-Kerze an. Sie hatte einen roten Striemen am Rücken, wo ihr BH in die Haut geschnitten hatte. Ich fuhr mit dem Finger über die Druckstellen und fragte, was wohl wäre, wenn man hundert Tage ununterbrochen einen BH tragen würde, also, ob man davon Narben kriegen würde. Es blieb mir nur noch dieser eine Tag, um ihr von Julian zu erzählen, bevor er zurückkehrte, und ich befragte sie zur Körperpflege. Schon faszinierend.

«Hast du gehört, dass man von BHs Krebs kriegen soll?», sagte sie. «Ist wahrscheinlich Schwachsinn, aber ich mache mir schon Gedanken. In Ländern, wo weniger Frauen BHs tragen, ist die Brustkrebsrate niedriger. Aber es ist schwierig, die genaue Ursache zu ermitteln, weil da noch mehr Faktoren hineinspielen – so was wie kein Junkfood essen zum Beispiel.»

Ich fragte: «Von Junkfood kriegt man Krebs?»

«Wir wissen nicht, wovon man Krebs bekommt, abgesehen

vom Trinken und Rauchen», sagte sie. «Aber das weißt du ja schon.»

«Ja», antwortete ich, «stimmt.» Dann: «Übrigens ist Julian nächste Woche wieder da.»

Ich war so dämlich. Keine Ahnung, wieso ich das gerade gesagt hatte. Wahrscheinlich weil ich vor Tom behauptet hatte, es weiter vor mir herschieben zu wollen. Sobald ich jemandem ankündigte, etwas zu tun, tat ich immer genau das Gegenteil.

Ihre Haare lagen wie ein dicker schwarzer Pinsel auf meinem Kopfkissen. Mir kam in den Sinn, dass zu den meisten Betten keine ganz bestimmte Edith gehörte, ja dass die meisten Leute überhaupt keine Edith hatten und in ihren Betten oder anderweitig zweckgebundenen Möbeln schlafen und glücklich tun mussten.

«Echt», sagte sie.

Ich konnte nicht sagen, was sie dachte.

«Ich habe es gerade erst erfahren», fuhr ich fort.

«Und diese Sache», sagte Edith und zögerte – nicht unschlüssig, was «diese Sache» bedeutete, sondern weil sie es nicht mehr in Worte fassen musste, wenn sie die Pause in die Länge zog, «was da zwischen euch läuft, das geht so weiter?»

«Was meinst du?»

«Dass du mit ihm zusammenlebst.»

«Er ist ja mein Mitbewohner, also.»

«Du zahlst aber keine Miete», sagte sie in einem nur feststellenden Tonfall wie Julian.

«Es ist kompliziert», erwiderte ich.

«Es ist abartig» – scheinbar immer noch nur feststellend.

«Du stehst doch auf abartig.»

«Danke, Ava, aber ich bin mir nicht sicher, ob das der beste Zeitpunkt ist, mir zu sagen, worauf ich stehe.»

«Hör zu», sagte ich, «das ist eine Sache zwischen ihm und mir.»

«Ganz genau», erwiderte Edith.

Sie ging ins Bad. Ich wollte fragen, warum sie nicht einfach meins benutzte, aber sie war schon aus dem Zimmer. Dass auf den Bildern an der Wand London zu sehen war, wusste ich nur, weil Julian es mir gesagt hatte. Auf dem mittleren war eine Tudorfassade mit kerkerähnlichen Gittern anstelle von Fenstern zu sehen. Hohe englische Häuser sahen wie hohe englische Gefängnisse aus, und wenn man das einem Engländer sagte, dachte er, man würde auch ihre Gefängnisse hübsch finden.

Edith kam wieder zurück. Sie stand in der Tür und hielt ein T-Shirt hoch, das sie mir geliehen hatte. Ich setzte zu einer Erklärung an, ehe ich merkte, dass sie genau das von mir erwartete, und brachte kein Wort heraus.

Ganz ruhig fragte sie: «Warum war das in seinem Zimmer?»

«Was?», sagte ich.

«Mein T-Shirt. Es lag auf seinem Bett.»

«Was hast du da gemacht?»

«Genau meine Frage.»

«Ich kann nicht fassen, dass du in seinem Zimmer warst.»

«Dito.»

«Edith.»

«Was hast du da verdammt noch mal zu suchen?»

«Er ist in London», antwortete ich. «Ich hab mir nur Filme in seinem Bett angesehen.»

«Warum hast du dir Filme in seinem Bett angesehen? Und Ava, bitte denk dran, dass ich ein sehr intelligenter Mensch bin.»

Sie bewahrte tadellos Haltung, als ich ihr alles erzählte, und sah mir in die Augen, als wäre es zu spät, mich zur Ehrlichkeit zu zwingen, doch könnte sie mich zumindest daran erinnern, dass ich es nicht immer gewesen war. Alles an ihr war ruhig, ihr Kinn, ihre Hände. Immer wenn ich innehielt, nickte sie. Ich hatte das Gefühl, dass sie an den Hähnen saß und ich so lange redete, wie sie es wollte, und auf eine Drehung hin verstummen würde.

Schließlich gab sie zu verstehen, dass sie genug gehört hatte, indem sie das Zimmer durchquerte und sich auf die Bettkante setzte. Sie faltete das T-Shirt einmal, zweimal, dann reichte sie es mir, nachdem sie es auf die kleinstmöglichen Maße herunterbekommen hatte.

«Du hast mir nicht gesagt, was du für ihn fühlst», sagte sie.

«Ich dachte, ich liebe ihn», antwortete ich. «Und dann habe ich dich kennengelernt.»

«Wie krank ist das, dass du dich echt aushalten lässt», meinte Edith, «und ich würde das ja gern gebührend als den Umstand würdigen, der mich daran stört, wenn mich was anderes nicht noch mehr stören würde. Aber mich stört etwas anderes noch mehr.»

Ich wollte, dass jetzt alles auf den Tisch kam. Ich wollte, dass nichts mehr zurückblieb und meine Unzulänglichkeiten für uns beide offenlagen.

«Ich weiß nicht, was du für ihn empfindest», fuhr sie fort. «Ohne Frage hat er aber Gefühle für dich, und ich glaube, dass du genug nach seiner Bestätigung lechzt, um zu ihm zurückzukehren. Ich habe so meine Ansichten zum Verhältnis von Monogamie und Patriarchat – auf Wunsch verfügbar, falls es dich interessiert –, allerdings habe ich auch den Eindruck, dass er wahrscheinlich ziemlich konventionell denkt. Deshalb können wir dann nicht mehr zusammen sein. Solltest du zu ihm zurückkehren.»

Ich war zwar nachweislich nicht die weltweit beste Edithflüsterin, doch ich ahnte, dass jetzt nicht der richtige Moment war, um ihr zu sagen, dass Julian bereits von uns wusste und behauptet hatte, kein Problem damit zu haben.

«Edith, hör zu», sagte ich, «ich bin nicht der Typ, für den er Gefühle hätte.»

«Wie meinst du das?»

«Er hat Geld und ist klüger als ich. Und größer.»

«So wie ich es verstehe, haben Heteromänner es ganz gern, wenn die Frau kleiner ist. Außerdem will er ja angeblich nichts Ernstes – und das ist nicht etwa meine Vermutung, das hast du selbst gesagt. Dann kommst du daher, und er muss dir nur ein Zimmer geben, das er nicht gebraucht hat. Ich kenne die Sorte. Gibts oft in Kanzleien. Er will keine Frau auf ‹Augenhöhe›.»

Ich meinte, es sei ein Trost zu wissen, dass er nur mit mir zusammen war, weil ich klein, langweilig und unattraktiv war.

«Ich dachte, du sagtest, ihr wärt nicht zusammen», sagte Edith.

Ich erwiderte, sie habe recht, das hätte ich nur des rhetorischen Effekts wegen gesagt.

«Von mir aus», sagte sie. «Ich wusste bis jetzt nicht, wie sehr ich dich liebe, aber offenbar genug, um mir deinen Scheiß über rhetorische Effekte anzuhören und von wegen, dass er größer ist als ich, wie kann er mich da nur scharf finden, und klar, ist doch total normal, mit zwei verschiedenen Leuten im selben Bett Sex zu haben und es keinem der beiden zu sagen.»

«Es war immer sein Bett», sagte ich. Ich hätte gern ihre Hand genommen, wagte es aber nicht. «In meinem warst nur du.»

Diese logistische Klarstellung wirkte besänftigender, als ich gedacht hatte.

«Also treibst du es dann weiter mit ihm, wenn er zurückkommt?», fragte Edith.

«Nein», sagte ich, und im selben Moment wurde mir klar, dass ich mich entschieden hatte.

«Du ziehst aus», sagte sie.

«Ja. Aber ist es okay, wenn ich noch ein paar Wochen bleibe? Nur bis ich was Neues gefunden habe.»

Sie sah aus, als hätte sie was Kaltes im Mund, das ihr Zahnschmerzen verursachte.

«Außerdem», sagte ich, «stimmt es nicht, dass Julian nicht nett ist. Er ist nett.»

«Es verrät sehr viel über dich, wenn du glaubst, das würde beweisen, dass du ihn nicht liebst.»

Ich konnte sie nicht ansehen. Es war allzu sehr ins Schwarze getroffen.

«Das ist so ein frauenfeindliches Klischee», sagte ich. «Dass Frauen nette Typen nicht mögen.»

«Manche Leute bringen eine Menge frauenfeindlicher Klischees in ihrem Privatleben unter», sagte Edith.

Teil 3
Edith und Julian

39

SEPTEMBER

Wir nahmen die Fähre nach Lamma Island. Edith trug einen Strohhut mit schwarzem Band. Julian hatte seinen Laptop dabei und tippte Mails. Ich saß in der Mitte und sah zu, wie der Schaum am Boot stockte, während es sich durchs Wasser wühlte.

«Sie muss verrückt geworden sein», hatte Julian gemeint, als ich ihm erzählte, dass Edith was zu dritt unternehmen wollte.

«Ihr zwei würdet euch gut verstehen.»

«Sie kann mich nicht im Ernst kennenlernen wollen.»

Doch zu Julians Eigenarten gehörte, dass er erst nein sagte, später darauf zurückkam und fand: Kein Problem. Erzwingen konnte ich die Kehrtwende nicht, jedoch einigermaßen fest damit rechnen, solange ich das Thema nur eine Weile ruhen ließ. «Meinst du echt, dass wir mit Edith rumhängen sollten?», hatte er ein paar Tage später in der Küche gefragt. Wenigstens konnte ich eins noch gut.

Zuerst machten wir einen Spaziergang. Edith trug einen Sonnenschirm. Es gab viel Grün, bunt zusammengewürfelte Läden und Fischrestaurants mit weißen Plastiktischen. In rappelvollen Aquarien schwammen dem Verzehr geweihte Fische ihre letzten Runden. Ich fragte: «Können wir einen retten?»

Julian, der anscheinend zu dem Schluss kam, dass ich ihn meinte, sagte: «Nein.» Edith schien zu spekulieren, ob das ein Insider zwischen uns war. Ich hätte ihr gern gesagt, dass wir in ihrer Gegenwart nie so grob wären, doch ich wusste nicht wie, weil es nie eine vergleichbare Situation gegeben hatte. Wir kamen an Häusern mit Balkon vorbei, die verstreut über den Hügel lagen.

Julian war Anfang September, vor zwei Wochen, gelandet. Am Vorabend seiner Rückkehr hatte ich Ediths Änderungen rückgängig gemacht – die Blumen, die gerahmten Tapetenmuster. Ich holte ihn am Flughafen ab, und als wir zurückkamen, zog er seine Schuhe im Flur aus und stellte sie neben die High Heels, die ich dort hatte stehen lassen. Ich stellte meine Sandalen dazu und merkte, dass diese Kombination – ein Paar von ihm, zwei von mir – sehr bezeichnend aussah. Ich machte Tee. «Ich habe auch Kaffee», sagte ich. «Wir haben Kaffee.» Gerne Tee, sagte er. Der Wasserkocher klickte und brummte. Ich fragte, ob ich bleiben könnte, bis ich etwas Neues gefunden hatte.

Für unseren Lamma-Lunch hatte Julian einen Tisch in einem Raw-Vegan-Café reserviert. Er wollte immer am Ruder sein, selbst wenn ihn etwas – sei es nun Rohkostküche oder Ediths Gesellschaft – nicht gerade in Begeisterungsstürme versetzte. Sie sagte zu ihm, das Restaurant sei schön, worauf er sie so mitleidig ansah, als würde sie meinen, er hätte es von Hand erbaut, und er wollte sie nicht dieser Illusion berauben. Ob er wohl annahm, dass Edith Veganerin war? Solche Vorstellungen machte er sich gern von Frauen. Wir bestellten Dan-Dan-Zucchininudeln nach Sichuan-Art und warme Kurkumamilch. Die Tische waren winzig. Wir platzierten unsere Ellbogen vorsichtig neben den Tellern.

«Ava hat gesagt, wir dürfen nicht über die Arbeit sprechen», sagte Julian zu Edith, «darum frage ich jetzt nicht, ob du meine Bank berätst.»

«Das habe ich nie gesagt», warf ich dazwischen. «Glaub ja kein Wort von dem, was der da über mich behauptet.»

Edith fragte: «Julian, Ava hat erwähnt, dass du in Oxford warst?»

«Ja, für meine Sünden.»

«Ich fürchte, ich war in Cambridge.»

«Hat sie mir erzählt», antwortete Julian. «keine Sorge, jeder trifft mal die falsche Entscheidung.»

Ich sagte: «Wie die von Oxford, als sie dich reingelassen haben.»

«Macht sie das auch bei dir, Edith?», fragte Julian.

«Er liebt es, wenn ich ihn für Oxford runtermache», sagte ich zu ihr. «Es erinnert ihn daran, dass er dort war.»

Nach unserem Rohkostlunch gingen wir noch eine Runde spazieren. Edith lief voraus. Ihr Kleid erinnerte mich an Hotelbettlaken – von Gliedmaßen verknitterte Baumwolle. In körperlicher Hinsicht fand ich es verwirrend, mit beiden zusammen zu sein: Meine Mimik wollte sich dauernd verselbständigen, und mir dämmerte jetzt, dass ich das vor Julian immer unterdrückte. Ich dachte eigentlich, dass sie den gleichen Humor hatten, doch nun wollte mir überhaupt nichts einfallen, was sie beide lustig fanden.

Julians Handy klingelte, als wir auf halbem Weg zurück zum Pier waren. «Okay, wenn ich drangehe?», sagte er. Ich schloss zu Edith auf. Die chinesischen Banyanbäume warfen Trauerschatten. An ihnen wuchsen Feigen – das hatte Edith mir mal erzählt. Auch wenn ich es damit nicht übertreiben durfte, behielt ich sie die ganze Zeit im Blick.

«Wann ziehst du aus?», fragte sie.

«In zwei Wochen», improvisierte ich.

«Du kannst bei uns wohnen. Mrs Zhang könnte dich verbessern. Sie findet jeden, den sie trifft, verbesserungswürdig.»

Wir hatten die Ladenzeile erreicht. In Central versperrten die Leuchtreklamen den Blick auf den Himmel wie Pop-ups, zehn pro Laternenpfahl, eine pro Hochhausetage, aber auf Lamma gab es Lücken dazwischen. Markisen spendeten uns Schatten. Ein Geschäft mit Schiebetüren und ohne englischen Namen führte Postkarten und Dörrfleisch.

Einen Tag vor dem Ausflug hatte die Sonne mich früh geweckt. Ich holte mir ein Glas Wasser und lief beim Trinken im Wohnzimmer auf und ab. Ich schnitt einen Apfel in Stücke, die ich nicht aß, und bemerkte neben Julians Schuhen im Flur ein Paar innen roter High Heels, aber es ließ mich kalt. Es ließ mich auch weiterhin kalt, während ich die Schuhe unter die Lupe nahm, und als ich sah, dass sie Größe 40 waren, schwebte mir auch überhaupt kein feministisch bedenkliches Bild ihrer hässlichen Quadratlatschen vor. Dann ging ich in mein Zimmer und weinte, was man eben manchmal so macht, und noch währenddessen hörte ich Victoria sagen, dass sie jetzt am besten gehe.

«Ausziehen ist hart», sagte ich zu Edith.

«In praktischer Hinsicht, meinst du?», fragte sie.

Ich sagte: «Ich liebe dich.»

Klar, ich liebte sie in diesem Augenblick, doch auch weil ich an dem Morgen, als ich Victoria hörte, in einen Cardigan geschlüpft war, den Edith auf dem Boden zurückgelassen hatte. Wie Edith duftete er nach Seife. Mir fiel ein, wie sie an meinen Lippen hing, wenn ich ihr Irisch erklärte, und dann dachte ich daran, dass alle ihre Sachen einen festen Platz in ihrer Tasche hatten. Ich war jetzt auch so eine Sache, war sicher und geborgen, und niemand außer Edith konnte mir wehtun. Darum sagte ich, als Julian mich später an dem Tag fragte, ob Lamma morgen stand: Alles gut, und meinte es auch so.

Edith hielt an, um ein Foto von uns beiden zu machen. Ich fragte, ob es für Instagram sei, und sie sagte nein, nur so. Ich sah, wie sie durch ihre Filter scrollte. Wie immer war ich teils aufgeregt, in ihrem Feed vorzukommen, teils besorgt, dass ich da komplett herausfallen könnte. Ich wusste, dass ihre Bildunterschrift mich den Leuten, vor denen sie out war, als ihre Freundin zu erkennen geben, sonst aber nichts verraten würde. Was mehr war, als ich je unternommen hatte, um unsere Beziehung öffentlich zu machen.

Der Pier lag jetzt direkt vor uns. Die nächste Fähre würde in zehn Minuten kommen. Julian hatte fertig telefoniert und holte uns wieder ein. Edith fragte uns, ob wir Kaugummi oder Wasser wollten, und ging sich was holen, als wir verneinten.

«Das hat Spaß gemacht», sagte ich zu Julian, sobald sie weg war. «Ich wusste, ihr zwei würdet klarkommen.»

Er hatte sich eine Zigarette angezündet und wies auf die Schachtel, um mir eine anzubieten.

«Ich rauche nicht», sagte ich, «schon vergessen?»

«Entschuldige», sagte er.

Wir konnten jetzt die Fähre sehen, die wellenschlagend herantuckerte. Am Horizont schmolzen Gelb und Blau ineinander. Die Sonne ging früh unter, was ich auch zu Julian sagte, der nickte. Dann räusperte er sich.

«Ich sag's dir besser, bevor sie zurückkommt», meinte er. Ich folgte seinem Blick und sah Edith aus dem Geschäft treten.

«Was sagen?», fragte ich.

«Sie haben gerade angerufen. Entschuldige, lass mich nur

eben –» Er drückte seine Zigarette aus und zündete sich direkt die nächste an.

«Was ist denn, Julian?»

Er atmete aus. «Mein Dad hatte einen Herzinfarkt.»

40

Julian sagte, die genaue Bezeichnung laute akuter Myokardininfarkt, so stand es zumindest im Lehrbuch. Die erste Stunde danach – «danach» hieß nach einem akuten Myokardininfarkt – sei entscheidend für den Befund. Der «Befund», von dem Julian sprach, ließ nur einen einzigen Ausgang zu.

«Er hat eine koronare Herzkrankheit», sagte Julian. «Dreiundsechzig ist jung dafür. Die Ärzte sagen, es liegt am Alkohol und den Kippen. Das oder genetischer Veranlagung.»

Julian zündete sich eine Zigarette an, ehe ihm offenbar wieder einfiel, was er gerade über die Faktoren gesagt hatte, die Miles' Arterien geschädigt hatten. Es hielt ihn nicht vom Rauchen ab, doch er war jetzt still.

Anschließend gingen wir wieder rein. Ich deutete auf den Aufzug, aber er wollte lieber die Treppe nehmen.

«Ihr beiden macht ja einen Riesenwirbel», sagte Miles. «Dabei habe ich Thatcher überlebt.»

Julian knöpfte ruhelos seinen Manschetten auf und zu. «Ich habe Mum angerufen», sagte er. «Sie nimmt die nächste Maschine.»

«Nett von ihr, dass sie zu deiner Unterstützung kommt», sagte Miles.

«Dad.»

«Wirst du nicht auf der Arbeit gebraucht?»

«Die schaffen es einen Tag ohne mich.»

«Himmel, du musst ja wirklich glauben, dass ich mit einem Bein im Grab stehe.»

An diesem Abend schaute sich Julian im Wohnzimmer ein Video auf seinem Laptop an. Es zeigte ein Herz wie ein Boxhandschuh. Von einer der Arterien her breitete sich ein schwarzer Fleck aus. Dann setzte die Plaquebildung ein, künstlerisch umgesetzt als gelbe Hubbel. Julian erfuhr, dass Miles Aspirin hätte kauen müssen, um das Risiko für ein Blutgerinnsel zu senken.

Ich meinte: «Sag es ihm doch jetzt noch.»

«Danke für die Anregung», erwiderte Julian, «aber ich weiß nicht, ob ich meinem Vater Ratschläge fürs nächste Mal geben will, wenn sein Herz streikt. Nicht gerade Schönwetterdenken, oder.»

Ein paar Tage später kamen die Ergebnisse von Miles' letzter Untersuchung. Julian fand sie immerhin so beruhigend, dass er wieder zur Arbeit ging, doch er verhielt sich sonderbar, erratischer. Wenn der Hunger irgendwann groß genug war, um ihn ans Essen zu erinnern, stopfte er sich einfach rein, was gerade am wenigsten Umstände machte: trockene Cornflakes, einen nicht mal aufgeschnittenen Bagel. Kleinigkeiten brachten ihn auf die Palme.

«Warum hast du mein Handy aufs Sofa gelegt?», fragte er.

Ich sagte: «Ich dachte, es ist meins, bis das Display aufgeleuchtet ist.»

«Dann hättest du es wieder zurücktun sollen. Ich hätte einen Anruf kriegen können.»

«Dann würdest du es doch klingeln hören.»

«Nein, eben nicht. Es ist noch vom Krankenhaus auf stumm

geschaltet. Warum kannst du nicht einfach alles so lassen, wie es war?»

Später entschuldigte er sich. Ich sagte, er könne auf mich so sauer sein, wie er wollte, und er meinte: «Sag das nicht. Du sollst einfach normal sein.»

«Ich will dich nicht aus dem Konzept bringen», sagte ich.

Er antwortete: «Wenn du jemals von mir die Worte ‹Das bringt mich aus dem Konzept› hören solltest, lass mich bitte erschießen.»

Drei Tage nachdem Miles eingeliefert worden war, kam Florence an. Sie blieb vier Nächte. Sie wusste, dass Julians Wohnung zwei Schlafzimmer hatte, allerdings nicht, dass ich dort wohnte, doch er buchte ihr unter dem Vorwand, dass er abends lange arbeiten müsse und sie nicht wecken wolle, ein Hotelzimmer.

Weil Miles höchstens zwei Besucher gleichzeitig empfangen durfte, begegnete ich Florence kein einziges Mal. Julian meinte, es sei besser so. Sie konnte sich nicht für andere Frauen erwärmen. Ich fragte, ob er meinte, andere Frauen in Julians Leben oder dass sie existierten, Punkt. Er antwortete nicht.

Nach ein paar Wochen wurde Miles mit einer Komplettausrüstung an Medikamenten und einer Liste erlaubter und verbotener Dinge entlassen. Wir besuchten ihn zu Hause. Ich fragte Julian, ob er lieber alleine gehen wollte, und er sagte, auf gar keinen Fall.

«Ich sage auch keinen Mucks», meinte ich. «Ich sitze einfach nur da und sehe euch zwei beim Reden zu.»

«Du zwingst uns, zivilisiert zu bleiben. Seit es dich gibt, hat er mich noch kein einziges Mal persönlich für die globale Finanzkrise verantwortlich gemacht. Und ich vergleiche ihn nicht mehr mit Stalin.»

Ich stimmte zu, dass dies ein keineswegs zu unterschätzender Fortschritt sei.

Mam sagte, Großtante Maggie brauchte einen Hüftersatz. Schon wieder, sagte Mam. Maggie hatte ein komplexes Verhältnis zu Prothesen. Die erste künstliche Hüfte hatte den verbliebenen Teil von Maggies echter Hüfte teilweise beschädigt, und deshalb bekam sie jetzt eine andere und klagte womöglich. Man konnte jedoch nie wissen mit diesen Anwälten.

Ich sagte, meine Freundin Edith sei Juristin, wenn auch mit einem anderen Zuständigkeitsbereich, und bot an, sie nach ihrer Meinung zu fragen. Mam sagte, die klinge aber nett.

«So ein anderer Freund von mir hat es gerade schwer», sagte ich. «Sein Dad war im Krankenhaus.»

Es schien mir unangebracht zu sagen, dass es sich bei diesem Freund um den Banker handelte.

«Der arme Bub», sagte Mam. Das war wahrscheinlich das erste Mal überhaupt, dass jemand von Julian als einem «Bub» gesprochen hatte. «Ist es was Ernstes?»

«Geht schon wieder. Er hatte einen Herzinfarkt, aber ist jetzt auf dem Weg der Besserung.»

«Gott segne ihn.»

«Sie beide», sagte ich.

«Gewiss doch.»

Mams Dad war gestorben, als ich sechs war. Wie alle möglichen Männer in unserer Familie war er Alkoholiker gewesen. Man müsse sich davor in Acht nehmen, sagte Mam. Schwer zu sagen, ob sie meinte, Männer vorm Trinken oder wir uns vor ihnen. Die Trauerfeier wurde in dem großen weißen, von Torfgeruch erfüllten Haus in Roscommon abgehalten. Danach war ich zweimal im Jahr hingefahren, um Nana zu besuchen, die noch acht Jahre zu leben hatte. George und Tom sahen mit ihr fern, und ich machte mich an den Abwasch.

«Das ist lieb», sagte Nana. «Packst mal mit an.» Am College hatte ich das zögerlich als Beispiel für patriarchale Konditionierung beschrieben, fühlte mich aber in Wirklichkeit überlegen, weil ich Dinge anpackte, während die Jungs wie Kartoffeln dasaßen.

Ich fragte Mam, was ich mit Julian machen sollte.

«Dräng dich besser nicht auf», antwortete Mam. «Sei einfach für ihn da.»

Sie holte Dad ans Telefon. Er sagte: «Abende schön lang bei euch?», und ich sagte ja. Er meinte, manche Leute hätten's gut.

«Stimmt», antwortete ich.

Ich fühlte mich wichtig, weil ich nun diejenige war, die keine Zeit hatte, um Edith zu sehen. Sie schrieb, ob wir uns treffen wollten, und ich antwortete, ich hätte zu tun. Eigentlich meinte ich, dass ich für Julian da sein wollte, wenn er nach Hause kam, aber das konnte ich ihr natürlich nicht sagen. Jetzt dachte sie wahrscheinlich, ich sei so umtriebig und gefragt, dass ich nicht mal dazu kam, es ihr zu erklären. Entweder das, oder dass mein Zeitmanagement zu wünschen übrig ließ.

Als Miles eine Woche im Krankenhaus lag, lud Julian mich ins Marriott in Admiralty ein. Es war das erste Mal seit seiner Rückkehr Anfang September, dass wir zusammen ausgingen. Im Aufzug musterte ihn eine Frau im Nerzmantel von oben bis unten, als wäre sie unschlüssig, ob jemand wirklich so lang sein musste, dann meinen Rocksaum mit der Überzeugung, dass es dagegen hier an Länge ziemlich mangelte.

Er ließ mich für uns bestellen und bemerkte geistesabwesend, dass meine Haare ganz toll aussähen. Wir diskutierten, ob das Wort «ganz» ein Kompliment verstärkte oder einschränkte. Ich skizzierte eine Skala auf eine Serviette und setzte «ganz» zwischen «ein bisschen» und «sehr». Es war schön, jemand anderes Edith zu sein. Julian zeichnete seine eigene Skala und schrieb es zwischen «sehr» und «extrem» – in diesem Haar-Kontext, meinte er. In anderen hätte ich schon ganz recht. Ich fragte, welches «ganz» das jetzt gerade gewesen sei, und er sagte, er frage sich, wie er mich in London nur jemals hatte vermissen können.

«Ich habe dich auch vermisst», sagte ich.

Er meinte, ich sei ihm eine gute Freundin gewesen.

«Und das will ich jetzt auch sein», sagte ich.

Über den reich gepolsterten Sitzen ragten Gemälde von Klippen auf. Die Frauen im Restaurant trugen Kleider in leuchtenden Farben, als wollten sie die düsteren Anzüge der Männer wiedergutmachen – pardon, wir konnten ihn leider nicht zu Hause lassen. Julian und ich fingen an, uns Geschichten für die Leute um uns herum auszudenken. Er hielt ein Paar für verheiratet, das in meinen Augen ziemlich eindeutig eine heimliche Affäre hatte.

«Im Marriott?», entgegnete Julian.

Ich sagte: «Entschuldige, ich vergaß, dass ja jeder hier ein gesellschaftliches Reich bewohnt, in dem man Bekannte zwangsläufig in Fünfsternehotels trifft.»

Ich fühlte mich so ruhig wie nie in der Zeit, bevor er weg gewesen war. Für echte Dates hatte ich jetzt Edith und brauchte mir deshalb keine Gedanken zu machen, ob Julian und ich gerade eins hatten. Wir konnten einfach nur essen.

Er erzählte, dass London sich verändert hatte – nicht für alle natürlich, aber für ihn schon. Außer dem Shard wirkte jetzt alles klein. Die Tube war noch schäbiger geworden. Zumindest die Dame in den Durchsagen war überall gleich darum besorgt, dass man Fahrgäste bitte zuerst aussteigen ließ. Er hätte gern gewusst, ob es ihr was ausmachte, an den Bahnhöfen ihre eigene Stimme zu hören. Für kein Geld der Welt würde er wollen, dass eine von ihm gesprochene Ansage ertönte, wenn er sich gerade nicht mit Kaffee vollzukleckern versuchte. Er hatte gedacht, dass er die allgegenwärtigen chinesischen Schriftzeichen in Hongkong gar nicht wahrnahm, doch in London kamen ihm die Schilder ohne sie nackt vor, auch wenn sein Leseverständnis, sagte er, ohne Witz noch immer unter dem eines Kleinkinds lag. Und was London anging, vertrat er die gegensätzliche Meinung zur englischen Mittelschicht: Er kam nicht klar darauf, wie viele Weiße es da gab.

«Dann halt dich mal lieber von Oxford fern», sagte ich.

Später nahmen wir die Metro von Admiralty zur Pottinger Street und anschließend den Escalator. Und immer diese Leuchtreklamen: Sunny Palms Sauna, Paris Hair Salon, Open Late SEX TOY SHOP (Hervorhebung im Original). Es war schon komisch, dass Julian rechts stehen und ganz normal aussehen konnte, wo wir doch hier geblieben waren, während er fort gewesen war.

Mir fiel auf, dass ich jetzt vor ihm ging. Als er mich zum ersten Mal zum Lunch eingeladen hatte, war er im Bahnhof zuerst an der Rolltreppe gewesen und hatte mir dann den Vortritt gelassen, damit der Größenunterschied, wie ich bald merkte, sich durch die Stufen nicht noch verstärkte. Es hatte mich nervös gemacht. Wenn er auf so etwas achtete, was mochte ihm dann noch alles auffallen? Dreiundzwanzig mauserte sich langsam zu meinem ersten Lebensjahr, in dem der Gedanke, wahrgenommen zu werden, mich nicht mit einem abgrundtiefem Grauen erfüllte. Besser spät als nie, dachte ich.

Zu Hause machte ich Kamillentee. Ich meinte: «Ich weiß, dass du wahrscheinlich nicht über Miles sprechen willst, aber falls doch, bin ich da.»

«Danke, Ava», antwortete Julian.

Wir setzten uns aufs Sofa und sahen uns auf seinem Laptop die Nachrichten an. Er sagte, er überlege, sich einen richtigen Fernseher zuzulegen. Ich versetzte: «Mensch, du gehst echt auf die dreißig zu.» Die Hongkonger Regierung hatte drei bekannte prodemokratische Studentenaktivisten festnehmen lassen. Britische McDonald's-Mitarbeiter streikten gegen Null-Stunden-Verträge. («Wie kann es sein, dass wir uns dermaßen einig sind und du Corbyn trotzdem nicht magst?» «Ich glaube, die Geister scheiden sich letztlich daran, ob es wirklich im Interesse der Allgemeinheit wäre, Großbritannien zu einem Gulag zu machen.»)

Julian fummelte an seinen Manschetten und sagte: «Gibt es schon einen Auszugstermin?»

«Vielleicht in ein paar Wochen.»

«Okay.»

Ich trank einen Schluck Tee, damit ich aufstehen und frisches Wasser aufgießen konnte.

«Wenn du einverstanden bist», sagte ich.

«Schon, aber da bleibt nicht gerade viel Zeit, um was Neues zu finden», erwiderte Julian.

«Ach, mit den Wohnungen geht das schnell hier», meinte ich. «Und zur Not kann ich immer noch in ein Airbnb.»

«Stimmt. Also, nur dass du's weißt – von meiner Seite besteht keine Eile, falls du doch länger brauchst.»

Dann stand er auf und suchte nach seinem MacBook-Ladekabel. Er sollte sich echt einfach ein zweites kaufen, sagte er. Eins für jede Steckdose in der Wohnung, und es wahrscheinlich trotzdem irgendwie hinbekommen, sie allesamt zu verlegen.

«Tut mir leid wegen der Nachricht», sagte ich. Diesen Satz richtete ich an das Kissen in meinen Armen. «Es war ein Versehen.»

«So was passiert», sagte er, als schickten ihm Leute routinemäßig wirre Geständnisse, mit wem sie es trieben. Was nicht auszuschließen war – seine Freunde waren ziemlich gestört.

«Victoria also», sagte ich. Ich wusste nicht, ob sie seitdem noch mal da gewesen war, ich hatte jedenfalls nichts bemerkt.

«Wie hast du –»

«Ich bin ein sehr intelligenter Mensch.»

«Es macht dir nichts aus?»

«Nein», antwortete ich. «Zuerst schon, aber wenn ich jemanden habe –»

Er lachte. «Ich wünschte, jeder würde so großzügig über meine Fehler hinwegsehen.»

Ich war nie schlau daraus geworden, warum Männer glaubten, dass Frauen, mit denen sie geschlafen hatten, gern hörten, wie sie andere Frauen, mit denen sie ebenfalls geschlafen hatten, schlechtmachten. Man musste schon eine ausgewachsene Egomanin sein, dachte ich, um anzunehmen, dass diese Männer nicht auch über einen selbst so redeten. Das Schlimmste, was Julian je über Kat geäußert hatte, war, dass sie «nett» sei, und das war einer der Gründe, warum ich ihm vertraute. Es war nicht mein Problem, wenn er jetzt Dinge tat und sagte, die er vorher nicht getan und gesagt hatte, doch es beunruhigte mich.

Ich ging zum Fenster, damit er mich nicht ansehen musste, und fragte: «Willst du, dass ich bleibe, bis es Miles wieder bessergeht?»

«Der Arzt meint, in ein paar Wochen ist er über den Berg», erwiderte Julian.

Ich strich ein paar Erdkrümel von einer Topfpflanze auf dem Sims, ging dann zum Mülleimer und klopfte meine Hände ab. Die Pflanze war ein Geschenk von Edith gewesen. Sie hatte gesagt, ich könne mich nicht wirklich sicher in einem Zuhause fühlen, in dem nichts wuchs.

«Ich kann bleiben», sagte ich. «Wenn es hilft.»

Ich erwartete, dass er sagte: «Wenn du willst», und ich dann eine gute halbe Stunde für die Entscheidung brauchen würde, ob er ohne mich leben konnte. Frauen kümmerten sich um Männer und ließen sie so tun, als hätten sie selbst alles im Griff. Ich wusste, es war unfair, Julian mit jemandem zu vergleichen, dem nicht seine gesamte Schulbildung lang eingebläut worden war, Weinen sei was für Frauen und Arme, doch mir fiel wieder ein, wie Edith sich bei mir dafür bedankt hatte, wie ich mich gegenüber Mrs Zhang verhalten hatte.

«Warum trinken wir eigentlich Tee?», fragte Julian. «Lass uns Pinot noir trinken.»

«Den Chambertin oder den Clos de Vougeot?»

«Mein Akzent ist nicht so.»

«Okay, aber welcher.»

«Scheiße, warte, wir haben immer noch den Clos de Vougeot?» Sein Gedanke war förmlich greifbar: Und wir trinken hier Tee.

Beim Einschenken rutschte meine Hand ab, sodass ich sein Glas beinahe randvoll machte. Ich fing an, mich zu entschuldigen, und Julian entgegnete, nichts auf der Welt wäre eine Entschuldigung weniger wert. Ich sagte, er sähe gut aus, worauf er meinte, das sei erstaunlich, weil die Luftverschmutzungs-App, die ich ihm gezeigt hatte, für London so negativ gewesen sei wie für Hongkong. Ich hatte sie schon lange gelöscht. Er fand, das sei typisch für uns. Da war was dran, auch wenn ich nicht den Finger darauflegen konnte.

«Fühl dich nicht verpflichtet», sagte Julian, «aber es wäre schön, wenn du bleibst.»

«Okay», meinte ich. «Gern.»

«Als Freunde. Bis ich weiß, dass alles in Ordnung ist.»

Freunde konnte alles heißen.

41

OKTOBER

Es war der erste Oktober, der chinesische Nationalfeiertag. Julian und ich boten an, ihn mit Miles zu verbringen, der jedoch nur lachte und sagte, er hätte schon was vor. Edith schlug vor, sich das Feuerwerk am Victoria Harbour anzusehen. Ich war nicht sicher, was sie im Sinn hatte, als sie fragte, ob Julian auch mitkommen wollte, bohrte jedoch nicht nach. Er war einverstanden.

Als wir durch die Menge spazierten, fragte ich mich, zu welchem Schluss die Leute bei unserem Anblick wohl kamen. Ein hochgewachsener, blonder Mann und zwei kleine, dunkelhaarige Frauen. Zwei Weiße, eine Asiatin. Wir waren augenscheinlich nicht verwandt, aber auch zu unterschiedlich, um auf den ersten Blick als eine Gruppe von Freunden durchzugehen. Ediths Klamotten wirkten am teuersten, vielleicht waren wir daher ihre gestressten persönlichen Assistenten. Aber warum verbrachten wir dann den Nationalfeiertag zusammen? Möglicherweise waren Julian und ich Ediths Freunde von der Uni und für eine Woche aus London hergeflogen. Wir hatten alle am gleichen College in Oxford studiert, und Julian und ich waren verheiratet und besuchten Edith, die wieder nach Hongkong zurückgekehrt war, um mit ihrer Hilfe in die Kultur einzutauchen. War es möglich, eine lesbische Frau auf Anhieb zu erkennen? Es sollte eine der im Paket mit inbegriffenen Superkräfte sein, wenn man auf Frauen stand, aber ganz offensichtlich besaß ich sie nicht.

Edith fand einen günstigen Aussichtspunkt und sagte zu Julian, er solle sich breitmachen, um uns Platz zu verschaffen. «Das ist echt toll, oder», sagte er ausdruckslos. «Ein schöner Tag mit meinen Mädels draußen.» Edith und ich machten psst, und er lachte. «Was, habt ihr Angst, dass ihr wegen mir das Feuerwerk nicht hört?»

Ich stand in der Mitte. Jedes Mal, wenn es krachte, drückte ich Ediths Hand. Julian reckte den Kopf nach vorn, als wollte er aufmerksamer wirken, als er es wirklich war. Ich wusste, woran er dachte: dass es in London kein Feiertag war und Kunden innerhalb einer Stunde eine Antwort erwarten würden. Bei Edith sah es nicht anders aus, aber auf dem Hinweg hatte sie mehr auf ihrem Handy gemacht, und deshalb endete ihr Ein-Stunden-Zeitfenster später. Erst fragte ich mich, welche anderen Gedanken sie wohl zur Seite schoben, um solchen Überlegungen Platz zu verschaffen. Aber das war unwissenschaftlich. In Wirklichkeit bildeten sich im Gehirn ja neue Zellen, je mehr Informationen es verarbeitete. Das gefiel mir nicht und ich bedauerte, daran gedacht zu haben, weil es nämlich hieß, dass sie mit jedem Tag klüger wurden als ich.

Die Reklametafeln über uns zerbarsten förmlich vor lauter Rot, Weiß und Gold. Kinder kreischten, und ich fragte mich, ob es Laute gab, die sie auf Kantonesisch noch nicht aussprechen konnten.

Später brachte ich Edith zur Sai-Ying-Pun-Station. Das Wandbild drinnen zeigte vom Stadtleben desillusionierte Menschen. Sie sagte, es sei schön gewesen und dass sie Julian mochte. Dann fragte sie, ob es irgendwas Neues bei der Wohnungssuche gebe.

«Ich denke, so Mitte Oktober», meinte ich.

«Das letzte Mal, als ich dich gefragt habe, hast du Ende September gedacht.»

«Sein Dad hatte einen Herzinfarkt.»

«Ich weiß, dass du für ihn da sein willst», sagte Edith, «aber ich glaube nicht, dass er das von einem seiner anderen Freunde verlangen würde.»

«Ja, weil seine anderen Freunde echte Soziopathen sind.»

«Trotzdem.»

«Nur noch ein paar Wochen.»

«Wenn du meinst», sagte sie. Wir umarmten uns, und sie ging durchs Drehkreuz. Ich blieb stehen, bis sie außer Sicht war, und wartete, ob sie sich noch einmal umdrehen würde, doch vergeblich.

Für die Kinder hatte die richtige Schule wieder angefangen, auch wenn sie den ganzen Sommer über zu meinem Unterricht gekommen waren. Die Siebenjährigen waren jetzt halb mit ihrer Einheit zur Satzgrammatik durch. Ein paar Tage nach dem Feuerwerk gab ich ihnen eine Stunde über kategorische und konkrete Nomen. Bevor ich das Lehrbuch aufschlug, hatte ich noch nie von dieser Unterscheidung gehört. Es stellte sich heraus, dass ein kategorisches Nomen so was wie «Gemüse» und konkrete Nomen «Rote Bete», «Karotten» oder «Brokkoli» waren. Für einen präziseren und lebendigeren Schreibstil sollte man möglichst konkrete Nomen verwenden.

Das Kapitel enthielt eine kurze Erklärung, gefolgt von einer Übung: eine DIN-A4-Seite mit zwei Spalten. Links standen mehrere kategorische Nomen. Rechts sollte man mindestens drei passende konkrete eintragen. Ich sagte den Kindern, dass sie ihr Kantonesisch-Englisch-Wörterbuch benutzen durften.

Cynthia Mak fragte, zu was man «Menschen» sagte: Hieß das «Schwester», «Bruder», «Vater» oder «Lehrer», «Ärztin», «Künstler» oder –

«Die gehen alle», antwortete ich.

«Aber wenn ich ‹Schwester›, ‹Vater›, ‹Bruder› bei ‹Menschen› reinschreibe, was tue ich dann hierhin?» Sie zeigte auf das Kästchen mit «Familie».

«Okay, dann lass die weg. Nimm ‹Lehrer› oder so.»

«Und hier dann?» – und sie deutete auf die «Berufe»-Zeile.

«Okay, was anderes bei ‹Menschen›.»

«Glückliche und traurige Menschen?»

«‹Glückliche Menschen› ist kein konkretes Nomen – das ist ein Adjektiv plus ein kategorisches Nomen.»

«Aber was soll ich dann hinschreiben?»

Wir starrten uns an. Es war tatsächlich eine Herausforderung, Menschen ohne unmittelbaren Bezug dazu, wie sie ihr Geld verdienten oder welche Stellung sie in ihrer Familie einnahmen, zu beschreiben. Ich fragte: «Wie wäre es mit Freundin, fester Freund, Kollege?»

«Ich will nicht ‹fester Freund› schreiben.»

Ich konnte es ihr nicht verdenken, dass sie die Übung in Frage stellte. Mit «Freund», «Feind» und «Kollege» ließ sich «Person» irgendwie nicht auf die gleiche Weise eingrenzen wie «Obst» durch «Apfel». Ein Apfel war immer noch Obst, selbst wenn kein anderes Obst in der Nähe war, aber man konnte nicht jemandes Erzfeindin sein, ohne dass diese Person gerade herumhing und die Definition vervollständigte. «Familie» war relational und «Beruf» von externen Strukturen abhängig und mit Bedeutung versehen. Zugegeben, «Erwachsener», «Kind» und «Jugendlicher» konnten für sich stehen. Aber ich fand es deprimierend, dass wir uns selbst darüber definierten – uns präziser und lebendiger machten –, indem wir unser Entwicklungsstadium und die voraussichtliche Zeitspanne bis zum Tod damit festlegten. Obst hatte dieses Problem nicht.

Selbst für einen Briten, der so schrecklich britisch und schrecklich männlich wie Julian war, musste es doch Grenzen dessen geben, was ihm angeblich – aus akustischen, wenn nicht emotionalen Gründen – überhaupt nicht auffiel, und deshalb trafen Edith und ich uns seit seiner Rückkehr vor ein paar Wochen in Love Hotels. Das erste war in der Lockhart Road in Wan Chai. Sie sagte, es werde stundenweise vermietet, was trashig zu werden versprach, aber es war aufgerüscht und wurde wie jede andere preiswerte Absteige geführt. Man musste nur früher auschecken. Die Laken rochen sauber, wahrscheinlich weil sie eingesprüht worden waren. Wir buchten den ganzen Abend, damit wir danach noch fernsehen konnten.

«Ich wünschte, wir könnten es allen erzählen», meinte ich in einer Werbepause.

«Ich mag es, ein Geheimnis zu haben», erwiderte Edith.

«Würdest du auch noch auf mich stehen, wenn es kein Geheimnis mehr wäre?»

«Keine Ahnung. Wir könnten es anderen ja versuchsweise sagen, mal sehen, ob ich dann noch interessiert bin.»

«Wem sollten wir es denn sagen?»

«Meine Familie ist noch nicht so weit», meinte sie. «Ich habe es Cyril und Tony erzählt. Leute aus Cambridge wissen, dass ich lesbisch bin, aber ich glaube, sonst keiner. Ich vermute mal, dass ich auffliegen würde, wenn ich die Leute plötzlich mit meiner Freundin bekannt mache.»

Sie drückte sich immer so umständlich aus, wenn sie versuchte, witzig zu sein. Manchmal nervte mich das, aber ich wusste, es war nur ihre Art, mit den Dingen klarzukommen. «Wer bleibt dann noch übrig?», fragte ich.

«Julian, schätze ich.»

«Er weiß es doch schon.»

«Schade», sagte Edith. «Es wäre so gut gewesen, hätten wir es ihm gemeinsam gesagt. Er wäre voll: Ich freue mich ja so für euch, es rührt mich, wie offen ihr mit mir seid, ist es nicht toll, dass wir unsere Gefühle teilen.»

«Das ist eine perfekte Julian-Imitation. Für einen Moment dachte ich doch tatsächlich, dass er vor mir sitzt.» Die Ironie entging ihr – oder zumindest lachte sie nicht –, daher fügte ich hinzu: «Aber ich meine, du kannst es ihm ruhig noch mal sagen. Erwarte nur keine allzu heftige Reaktion.»

Sie sah mich nicht an – ich wusste nicht, ob mit Absicht, wollte ihr aber auch nicht ins Gesicht schauen, denn wenn sie dann meinem Blick auswich, wäre klar gewesen, dass sie ihn bewusst mied.

Sie fragte: «Glaubst du, dass wir es den Leuten jemals sagen werden?»

«Es würde mir nichts ausmachen», antwortete ich.

«Dass wir es sagen oder nicht?»

«Beides. Es liegt bei dir.»

«Aber ich will, dass es bei dir liegt», entgegnete Edith und lachte kurz auf. Ich dachte, wenn Leute das in Textnachrichten machten, war der abschwächende Effekt glaubwürdiger.

«Wir müssen jetzt nicht darüber sprechen», meinte ich.

«Das ist so ein typischer Julian-Kommentar.»

«Was hat er denn damit zu tun?», fragte ich.

«‹Lass uns später darüber sprechen›, aber das passiert nie.»

«Ich glaube nicht, dass ich dir das je erzählt habe.»

«Was – glaubst du, ich hör eure Wohnung ab?», fragte Edith.

«Ich erinnere mich echt nicht daran, dass ich's dir erzählt hätte.»

«Aber das hast du, glaub es oder nicht. Und ich will dich ja nicht nerven, aber –»

«Ich arbeite daran.»

«Das will ich auch hoffen.»

42

In der dritten Oktoberwoche sagte Edith, wir sollten mal was Sinnvolles für die Gesellschaft tun. Julian nahm die Plastiksäcke mit. Wir liefen am Strand entlang und sammelten Abfall. Julian beschwerte sich darüber, wie zwecklos das sei – wenn wir morgen zurückkommen würden, hätten die Leute das Ufer noch mehr zugemüllt. Edith fragte, ob er die Parabel von dem Mann kannte, der Seesterne ins Meer zurückwarf. Julian sagte ja, und dass es in seinen Augen Schwachsinn sei, weil der mal lieber hätte versuchen sollen, die Seesternkrise bei der Wurzel zu packen, anstatt bloß die Symptome zu bekämpfen. Sie fragte, ob Julian damit meinte, man müsste die Produktionsmittel beschlagnahmen, und seinem Gesicht war anzusehen: Warum sind alle, die ich kenne, entweder Bürolakaien, gestörte Bolschewisten oder beides.

Wir machten weiter, bis der Strand von Müll befreit war, dann knoteten wir die Säcke zu und entsorgten sie. Julian meinte, dass die Recyclingtonnen Fake seien und sowieso alles auf derselben Deponie lande, wo es wahrscheinlich mehr Schaden anrichtete, als wenn wir es einfach im Sand hätten liegen lassen. Edith entgegnete, wenn er eine bessere Idee für den kommenden gesellschaftlich sinnvollen Samstag habe, könne er ja gern unsere nächste trilaterale Exkursion planen. Er fragte, ob sie ganz sicher sei, dass es ein nächstes Mal geben müsse.

Ich überließ die beiden sich selbst. Ich hatte andere Dinge im Kopf.

Sie zankten erneut darüber, wo wir essen sollten. Edith schlug ein Pizzalokal vor. Julian wandte ein, für so was sei London besser und günstiger. Edith meinte, wir seien aber nicht in London, daher leuchte ihr auch nicht ein, welche Rolle sein Argument spielte. Am Ende entschieden wir uns für Meeresfrüchte im Boathouse auf der Stanley Main Street, wo keiner der beiden ursprünglich hingewollt hatte, was sie jedoch mit der Genugtuung erfüllte, dass der jeweils andere seinen Willen nicht bekommen hatte. Die Terrasse ging auf die Bucht hinaus. Edith und Julian bestellten eine Platte mit Flusskrebsen und Venus- und Jakobsmuscheln. Sie schafften es kaum, sie neben die künstlichen Pfingstrosen auf den Tisch zu quetschen. Ich bestellte Pilzsuppe und rührte sie nicht an.

Die Kellnerin brachte die Rechnung. Ich fragte Edith, ob es eine kantonesische Wendung für *lie of omission* gebe, Halbwahrheit. Sie sagte, aus dem Stand falle ihr keine wörtliche Übersetzung ein, aber dass früher im Fernsehen mal eine Thrillerserie über die Hongkonger Polizei gelaufen sei, die *Lives of Omission* hieß, mit Michael Tse in der Hauptrolle. Sie wurde nach dreißig Episoden wieder eingestellt.

Julian fragte: «Woher nimmst du nur die Zeit, dir so viel Schrott anzugucken?»

«Ich habe als Schülerin viel ferngesehen», erwiderte Edith. «Und so übel ist die Serie gar nicht. Sie wurde für einen Haufen TVBs nominiert.»

«Was ist das?»

«Vergiss es.»

Sie wirkten herzlich, aber das war nicht weiter ungewöhnlich. Ich fragte mich, was sie wohl in Wirklichkeit dachten, und wusste, dass diese Gedanken, zumindest in Ediths Fall, wahrscheinlich feindselig waren. Ich wünschte, sie würde verstehen, dass Julian mich nicht wieder auf unsere frühere Beziehungsdynamik runterzog. Es fühlte sich seltsam und ungewohnt an, dass er mich brauchte. Außerdem war sein Vater krank gewesen. Es kam mir absurd vor, dass ich Edith überhaupt erklären musste, warum ich ihm jetzt nicht einfach den Rücken kehren konnte. Auf der anderen Seite wusste ich auch, dass ich ihr Vertrauen missbraucht und seit meiner ersten Entschuldigung erneut verletzt hatte, weil ich nach Verstreichen der ursprünglichen Frist immer noch bei Julian wohnte. Wenn man die Ereignisse so auslegte – vermutlich die logisch zwingende Version –, war es eigentlich nicht zu viel verlangt, dass ich nicht mehr mit dem Mann zusammenleben sollte, mit dem ich gevögelt und sie diesbezüglich angelogen hatte. Aber was für ein Mensch packte kurzerhand seine Sachen, wenn der Vater eines Freundes gerade erst aus dem Krankenhaus entlassen worden war? Das war das Problem an der Sache, wenn man zwei Leuten nahestand, die beide nicht auf den Mund gefallen waren und ihre Argumente überzeugend vorbringen konnten, dachte ich. (Das hatte Julian genau genommen gar nicht, aber ich borgte mir seine Herangehensweise, um sie mir selbst vorzubringen).

«Und du, Ava?», fragte Julian.

«Er fragt, was du von der SPD hältst», sagte Edith. «Den deutschen Sozialdemokraten? Julian mag sie. Ich nicht.»

«Dann mag ich sie auch nicht», erwiderte ich, und Julian beglückwünschte Edith zu ihrer treu ergebenen Marionette.

Es war sonnig gewesen, als wir ins Restaurant gekommen waren, doch als wir hinausgingen, prasselten Hagelsalven herab. Wir hatten einen einzigen billigen Regenschirm, der nicht danach aussah, als sei er der bevorstehenden Aufgabe gewachsen. Sie verlangten, dass ich ihn tragen sollte. Da ich mit meiner Körpergröße in der Mitte lag, würde ich den Schirm am gerechtesten für alle drei hochhalten.

43

Ende Oktober, eine Woche nach dem Strandausflug, gingen Edith und ich in ein Büchercafé mit einer roten Tür und Korb-Pendelleuchten. Ich holte uns Kaffee und Muffins, und Edith las aus einem Artikel des *Scientific American* vor.

«Jüngste Studien zeigen, dass unsere Fähigkeit, Sätze zu bilden, ihren Ursprung im Verhaltensgedächtnis haben könnte», zitierte sie. «Dem gleichen simplen Erinnerungsapparat, mit dem unsere Hunde lernen, auf Kommando Sitz zu machen.»

Das Verhaltensgedächtnis speichere Fähigkeiten wie Schwimmen und Fahrradfahren ab, während das Wissensgedächtnis für Fakten und Erinnerungen zuständig sei. Man formulierte Sätze, indem man in der Vergangenheit gehörte Muster wiedergab. Darum sagte Edith: *Do you have it?*, wo ich vielleicht sagte: *Have you it on you?* Wir waren mit verschiedenen Versionen von Englisch aufgewachsen und reproduzierten sie, ob bewusst oder unbewusst.

«Aber ich sage gar nicht *Have you it on you?*», wandte ich ein. «Ich sage, was du sagst. Und du bist nicht mit britischem Englisch aufgewachsen. Du hast gesagt, du hattest einen amerikanischen Akzent, bevor du aufs Internat gekommen bist.»

«Ist doch nur ein Beispiel, Ava.»

Ich mäkelte herum, damit Edith fortfuhr, doch in Wirklichkeit fand ich das Ganze tröstlich. Ich war weniger verantwortlich für meine Wortwahl, wenn ich sie mir von anderen angeeignet hatte. Sagte jemand zu mir etwas Kränkendes, dann nicht mit Absicht, sondern weil er sich in der Vergangenheit mit unfreundlichen Leuten umgeben hatte. Und wenn ich jemand sein wollte, der mit spitzen Antworten um sich warf und mit seinen Gefühlen für andere hinterm Berg hielt, musste ich einfach nur denen zuhören, die hier ein besseres Beispiel abgaben. Mein Hirn würde ihre Sätze nur so herunterrattern.

«Aber das ist doch deprimierend», sagte ich – noch mal, hauptsächlich nur um Ediths Antwort zu hören. «Unsere Worte sind bedeutungslos.»

«Ich glaube nicht, dass auch der Inhalt aus dem Verhaltensgedächtnis stammt, nur die Grammatik.»

Dann ging sie sich ein Buch kaufen. Sie steckte es ins mittlere Fach ihrer Tasche, als sie zurückkam. Alles an ihr strahlte die Erwartung aus, dass ich zur Sprache brachte, was zwischen uns im Raum stand.

«Ich mache mir Sorgen um ihn», sagte ich. «Wir trinken Wein und er erzählt mir viel. Ich glaube nicht, dass er jemanden zum Reden hat.»

«Was erzählt er dir denn?»

«Er glaubt an Gott.»

«Und es ist unerlässlich, dass du weiter mit ihm zusammenwohnst, damit ihr theologische Debatten führen könnt?»

«Wir führen keine Debatten», erwiderte ich. Ihr Gesicht war ausdruckslos, deshalb setzte auch ich eine unbewegte Miene auf. «Eigentlich ist es mir egal.»

«Das setzt in meinen Augen jetzt nicht so den starken Kontrapunkt, wie du vielleicht denkst.» Ruhig.

«Edith, du bist so eine Anwältin.» Es hatte neckisch klingen sollen. Tat es aber nicht.

«Ava, du bist unentschlossen.»

Sie war immer noch ruhig, und ich hasste sie dafür, dass sie das länger als ich durchziehen konnte. Womöglich empfand Edith nicht so tief wie ich. Sie hatte einen unfairen Vorteil. Oder aber ihre Gefühle waren genauso intensiv, nur waren ihre normal und angemessen, meine dagegen krank und fehlgeleitet.

«Ich bin nicht unentschlossen», antwortete ich. «Ich liebe dich.» Was stimmte, sonst würde ich sie jetzt nicht hassen. «Aber ich werde deshalb nicht allen anderen den Rücken kehren. Das ist so typisch für dich. Ich bin hier in diesem Land, in dem ich niemanden habe außer dir – bei meiner Familie zu Hause war ich jetzt schon seit einem Jahr nicht mehr –, aber das ist dir immer noch nicht genug.»

«Zuallererst ist es verlogen», entgegnete Edith, «‹Bitte wohne nicht mit irgendeinem Typen zusammen, den du mal gevögelt hast› als ‹Bitte brich den Kontakt zu allen anderen in deinem Leben ab› zu verstehen.»

Zum ersten Mal bebte ihre Stimme leicht. Was mich mit Stolz erfüllte.

«Deine Forderung läuft aber praktisch darauf hinaus», entgegnete ich.

«Lass mich ausreden. Das ist das Erste.» Sie hob einen Finger, als führte sie uns durch eine Agenda. Diese businessmäßige Geste in Kombination mit ihrer aufgebrachten Stimme machte mir Angst. «Das Zweite ist, dass du so einen Scheiß redest, von wegen du hast hier niemanden.» Ein zweiter Finger – wir waren bei Stichpunkt Nummer zwei. «Deine Kollegen fragen dich dauernd, ob du mitwillst, aber du gehst nie. Haben deine alten Mitbewohnerinnen dir nicht geschrieben, ob ihr euch mal wieder treffen wollt? Und Victoria hat gesagt, du antwortest nie auf ihre Nachrichten.»

«Victoria ziehen wir da besser nicht mit hinein.»

«Ich – egal, ich wills gar nicht wissen.»

«He, Edith», fragte ich, «nur so, aber was ist eigentlich aus deinen ganzen Ansichten zum Verhältnis von Monogamie und Patriarchat geworden?»

Edith nahm eine Serviette und fegte ein paar Krümel hinein. «Ich glaube, meine Ansichten zur Unaufrichtigkeit tun hier mehr zur Sache», erwiderte sie.

«Was meinst du?»

«Wenn du wirklich glaubst, dass an mehreren Sexpartnern an sich nichts verkehrt ist – ist es nicht, stimmt schon –, warum hast du mich dann angelogen?»

«Das kramst du jetzt nicht ernsthaft wieder hervor.»

«Tut mir leid, dass dir meine übersprudelnden Gefühle, nachdem man mich angelogen hat, nicht passen», sagte Edith, «aber wie meine Ansichten habe ich davon so einige.»

Sie hatte es jetzt aufgegeben, ihre Hände zu Hilfe zu nehmen.

«Du hast gesagt, du hast mir verziehen», meinte ich.

Edith strich jetzt mit einer anderen Serviette über den Tisch, auch wenn es jetzt nichts mehr wegzuwischen gab. Sie betrachtete die Serviette, zusammengeknüllt und krümelfrei, und platzierte sie behutsam in ihrer leeren Kaffeetasse.

Ich blickte in dem Laden umher, der voller Menschen war, aber so war es ja überall in Hongkong. Die Bücher wirkten bedrohlich. Ich hasste sie – den Kalkgeruch, das Gefühl, als fasste man eine Schultafel an.

Schließlich sagte Edith: «Wann bitte habe ich gesagt, ich hätte dir verziehen, dass du gelogen hast?»

Ich erwiderte: «Du hast gesagt, du willst ihn kennenlernen, und das habt ihr ja jetzt.»

«Entschuldige bitte, falls das pedantisch ist, aber das ist nicht gleichbedeutend mit verzeihen.»

«Also trägst du mir das jetzt auf ewig nach.»

«Nein, Ava», sagte sie. «Ich trage dir das so lange nach, bis du irgendwas unternimmst, um mir zu beweisen, dass ich dir auch nur einen Bruchteil so viel bedeute wie du mir.»

«Du hast so viel», entgegnete ich. «Du hast eine große Familie, die größtenteils hier lebt. Alle lieben dich. Sogar Mrs Zhang liebt dich. Du hast einen Job, in dem du zwei-, dreimal so viel verdienst wie ich, und sie lassen dich pinkeln gehen, soweit ich weiß. Du hast Freunde.»

«Wir können gern noch mal den Punkt aufnehmen, wo du jeden wegstößt, der mit dir befreundet sein will.»

«Dich habe ich nicht weggestoßen.»

«Ach ja?», meinte Edith. «Ich war doch immer diejenige, die ein Treffen vorgeschlagen hat. Ich dachte immer: Erbärmlich, und habe gewartet und geschaut, ob du dich nicht mal meldest, und dann bin ich eingeknickt – obwohl ich es, wohlgemerkt, immer noch erbärmlich fand – und habe doch wieder gefragt. Und du weißt so viel mehr über mich als ich über dich. Die Wahrheit ist doch, dass du Julian magst, weil du bei ihm dein Selbstbild von dieser distanzierten Person aufrechterhalten kannst. Genug Leute wären sehr gern bereit, enger mit dir befreundet zu sein. Aber das macht dir Angst. Du willst dich lieber weiter an die Überzeugung klammern, dass keiner dich jemals lieben wird.»

«Meine Freundschaft mit Julian ist nicht deine Sache.»

«Du gibst mir das Gefühl, dass ich nicht gut genug für dich bin.»

«Edith», sagte ich, «du gibst mir bei allem, was du tust, das Gefühl, dass ich nicht gut genug für *dich* bin.»

Sie nahm ihre kleine ordentliche Tasche mit dem Buch darin hoch, stapelte die Teller aufeinander und stellte dann unsere beiden Tassen obendrauf.

«Komm zu uns», sagte sie. «Komm heute Abend.»

«Was?»

«Es gibt ein freies Zimmer. Mrs Zhang mag dich. Wir brauchen eine vierte Person für Mah-Jongg. Pack deine Sachen und komm.»

«Ist das eine Drohung?»

«Nein», sagte Edith. «Ich mache Schluss mit dir, wenn du's nicht tust, aber für eine Drohung müsste es schon was sein, wovor du Angst hast.»

Ich sagte: «Ich mache sowieso mit dir Schluss.»

Edith lachte, trug die Teller zur Theke und ging.

44

NOVEMBER

Im Starbucks an der Caine Road tippte ich lahme Pseudoentschuldigungen, und zwar direkt in die Nachrichten-App – zuerst, weil ich dachte, ich wäre dann gezwungen, sie abzuschicken, da Edith sowieso schon gesehen hatte, dass ich schrieb. Die Rechnung ging nicht auf, doch ich machte weiter, weil ich mit klarem Verstand – meinem Markenzeichen – dachte, jetzt zur Notiz-App zu wechseln, würde Unglück bringen. Im ersten Entwurf stand: *Es tut mir leid.* Spätere Versionen gingen mehr ins Detail. Das Verhaltensgedächtnis sei schuld an «Ich mache mit dir Schluss», schrieb ich. Doch Edith glaubte, das Verhaltensgedächtnis bestimme lediglich, wie man etwas sagte, nicht seinen Inhalt, das war also keine Lösung.

Die grün-braune Einrichtung des Coffeeshops ließ mich an absterbende Bäume denken. Ich speicherte nie ab, was ich geschrieben hatte, sondern behielt die Vorlage für die nächste Version im Kopf. Der Grundaufbau prägte sich mir durch diese Wiederholungen so hartnäckig ein, dass ich beinahe glaubte, mein Verhalten ergebe einen Sinn. Dann fiel mein Blick auf den stehengelassenen Blaubeermuffin, mit dem ich mir den Tisch teilte, und ich erinnerte mich, wie die Dinge tatsächlich lagen.

Die ersten Entwürfe waren alles Varianten von:

ich weiß nicht, warum ich das gesagt habe. ich will nicht mit dir schluss machen. aber kannst du vielleicht verstehen, warum es mir angst macht, auszuziehen? julians wohnung ist mein zuhause, darum hab ich einfach panik bekommen & was dummes gesagt, was ich nicht so gemeint habe. ich konnte mich nicht rühren, als du gegangen bist. ich bin nur dagesessen und hab zwischen den toten büchern geatmet. du würdest «habe dagesessen» sagen, was vielleicht wichtig ist, vermutlich aber egal.

So vergingen Wochen. Oktober ging in November über, und ich hatte immer noch keine Freundin. Ob sich da ein Gedicht rausholen ließ?

Weil ich den ersten Entschuldigungsentwurf im Starbucks in der Caine Road getippt hatte, glaubte ich, dass ein Wechsel verhängnisvoll wäre. Bald erkannten die Baristas mich wieder und erhöhten damit die Gesamtzahl Hongkonger Coffeeshops, in denen man mich kannte, auf drei. Es war mir egal. Wenn sie wirklich meine fettigen Haare und Pullis mit Tintenflecken ansehen und zum Schluss kommen wollten, dass ich diese Person war – gern. Ich trug keinen Lippenstift mehr und streifte mir einfach jeden Morgen irgendwas von dem Klamottenhaufen auf dem Fußboden über, was in der Praxis wahrscheinlich darauf hinauslief, dass ich jeden Tag das gleiche Outfit anhatte.

als wir zusammen waren, war ich manchmal überwältigt von meinen gefühlen, und dann habe ich mit ihm geredet, um mich wieder einzukriegen. er macht mich nicht so glücklich oder traurig wie du. das bedeutet, er ist mir nicht so wichtig, aber das macht es auch schwerer, ihn ganz zu verlassen. er ist wie der golfstrom. hast du vom golfstrom gehört? durch ihn bleibt irlands klima gemäßigt.

Als Julian zum ersten Mal fragte, was los sei, sagte ich, ich hätte meine Tage. Er war in Bezug auf den weiblichen Körper so ein medizinischer Analphabet, dass ich dieses Alibi ausdehnte, um die ersten zwei Wochen nach der Trennung zu decken. Dann sagte ich, es gebe Probleme zu Hause.

«In Irland?», fragte er.

Ich erwiderte: «Wo sonst?»

Ich hatte niemanden zum Reden. Tom würde es nicht verstehen. Tony oder Cyril vielleicht schon, aber ich konnte keinen Kontakt zu ihnen suchen, weil ich sie nur über Edith kannte. Wir hatten nur ein paar Mal miteinander rumgehangen, und sie hatten versucht, mich Edith zuliebe zu mögen. Und sie musste es ihnen inzwischen erzählt haben. Sie hassten mich. Ich war ein schlechter Mensch, der keine Ahnung von Liebe hatte.

Zum ersten Mal seit einer Ewigkeit ging ich mit den Lehrern vom Institut in LKF was trinken. Von der Rooftop-Bar erstreckten sich die Straßenverläufe der Stadt wie Partituren. George Sand hatte Chopin geliebt, und er war ihr weggestorben – «fahrlässig», hatte Edith geschnaubt. Wir hatten uns seine Mazurkas im Dunkeln auf meinem Laptop angehört. Der blaue Bildschirm war ein Leuchtturm, der Wache hielt. Später sagte Edith, es gebe eine App, um die Farben abends warm zu tönen. Man könne dann besser schlafen. Ich probierte sie aus, aber der Orangestich gefiel mir nicht.

Die Lehrer zwangen mich, fröhlich zu tun. «Komm tanzen», sagte Madison aus Texas.

Ich kam/tanzte. Ein Mann fragte mich nach meinem Namen. «Kitty», sagte ich. Er sagte, das sei ein Stripperinnenname. Ich fragte: «Warum hast du das gesagt?» Er sagte, es sei doch nur ein Scherz gewesen. Ich entgegnete, was daran witzig sein sollte, und er erklärte, weil ich doch bestimmt keine Stripperin wäre. Ich behauptete, mir sei schlecht, ging auf die Toilette, hockte mich in eine Kabine und tippte: Es tut mir leid, löschte es, tippte, löschte.

«Wer hat die Mona Lisa gemalt?», fragte eines der Mädchen.

«Leonardo da Vinci», antwortete ich. Ganz egal, wie schrecklich alles war – ich konnte immer noch tief genug in ihre Welt eintauchen, um mit mir selbst zufrieden zu sein, weil ich solche Sachen wusste. Und es waren nicht nur Berühmtheiten. Ich lieferte das Verb für das, was man mit einem Messer machte («schneiden»), und hatte das Gefühl, ich hätte eins der guten Gehirne abbekommen. Deshalb wollen Leute Lehrer werden, dachte ich. Nicht, um anderen zu helfen, sondern um die schlauste Person im Raum zu sein, und zwar immer – oder wenigstens damit andere in dieser Hinsicht zuversichtlich genug waren, dass sie es einem als Job anboten und dafür bezahlten. In Wirklichkeit war es weniger beeindruckend, dass ich wusste, wer Mona Lisas Schöpfer war, als dass meine Achtjährigen überhaupt von ihrer Existenz gehört hatten.

Sie erzählten mir, in den Nachrichten habe es geheißen, Leonardo da Vinci gehöre zu – «einem Kult», schlug ich vor –, und habe im Bild – «Symbole», sagte ich – versteckt. Ich fragte, ob sie meinten, dass er bei den Illuminaten gewesen sei, und zeichnete mit dem Finger ein Dreieck in die Luft. Sie sagten, vielleicht. In Mona Lisas Augen seien kleine Ziffern und Buchstaben versteckt. Aus der Ferne seien sie unsichtbar, aber man könne sie mit – «einer Lupe» – erkennen.

«Gingen Sie nach Paris, Miss?», fragte einer der Jungen. Er meinte: «Waren Sie schon mal?», doch ich verstand es nur im ersten Moment falsch. Ich antwortete, ja, ich sei «schon mal dort gewesen», und hoffte, er würde dem entnehmen, wie er die Frage eigentlich hätte formulieren müssen. Die Kinder malten den Eiffelturm auf das Whiteboard.

«Ende», sagte Phillip Goh. Ich erinnerte ihn daran, «fertig» zu sagen, oder besser noch: «Ich bin fertig.» Mechanisch hakte ich seine Antworten ab. Wenn alle Schüler so gut wie Phillip wären, dachte ich, könnte mich künstliche Intelligenz bald überflüssig machen. Wenn ich dafür sorgte, dass sie eine bestimmte Anzahl von Fehlern machten, half das also in gewisser Weise, meinen Arbeitsplatz zu sichern. Ich schrieb: «Super! :)» ans Ende der Seite, wobei ich mir sehr wohl bewusst war, dass ein Computer das auch konnte.

Ein anderes Kind fragte: «Miss, haben Sie einen Ehemann?»

Aus den unumwunden zu Kreuze kriechenden Edith-Entwürfen entwickelten sich mit der Zeit eine Art überdrehter Lebensbeichten.

> nicht zu fassen, dass du glaubst, ich sei distanziert. ich habe ohne scheiß mehr gefühle als das zentrale nervensystem. aber das war ja ohnehin nicht das, was du gesagt hast, nicht? du hast gesagt, ich würde gern *glauben*, dass ich distanziert sei. was auch stimmt. in der schule haben die anderen mich gehasst. am college gab ich ihnen gar nicht erst die gelegenheit dazu. ich hatte das gefühl, ich sei ein einziges geheimnis. jetzt weiß ich, es lag nur daran, dass ich auf mädchen stand, ich aber dachte, alles für mich behalten zu müssen. ich dachte, wenn ich

jemanden an mich heranlasse, würde er dahinterkommen, was mit mir kaputt war. und dann würde nicht nur der andere das wissen, sondern ich auch.

Ich schickte die Nachrichten immer noch nicht ab.

Mitte November gingen Julian und ich mit Miles in die St John's Cathedral. Wir spazierten die Garden Road hinauf auf das Glockengeläut zu. Für eine Kirche war sie von außen schlicht. Der Turm trug die Inschrift «RV», Victoria Regina. Der Innenraum erinnerte mich an die katholische Kirche in Dublin: cremefarbene Wände, dunkles Holz. Miles sagte, dass eine der Kirchenbänke immer noch das Emblem der Königsfamilie trug. Sie war vor der Übergabe für ihre Besuche reserviert gewesen. Ich versuchte, mir ein Leben vorzustellen, das so eingeengt war, dass es an jedem Ort, den man besuchte, vorherbestimmt war, wo man seinen Arsch hinpflanzte. Zwar kam es der Staatsform sehr zugute, sich seine wöchentliche Ration seliger Armer abzuholen, aber neben einem davon zu sitzen kam nicht in die Tüte. Schön und gut, dass die Sanftmütigen zuletzt erbten, aber man hielt sie am besten auf Abstand, wo man sie nicht riechen musste.

Später ging Julian mit mir zum Lunch ins Sorabol in der Percival Street. Er brachte mir bei, «Jaengabn Guksu» richtig auszusprechen, und dass es sich beim koreanischen Zeichensystem um eine Kreuzung zwischen Alphabet und Silbenschrift handelte. Ich wollte, dass er seine Fakten schneller und leidenschaftlicher abspulte, war mir darüber im Klaren, dass es gleichbedeutend mit dem Wunsch war, er sei jemand komplett anderes, und wusste ganz genau, wer.

Auf dem Weg nach draußen zündete er sich eine Zigarette

an. «Ich gehe davon aus, dass du nicht darüber reden willst», sagte er, «was auch immer es ist.»

«Nein», antwortete ich. «Trotzdem danke.»

Seit unserer Trennung vor einem Monat hatte Edith meine Instagram-Storys nicht geöffnet. Das musste nicht zwingend bedeuten, dass sie nicht an mich dachte, weil ich mir auch ihre nicht anschaute, dabei dachte ich ständig an sie, nur hatte sie viel zu tun und war beliebt und ich nicht. Ich fand einen Trick, wie ich mir zumindest einen Teil davon ansehen konnte, was Edith gepostet hatte, ohne dass Instagram es merkte, indem ich auf die Story neben ihrer tippte und halbrechts wischte. Einmal blätterte ich aus Versehen ganz rüber. Beinahe ließ ich mein Handy fallen. Das Bild selbst rechtfertigte diese Angst nicht: Es zeigte einen ihrer Chai Latte in Sheung Wan. Ich machte trotzdem einen Screenshot; wenn Edith schon sehen würde, dass ich sie gestalkt hatte, wollte ich wenigstens etwas von der Erfahrung aufbewahren.

Ich wünschte, jemand würde Edith und mir in einer Weise schaden, die uns zusammenschweißte, wie unsere beiden gesamten Ersparnisse zu stehlen oder die Bilder zu posten, die wir uns online gesendet hatten. Diesen Menschen, der uns geprellt oder Rachepornos verschickt oder was auch immer getan hätte, würden wir dann hassen und uns wieder mögen, ohne dass ich Mut aufbringen müsste. Ich wollte nicht wirklich, dass das passierte, klar. Ich dachte nur, alles wäre leichter, als sich zu entschuldigen. Edith hatte mir mit der Drohung, es zu beenden, Angst gemacht. Ich konnte jetzt nicht sagen, dass es mir leidtat, oder ich würde diese Furcht erneut spüren.

ich habe mit dir schluss gemacht, weil du gedroht hast, mit mir schluss zu machen. ich habe gespürt, welche macht du hast, und wollte meine eigene fühlen. und das habe ich. es hat funktioniert. ich hasse es.

45

Ich hatte meinen ersten Hongkonger Winter ohne Edith überstanden. Der zweite erwies sich als Herausforderung. Julians bankerhafte Definition einer beschwerlichen Reise hatte so sehr auf mich abgefärbt, dass sich mein Leben nur noch an vier Orten abspielte: der Wohnung, der Sprachschule, Starbucks, 7-Eleven, alle entlang der Island Line der Metro gelegen. Morgens verschmolz ich mit der Pendlermasse, Gehen-Aufzug-Gehen-U-Bahn-Gehen, und surfte auf meinem Handy. Ich entdeckte, dass es in Kolumbien ebenfalls Außenrolltreppen gab, 7-Eleven in siebzehn Ländern vertreten war und Starbucks in den Hongkonger Haifischflossenhandel reingeschnuppert hatte.

Die Arbeit hielt mich auf Trab. Manchmal schaffte ich es bis zur Mittagspause, bevor ich einen weiteren Entwurf an Edith begann.

> zuerst stand ich auf frauen. männer kamen später. als mir klar wurde, was liebe heißt, bezog ich es auf mädchen. doch als mir klar wurde, was es heißt, mädchen zu lieben, war das eine anschuldigung. aus dem grund fällt es mir schwer zu lieben, glaube ich. meine ersten erinnerungen

an die liebe sind verbunden mit den ersten erinnerungen daran, gehasst zu werden. ich weiß, dass du das auch durchgemacht hast & es keine entschuldigung ist. ich wünschte nur, ich könnte mit dir darüber reden.

Im Lehrerzimmer sagte ich, ich hätte Jessica Leung wegen Mobbings in die Mache genommen. Die Lehrer sagten mir, «in die Mache nehmen» sei kein Standardenglisch. Steve aus Vancouver meinte, es klinge wie ein Euphemismus. Ich erwiderte, man könne über irisches Englisch sagen, was man wolle, aber ein Mittel zur Sprachsäuberung sei es nicht. Es gebe wohl keine buchstäblichere Beschreibung für Sex als «Reiten», zumindest für langweilige Heteromenschen. In richtigem Irisch, fuhr ich fort, sagte man *ag bualadh craiceann*: auf Haut klatschen. In Dublin war ein Stich bloß ein Stich, konnte jedoch andernorts erheblich mehr bedeuten. Madison aus Texas öffnete den Mund. Ich unterbrach sie. Ich fand, Edith hatte mir einiges darüber beigebracht, wie man Schwachköpfen den Mund stopfte, und dass die Schwachköpfe noch von Glück reden konnten, dass wir Schluss gemacht hatten, bevor ich diese Kunst zur Perfektion gebracht hatte, wo ich sie gar nicht mehr zu Wort kommen ließ.

Früher hatte ich mit meinen Kollegen nie über Irland oder Sex oder irgendwas Interessantes gesprochen. Ich hatte es nicht mal versucht. Ich wusste, dass sich meine neuen Bemühungen nur Ediths imaginären Ermunterungen verdankten, obwohl sie mich in Wirklichkeit und zu Recht hasste.

ich tue so, als ob mir egal ist, was meine familie denkt, aber ich habe keine ahnung, wie sie es aufnehmen würden. ich dachte, es hilft, wenn ich nach hongkong ziehe, dabei habe ich jetzt noch mehr zu verheimlichen. tom kommt damit klar, und ich glaube, george & meine eltern haben für die gleichgeschlechtliche ehe gestimmt, aber das haben auch die mädels in meiner abschlussklasse, die behauptet haben, dass ich es mit meiner besten freundin treibe, und sie hat nicht mehr mit mir geredet deswegen. weißt du, wie weh es getan hat, ihre profile mit «YES EQUALITY 2015» zu sehen? das schlimmste daran: sie erinnern sich nicht mal. sie nennen sich jetzt ~unterstützer*innen~. und vielleicht sind sie das ja auch. aber – fuck.

Meine Zwölfjährigen waren bei Zählwörtern angelangt: ein Blatt, ein Bund, ein Stück. Ein paar gingen nur bei manchen Substantiven, eröffnete ich ihnen vergnügt, überhaupt keine Logik dahinter. Sie nickten. Das erwarteten sie auch nicht. Es war schließlich Englisch.

Sie machten sich an ihre Übungen. Während sie arbeiteten, dachte ich an Edith. Sie hatte mal erklärt, dass man im Kantonesischen für so gut wie alles ein Zähleinheitswort brauchte. Sie wies mich darauf hin, dass das manchmal auch im Englischen vorkam: man konnte ein Glas Wasser, aber nicht einen Laib oder einen Ballen Wasser haben, und man sagte eher «zwei Paar Jeans» als «zwei Jeans». Dann sagte sie, ich solle mir vorstellen, dass die meisten Substantive solchen Einschränkungen unterliegen. «Das ist Kantonesisch», sagte sie. «So funktioniert es auf Kantonesisch.»

Sie ließ mich Sätze nachsprechen. *Yat daahp bouji*: ein Stapel Zeitungen. *Go bat chin*: eine Summe Geld. *Li peht laih*: dieser Flecken Erde. Ich fragte, wann sie in absehbarer Zukunft damit rechnete, dass ich über diesen oder sonst einen

Flecken Erde sprechen müsste, und sie antwortete, ich stelle mit meinem Leben doch sowieso nie irgendwas Praktisches an, deshalb sei es auch nicht nötig, sich auf in Anführungszeichen nützliche Wendungen zu konzentrieren.

Noch ein Entwurf:

> was du gesagt hast, von wegen dass ich mich bei julian distanziert fühlen kann, stimmt. so sind wir. aber es gibt auch reibereien. du hast gesagt, es ist normal, was zu fühlen, wenn man eine vergangenheit mit jemandem hat, aber es liegt, glaube ich, nicht daran, dass ich noch auf ihn stehe. vielleicht unterschwellig ein bisschen, aber nichts von bedeutung. wichtiger ist, dass wir mit den meisten leuten nicht reden können, aber miteinander schon. zu 99 % schicke ich das alles nicht ab, weil ich angst habe, aber das restliche 1 % hat das gefühl, du verlangst, dass ich ihn aus meinem leben streiche, & ich glaube nicht, dass ich das muss. «reiberei» ist zu sexy für das, was ich meine. ich finde im nächsten entwurf ein besseres wort. es ist eher ... wir sind vom gleichen schlag.

An dem Tag, als wir uns darüber unterhielten, hatte ich Edith erzählt, dass sich das Irische bei Aufzählungen komisch verhielt – dass «zwei» *dhá* oder *dó* oder *a dó* oder *beirt* sein konnte –, aber ich nicht sicher war, ob das mit Zähleinheitswörtern oder etwas ganz anderem zu tun hatte. In der Schule wurde einem das nicht erklärt. Edith sagte, niemand hätte ihr je kantonesische Zählwörter erklärt, sie verstehe sie intuitiv. «Ja», meinte ich. «Gut gemacht, Miss Muttersprachlerin. Glückwunsch, dass man dir deine Landessprache nicht geraubt hat.» Sie erwiderte, falls ich Koloniale Unterdrückungsolympiade spielen wollte, nur zu. Ich wollte nicht Koloniale Unterdrückungsolympiade spielen. «Sehr vernünftig», sagte sie. «Normalerweise verlieren Weiße nämlich dabei.»

ich musste mit julian zusammen sein, bevor ich dich lieben konnte. das erste mal, als ich mit ihm schlief, hatte ich angst. ich dachte, ich wäre schlecht und er würde mich hassen. ich hatte bei allem angst. bei dir hatte ich auch angst, aber ich war dafür bereit.

Am Abend, bevor ich Mrs Zhang kennenlernte, hatte ich Bedenken geäußert, dass ich nur Ediths englischen Namen verwendete, und gefragt, ob ich damit nicht einen Pfeiler ihrer Persönlichkeit untergrub. Sie hatte gelacht und geantwortet, ihre Familie sagte öfter «Edith» als «Mei Ling» und dass sie sich stärker mit Ersterem identifiziere. Sie sagte nicht, dass das herablassend von mir sei. Das brauchte sie gar nicht. Ich wünschte, ich hätte ihr Talent, sich verständlich zu machen.

«Ist das gut, Miss?»

Ich sah Anson Wu über die Schulter: Er hatte «ein Kilo Bücher» eingekreist. Sie konnten ja auf jeden Fall so viel wiegen, dachte ich, und mehr, wenn es Julians waren, doch der Antwortschlüssel sah das anders.

46

Am dritten Sonntag im November gingen Julian, Miles und ich wieder in die St John's Cathedral. Die Predigt handelte von der letzten Prüfung, die uns irgendwann einmal bevorstand. Vor Jesus würden wir über alles Rechenschaft ablegen müssen: Worte, Taten, Gedanken. Ich sah zur königlichen Bank hinüber und dachte wieder an das RV, Victoria Regina, auf dem Glockenturm. 1841 hatte Victoria geschrieben: «Albert amüsiert sich köstlich darüber, dass ich die Insel Hongkong erhielt.» Das hatte Edith mir erzählt und hinzugefügt, auch sie fände es ulkig, wenn die Qing-Dynastie ihr ein Lehnsgut abgetreten hätte.

An diesem Abend unterhielten Julian und ich uns im Wohnzimmer. Er sagte, seine Exfreundin in Oxford sei wie ich gewesen. Als er ihr erzählte, dass er sich für Praktika in der City bewerbe, habe sie die Melodie von Darth Vader gesummt. Was ziemlich bitter war von jemandem, deren Hedgefonds-Papa ihre unbezahlten Verlagspraktika subventionierte, nachdem er ihr besagte Stellen mit ein paar Anrufen bei Lektoren verschafft hatte, die er von Cambridge her kannte. Die Ex war heute wahrscheinlich ein besserer Mensch, sagte er. Mit zwanzig sei jeder ätzend. Ich sagte: «Keine Sorge, du hast es mit neunundzwanzig immer noch drauf.»

«Warte», fügte ich hinzu, «war das Charlie die Anarchistin?»

«Nein, Charlie war cool. Das war Maddy.»

«Du und deine linken Liebschaften.»

«Kat war konservativ.»

«Genau wie Kate Bush», sagte ich. «Niemand sollte seine Tochter Katherine nennen.»

Lustiger wäre es gewesen, wenn ich gesagt hätte: Lass uns unsere Tochter bloß nicht Katherine nennen, aber ich spürte, dass Julian wie viele Heteromänner fürchtete, ich würde insgeheim seine Kinder wollen.

Ich verkniff mir außerdem naheliegende Witzeleien darüber, warum er Frauen mochte, deren Feindseligkeit er als ideologisch hinstellen konnte. Oder warum er – folgte man dem Narrativ, nach dem Blair-Anhänger mit Ende zwanzig häufig in einen gemäßigteren Kurs abdrifteten – dann so reif geworden war, dass er eine Konservative liebte, sie verlor und dazu herabsank, was bei ihm garantiert unter «Sex mit Mädchen, das Campusansichten hat», lief. Oder warum er sich dafür aus Gründen, mit denen ich mich nicht im Einzelnen quälen wollte, weil ich ihn nicht besser verstand, hasste. Oder warum die offensichtliche Existenz dieser Gründe es nichtsdestotrotz schwermachte, ihn anzusehen, während er seine Privatgedanken darüber dachte, dass ich wenigstens klug genug war, den Rosa-Luxemburg-Scheiß nicht auf Partys abzuziehen, wo seine Freunde auf mein Kleid herabsahen und in einer Lautstärke über mich redeten, die, wie sie glaubten, laut genug für ihn war und leise genug, damit ich es nicht hören konnte, obwohl sie in Wirklichkeit viel näher bei mir standen, was sie sehr gern taten.

Der Clos de Vougeot war alle, deshalb stiegen wir auf Clos de la Roche um. Ich sagte, Ollie aus Melbourne von der Arbeit habe mir erzählt, dass Australier Wein aus der Tüte tranken, den sogenannten Goon. Statistiker stritten darüber, ob der Konsum eher für die Geburts- oder die Todesrate in Australien verantwortlich war.

«Übrigens», sagte ich. «Ich habe mit Edith Schluss gemacht.»

«Scheiße. Kommst du klar?»

«Nein.»

«Willst du darüber reden?»

«Nein.»

«Willst du noch Pinot noir?»

«Nein.»

«Willst du Goon?»

«Du hast keinen Goon.»

«Ich habe Pinot noir.»

Beim Einschenken sagte er, der Wein sei mineralisch am Gaumen, habe ausgewogene Tannine und einen intensiven Abgang. Ich meinte, der Wein rieche nach Wein. Er sagte, *clos* sei einfach Französisch für «Weinberg». Unseren gepriesenen Clos de Vougeot («Dein gepriesener Clos de Vougeot», warf ich ein; «ich preise keine Weinberge») hätten Zisterziensermönche begründet. Zusammen mit dem Clos de la Roche sei er unter Frankreichs vielen Appellations d'Origine Contrôlée, die es verböten, den Namen der Region zu verwenden, ohne eine Qualitätskontrolle zu durchlaufen.

«Als Kat Schluss gemacht hat», sagte Julian, als ergäbe sich das ganz natürlich, «am Telefon, muss ich hinzufügen, weil sie wohlgemerkt nicht im Zimmer war, wollte ich am liebsten mit einer Flasche werfen. Ich habe mich dann dagegen entschieden, weil es mein Wein war.»

«Mit dem Wein anderer Leute zu schmeißen ist also eine vernünftige Reaktion auf ein gebrochenes Herz.»

«Ja.»

«Wie sehr hängst du am Merlot?»

«Mehr als an dir.»

«Das will nicht viel heißen», sagte ich.

Da stimmte er zu.

«Also», sagte ich, «können wir vögeln?»

«Jetzt?»

«Ja.»

«Bist du sicher, dass du nicht lieber den Merlot werfen willst?»

Irgendwie wollte ich schon mit ihm schlafen, und irgendwie gefiel es mir. Wahrscheinlich war es das kathartische Erlebnis, anzuerkennen, dass er nie mein Freund sein würde. Ich sagte nichts Sarkastisches und nahm seine Komplimente ohne den Vorbehalt an, nur weil er meinen Körper mochte, hieß das noch lange nicht, dass ich das auch schaffte. Es war wie etwas zu trinken, das ich so lange in der Hand gehalten hatte, bis es ein wenig abgekühlt war – ich verbrannte mir trotzdem die Kehle, als ich in gierigen Schlucken trank, weil ich zu lange gefroren hatte.

Dass ich mich im Gegensatz zum letzten Mal, als ich mit ihm Sex gehabt hatte, jetzt selbstbewusst fühlte, ließ Vermutungen zu, wer mir wirklich dazu verholfen hatte.

Und es musste uns danach aus verschiedenen privaten Gründen immer noch nichts bedeuten.

«Schlechte Idee – acht von zehn Punkten», sagte ich.

«Garantiert neun.»

«Acht komma fünf. Und sieben davon gehen auf mein Konto.»

«Rob findet, du bist eine Neun. Was zeigt, dass Anwälte nicht zählen können.»

Still und heimlich hatte Julian Hach-Seb seit der Party im

Februar gegen Rob eingetauscht. Ich wusste, dass ich Rob meiden musste, sobald der Name sich erneut änderte.

Eine Weile schwiegen wir, und dann sagte er, in meiner Nähe sei er oft nervös. Vor einem Jahr hätte ich alles gegeben, um das zu hören. Jetzt nahm ich es kaum zur Kenntnis. Ich erwiderte, was er von mir hören wollte: dass mir das nie aufgefallen sei. An der Privatschule habe er jahrelang geübt, Selbstbewusstsein vorzutäuschen, fuhr er fort, nach dem Geschmack mancher Leute wahrscheinlich zu viel davon, mit Sicherheit aber nach dem gewisser scharfzüngiger Irinnen, die gerade in seinem Bett lagen – aber man sei auch nur ein Mensch.

Ich wollte ihn fragen, was genau ihn nervös machte, hoffte aber nur (klar), dass er mich noch mal scharfzüngig nennen würde. Wahrscheinlich könnte er genauso plausibel sagen: Du machst mich nervös, weil du mich manchmal tatsächlich zu verachten scheinst. Und hinzufügen: Wenn du mich so sehr hasst, dann geh doch. Dass niemand mit einer gesunden Einstellung zu Nähe mit mir sein wollen würde – geschenkt. Aber wenn doch, wärst du nicht hier. Du willst nicht wirklich Koks ausprobieren, und das Gegenteil zu behaupten, kommt für eine Kommunistin nicht gut. Dein Interesse am Kolonialismus ist mal moralisch ernsthaft und mal etwas, auf das du zurückgreifst, wenn es dir langweilig wird, mich dafür zu hassen, dass ich reich und männlich bin, und du mich nicht auch noch dafür hassen kannst, dass ich weiß bin, weil du es selbst bist. Wenn du jemanden triffst, den du aus diesen Gründen nicht hassen kannst, wie zum Beispiel die Putzfrau, tust du so, als existiere er gar nicht. Du bist in Wirklichkeit ziemlich gut darin, zu bekommen, was du willst. Oft bekommst du es, ohne auszusprechen oder auch nur für dich anzuerkennen, dass du es willst, sodass du dich weiter der Illusion hingeben kannst, frei dahinzutreiben. Du bist eigentlich wirklich eher eine Salzwassergöttin.

(Er würde garantiert eine antike Gottheit mit Namen aufführen, aber es war nicht meine Schuld, dass ich nicht in Oxford studiert hatte.)

Er könnte fortfahren: Das oben Gesagte ist alles wahr – nicht immer, aber doch in einem solchen Maße, dass es zu deinem Charakter gehört. Doch darunter liegt – weswegen du mich auch hauptsächlich hasst, wenn du mich hasst –, deine Angst, verletzt zu werden. Und zwar sowohl, weil andere dich in der Vergangenheit mies behandelt haben, als auch, weil du dich selbst nicht liebst und davon ausgehst, jeder, der dir zu nahe kommt, müsse deiner Meinung sein. Das schreckt die Leute davon ab, sich dir zu öffnen – sie wissen, dass du sie zurückweist. Du hast dich von der Liebe deines Lebens getrennt, weil du erkannt hast, wie sehr sie es in der Hand hatte, dich zu verletzen.

Das schien mir alles nicht wortwörtlich das, was Julian entgegnen würde, wenn ich ihn fragte, warum ich ihn nervös machte; aber es war doch ein ganz guter Versuch.

«Wer ist die Göttin des Salzwassers?», fragte ich.

«Was?»

«In der griechischen Mythologie.»

«Salacia. Römisch, nicht griechisch. Neptuns Gemahlin.»

«Ich nehme es dir übel, dass du mir kein Koks geben willst.»

«Besorg dir selbst was», sagte er. «Herrgott.»

Edna Slattery hatte vor kurzem ihre Haustür flohfarben gestrichen. Sie hatte für die Farbe und auch das Haus und den Maler bezahlt, aus rechtlicher Sicht, räumte Mam ein, war das Ganze also nicht zu beanstanden. Aber es war ein unglücklicher Farbton. Den Slatterys war in Ausstattungsfragen nicht zu trauen. Jim war teilweise farbenblind, woran jeder außer Edna dachte. Sie fragte ihn nach seiner Meinung, und er sagte, ganz toll, weil er seine Madam nicht andauernd an seine diversen Sehschwächen erinnern wollte. Edna hatte schon genug um die Ohren. Das erzählte sie einem selbst immer. Wo andere Leute Hobbys oder Interessen hatten, hatte Edna Slattery viel um die Ohren. Und so, schloss Mam, komme es zu flohfarbenen Türen.

«Wie gehts Dad?», fragte ich.

«Mag die Tür nicht. Er fährt auf dem Weg zur Arbeit dran vorbei.»

«Armer Dad.»

«Und Tante Kathleen kommt nächste Woche zu Besuch», sagte Mam. «Du hast doch nichts dagegen, wenn wir sie in deinem Zimmer unterbringen?»

«Es ist jetzt eher Toms Zimmer.»

«Ich habe ihn schon gefragt.»

«Sag Tante Kathleen liebe Grüße.»

«Sie wollte dir eine Karte zum Geburtstag schicken, aber die kam wieder zurück. Sie ruft an und sagt, ich hab ihr die falsche Adresse gegeben, und dann liest sie mir vor, was sie geschrieben hat: ‹Mid-Levels, Hong Kong Island, Hong Kong, Korea.›»

«Woher hat sie Korea?»

«Von dort, wo sie auch Onkel Ger her hat», erwiderte Mam.

Wir sprachen darüber, wann sie das Abtreibungsreferendum abhalten würden. Ich hoffte, dass ich rechtzeitig Bescheid erhielt, um einen günstigen Flug zu erwischen. Ich erzählte Mam, mein britischer Freund – sie kenne ihn nicht – hätte mir partout nicht glauben wollen, als ich sagte, ich müsse zur Wahl zurückfliegen. «So kann doch ein Land nicht funktionieren», sagte er, und dann hatte er eine halbe Stunde damit zugebracht, die Sache zu recherchieren, bevor er wieder ankam und erklärte, ich müsse zur Wahl zurückfliegen.

«Die Engländer», sagte Mam.

Sie hatte mir mal erzählt, wie sie ein Jahr in einem Londoner Restaurant gearbeitet hatte. Sie war neunzehn. Die Troubles waren in den Nachrichten, und die Engländer fragten, ob sie aus «ihrem» oder dem «anderen Teil» oder aber «Eire» kam. (Meiner Meinung nach liebten Briten zwei Dinge mehr als das Leben selbst: zu zeigen, dass sie Fremdwörter kannten, und um die «Republik» herumzureden.) Damals habe London die Iren alle nach Camden gesteckt, sagte Mam. Ich meinte, London stecke uns jetzt überallhin. Musste es ja wohl oder übel, weil wir so viele waren.

«Mam, hattest du jemals Angst zu sagen, dass dir was leidtut?», fragte ich.

Sie sagte ja. Wenn man keine Angst hätte, täte es einem wahrscheinlich auch nicht leid.

«Aber wie sagt man es dann?», fragte ich.

Mam erwiderte: «Du musst ja nicht alles sagen. Sag einfach nur das, worüber du dir im Klaren bist.»

Ich fragte nicht, was man sagen sollte, wenn man sich über gar nichts im Klaren war.

Jetzt, da Edith fort war, fiel es mir leichter, mir uns zusammen vorzustellen. Wir konnten leben, wo wir wollten. Egal wie unsere Wohnung war, sie würde sie uns irgendwie schön machen. Manches würde sie in Begeisterung versetzen, und dann würde sie mir sagen, dass sie mich liebte und mitunter Angst hatte. Meine Gedanken gingen so dahin, ehe mir dämmerte, dass vieles davon nicht eine Zukunft war, die ich mir ausmalte. Es waren Dinge, die wir erst vor kurzem geteilt hatten. Ich hatte mit jemandem Schluss gemacht, der mir anvertraut hatte, was er für mich fühlte, und war zu jemandem zurückgekehrt, der es mir entweder nicht sagte oder nichts fühlte.

47

Es gebe, sagte Julian, im Starbucks in der Caine Road ein Problem mit der Arbeitsteilung. Vom diensthabenden Quartett nahmen normalerweise zwei die Bestellungen entgegen, ein Dritter machte die Getränke und der Vierte half abwechselnd dabei mit und rannte ins Lager. Doch sie hatten sich Sonntagmorgen ausgesucht, um einen neuen Barista einzuarbeiten, was einen zweischneidigen Arbeitskräftemangel verursachte. Sie hatten nur drei fähige Angestellte, und einer davon verbrachte lediglich die Hälfte der Zeit mit den eigenen Aufgaben und die andere damit, den Neuen anzuleiten.

Es war die letzte Novemberwoche. Es fühlte sich an, als wäre er schon viel länger wieder da als drei Monate, und ich fragte mich, ob Zeit in Hongkong wohl jemals einen Sinn ergab.

Langsam rückten wir in der Schlange vor. Ich sagte, es sei zum Totlachen, dass das Schild auf der Theke «neue Partner» auffordere, sich zu bewerben, doch dass ich mir Gedanken machte, ob in meiner Belustigung nicht die Auffassung mitschwang, dass ein Mindestlohnjob keine hochtrabenden Titel rechtfertige.

«Du schaltest nie ab, oder?», meinte Julian.

«Du bist doch der, der ihren Personalmangel analysiert.»

«Es verrät einiges über uns, was wir jeweils für diskussionswürdig halten. Vermutlich ist es irgendwie das Gleiche wie mit diesen ganzen unterschiedlichen Wörtern, die es auf Irisch für Seetang gibt.»

Die Analogie ergab in meinen Augen keinen Sinn, doch ich freute mich, dass er sich an den Seetang erinnerte – er speicherte normalerweise wenig davon ab, was ich ihm über Irisch erzählte.

Sobald wir uns hingesetzt hatten, sagte mir Julian, dass seine Bank ihn nach Frankfurt versetzte.

Ich ließ mein Portemonnaie fallen. Die Münzen klimperten auf den Boden. «Lass», sagte ich, aber er hatte sich schon danach gebückt. Ich nahm sie und umklammerte sie fest, um meine Hände abzukühlen, doch das Metall wurde zwischen meinen Fingern lauwarm.

Ich sollte irgendwas entgegnen, etwas Relevantes. Ich fragte: «Wann gehst du?»

«Mitte Dezember», antwortete Julian. «Also drei Wochen ab jetzt.»

Ich fing an, die Hongkong-Dollars zu Fünfzigerhaufen zu stapeln. Das waren wahrscheinlich keine fünf Euro mehr; Währungen schwankten. Natürlich spielte die europäische Politik dabei eine Rolle.

«Das ist ziemlich kurzfristig», erwiderte ich.

«Sie haben es mir vor zwei Monaten gesagt.»

Er rührte seinen Kaffee in peinlich genauen Kreisen um, so als müsse er einen Strudel innerhalb eines empfohlenen Umfangs erzeugen.

Ich fragte: «Warum hast du es mir nicht erzählt?»

«Ich dachte, mit Miles – sie haben es mir im September gesagt. Ich dachte, dass ich ablehnen würde, wenn – es hätte nichts gebracht, es irgendwem zu sagen, bevor ich eine Meinung dazu hatte.»

Ich hatte mehr von meinem Kaffee getrunken als Julian, was bedeutete, dass es wieder an mir lag, Konversation zu machen.

«Kriegst du eine Gehaltserhöhung?», fragte ich.

«Ja.»

Das war tröstlich. Wenigstens verließ er mich nicht für das gleiche Geld in einem kälteren und uninteressanteren Land. Ich zählte meine Stapel: Insgesamt 300 Hongkong-Dollar – vielleicht vier Stunden Miete.

«Ich wollte es dir an einem neutralen Ort erzählen», sagte er.

Ich wollte antworten, keine Sorge, die Neuigkeit tangiere mich gar nicht so, wusste aber nicht, wie ich es so anstellen sollte, dass es natürlich klang.

«Wirst du mich vermissen?», fragte ich.

Ich hoffte, meine Stimme machte deutlich, dass ich sehr wohl wusste, wie sinnlos es war, traurig zu sein, nur weil jemand wegzog, mit dem ich seit neuestem wieder Sex hatte.

«Ich brauche eine Zigarette», sagte Julian. «Können wir später darauf zurückkommen?»

«Ich bin bereit», erwiderte ich.

«Du bist mir ganz, ganz wichtig.»

«‹Ganz›?»

«Wir haben darüber gesprochen.»

«Oh, das.»

«Ja. Aber wenn es dir lieber ist: du bist mir ‹sehr› wichtig.» (Auf die Anführungszeichen hätte ich auch verzichten können.) «Du solltest mich besuchen kommen.»

Deutlicher konnte er mir nicht durch die Blume sagen, dass er nicht wollte, dass ich mitkam.

«Du hättest zu viel zu tun, um mich zu sehen», sagte ich. «Vor allem, wenn es ein wichtiger Posten ist.»

Er lächelte, als hätte ich gerade eine kleine Schuld abbezahlt und würde uns beide beschämen, wenn er mir dafür dankte. «Jedenfalls», fuhr er fort, «wollte ich fragen – könntest du weiter hin und wieder bei Miles vorbeischauen, wenn ich weg bin? Ich weiß, dass es ihm jetzt bessergeht, aber er könnte die Gesellschaft brauchen.»

«Klar», sagte ich.

Meine Hongkong-Dollars waren wahrscheinlich dreißig Euro wert, vielleicht weniger. Der Hongkong-Dollar war an den US-Dollar gekoppelt, aber das nützte einem nur was, wenn man wusste, wie sich der US-Dollar machte, und dessen Liquidität wirkte sich auf ihren jeweiligen Wert auf dem Devisenmarkt aus. Trader hatten Namen für Währungspaare: Euro, Cable, Gopher. Manche der Münzen waren schmutzig, manche neu, aber alle austauschbar, weil Geld fungibel war. Das Wort hatte ich im Grunde schon gekannt, fungibel, aber Julian hatte mir erklärt, wie es unter Ökonomen verwendet wurde. Er hatte mir viele Dinge erklärt.

Ich fragte: «Weiß Miles, dass du gehst?»

«Ja, ich habe es ihm vor ein paar Wochen gesagt.»

«Okay.» Ich sagte es so wie er immer.

«Und übrigens», sagte Julian, «wir müssen schauen, wo du dann wohnst.»

«Ich komme schon klar», sagte ich.

«Wirklich? Du hast mal gesagt, dass du nicht sonderlich viel verdienst.»

«Im Vergleich zu Einheimischen verdiene ich gut. Und die leben ja auch alle irgendwo.»

«Bei ihren Eltern, oder aber in Sargwohnungen.»

«Das hat wirklich nichts mit dir zu tun», sagte ich. Das war gar nicht, was ich sagen wollte, doch mein Mund zuckte wie fremdgesteuert. «Danke für das Gästezimmer. Das war's. Wir sind fertig. Danke.»

Mit einer gewissen Mimik kamen wir darin überein, so zu tun, als ob ich nicht den Tränen nahe war. Ich fand das großzügig von uns.

«Du bist mit mir hierhergekommen, damit ich nicht vor allen so reagieren kann», sagte ich.

«Mit dir zu Starbucks zu gehen, war in dieser Hinsicht ja ein durchschlagender Erfolg.»

«Ich habe nicht gesagt, dass es funktioniert hat. Ich habe nur gesagt, dass das dein Plan war.»

«Das ist nicht hilfreich, Ava.»

«Warum muss ich dir helfen?»

«Das musst du nicht. Aber es ist wahrscheinlich in unser beider Interesse, wenn du versuchst, die Situation zu klären.»

«Die Situation zwischen uns? Ich glaube nicht, dass ich da irgendwie behilflich sein kann.»

Ich fand es absolut ungerecht, dass er schon wusste, was er sagen würde, bevor ich überhaupt wusste, dass dieses Gespräch stattfinden würde. Aus logischer Sicht war mir klar, dass das kein triftiger Einwand war. Man musste sich seine Worte vorher im Kopf zurechtlegen, bevor man sie laut aussprach, und daraus ergab sich zwingend, dass einer dem anderen voraus war. Eigentlich störte mich ja vor allem, dass er die Kontrolle hatte und nicht ich. Aber ich konnte ihn schlecht zwangsverpflichten, bei mir zu bleiben, und so gern hatte ich ihn sowieso nicht. Er brauchte mir auch nicht zu sagen, wie viel Hongkong-Dollar ein Euro waren. Dafür gab es eine App.

«Ich rede nicht mit dir», sagte ich zu ihm.

«Das sehe ich.»

«Ich sage gar nichts mehr.»

«Ja, offensichtlich.»

Es gab Leute, die pflegten es als Charakterzug, sich nicht um Geld zu kümmern. Ich hatte im Internet gesehen, dass Julians Ex Charlie in Shoreditch wohnte und angab, sie «kreiere», ohne weitere Erklärung. Wenn jemand eine Arbeit hatte, die aus einem intransitiven Verb bestand, bedeutete das, sie wurde durch ein Treuhandvermögen gesponsert. Wie schön für Charlie. Wie charmant, dass Charlie ein Freigeist sein konnte. Für mich lautete die Entscheidung: alles, wovon ich die Miete zahlen konnte. Manchmal gab es verschiedene Möglichkeiten dafür, und dann konnte ich mir eine aussuchen. Und manchmal gab es keine.

Ich stand auf Julians Balkon – solange ich noch konnte. Die Wolken waren wie aufgebläht, auf den Straßen staute sich der Verkehr. Mein erstes Airbnb war weiter unten auf der anderen Seite des Hafens gewesen. Ich würde dorthin oder zu etwas Vergleichbarem zurückkehren. Weit weg von den Kakerlaken hatte ich mich anders gefühlt, doch jetzt erkannte ich, dass wir vieles gemeinsam hatten – Insekten, die hochklettern, innerlich kalt. Wir gediehen in feindseligen Umgebungen. Woanders mochte es uns vielleicht besser gehen, aber totzukriegen waren wir nirgends. Ich hasste sie nicht, weil es Schädlinge waren, sondern, weil sie es nicht waren. Sie konnten keine Krankheitserreger verbreiten, die ich nicht selbst in mir trug. Solange ich weiter oben auf dem Berg wohnte, fern von ihnen, hatte ich nicht daran gedacht. Ich hatte gedacht, dass mein Blut warm war.

Als wir in dieser Nacht in seinem Bett lagen, sagte ich zu Julian, wir würden jetzt wieder miteinander reden. Er erwiderte, er sehe den praktischen Sinn dieser Ankündigung nicht, insofern ich die ganze Zeit, während der ich angeblich nicht mit ihm redete, Worte von mir gegeben und seine Antworten gewürdigt habe, doch er wisse die Geste zu schätzen.

«Aber ich glaube nicht, dass ich je in romantischer Hinsicht nach dir verrückt war», sagte ich, «oder auch nur in sexueller.»

«Ich war nie verrückt nach dir, Punkt.»

«Ich dachte, das hätten wir hinter uns.»

«Nein, ich meine es ernst. In meinem Leben gibt es nur Platz für eine Leidenschaft, und das ist mein Job.»

«Genau, weil du so viel zu tun hast und so wichtig bist.»

«Ich dachte, das hätten wir auch hinter uns», sagte er.

Ich fragte mich, ob er wirklich wollte, dass ich ihn besuchen kam, und ob ich in Frankfurt mit meinem Koffer und Wintermantel aufkreuzen konnte. Er sagte immer, dass er nur wenigen Menschen wie mir begegnet sei. Aber ich wusste nicht, ob es hieß, dass er das zwangsläufig als einen Mangel empfand. Er war ziemlich lange ohne mich klargekommen, deshalb war es zwecklos, anzunehmen, dass er mich erneut in seinem Leben willkommen heißen würde.

«Danke für deine Zeit», sagte ich.

«Gleichfalls. Ich war lange nicht so glücklich.»

«Mensch, da musst du ja echt ein armes Schwein gewesen sein.»

Er lachte. Ich konnte ihn immer zum Lachen bringen, wenn ich mit einem stärkeren Dubliner Akzent, als ich in Wirklichkeit hatte, eine zynische Bemerkung machte.

Dann sagte ich noch eine ganze Reihe anderer Dinge. Ich sagte, niemand bringe mich so zum Lachen wie er – was der

Wahrheit nahe genug kam, um ihr zu entsprechen –, und dass er mir fehlen würde. «Und du sagst immer, es sei keine große Sache, wenn du mir was kaufst», sagte ich, «aber du hast so viel mit Geld zu tun, dass ich davon ausgehe, es ist nicht völlig wertlos für dich. Darum ist es nett von dir, dass du es für mich ausgibst. Du wolltest nie eine Beziehung mit mir, und ich hatte lange daran zu knabbern, aber ich habe ja auch nicht gerade mein Innerstes für dich hervorgeholt. Und du hast mich mit Miles bekannt gemacht. Du hast mich mit zu ihm ins Krankenhaus genommen. Du hast mir mehr über Kat erzählt als ich dir über meine Exfreunde. Und du warst mein erster richtiger Freund hier.»

«Danke», erwiderte er, «– glaube ich. Das meiste davon war ganz schmeichelhaft.»

Er fügte hinzu, dass er sich überlegt habe, was er an mir mochte. «Du bist gebildet», sagte er, «du gehst sorgfältig mit Sprache um, du prüfst alles auf seine Bedeutung und bist nicht oft damit zufrieden, wie andere Leute ihre Sätze bauen. Was eine interessante Eigenschaft für jemanden ist, der mündlich nicht zwischen ‹Kirche› und ‹Kirsche› unterscheiden kann. Aber wenn es um Geld geht, hast du keinen Geschmack. Und zimperlich bist du auch nicht – danach zu fragen, darüber zu reden, es zu horten. Man trifft nicht oft jemanden, der darin so ungerührt ist. Allen ist es peinlich – allein schon die Erwähnung ... Du bist bei anderen Dingen so, aber nicht bei Geld. Wenn es um Geld geht, bist du ein kleines Biest.»

Er fügte hinzu: «Ich hatte Angst, vorhin zu fragen, aber – komm mit mir nach Frankfurt.»

Ich hörte mich ja sagen.

48

DEZEMBER

Am nächsten Tag fing ich in der Mittagspause eine neue Nachricht an Edith an. Innerhalb der Logik unseres imaginären Austauschs verdiente sie eine Phantomerklärung.

> hier gibt es nichts für mich. du, tony und cyril waren die einzigen menschen, für die ich dazugehört habe. ein bisschen zu miles, ein bisschen zu den anderen lehrern, aber nirgends richtig hin. in hongkong bin ich nicht glücklich geworden, also schätze ich mal, ich probiere es jetzt in frankfurt mit einem banker, der seine eigene mutter verkaufen würde, um sein portfolio zu diversifizieren. das ist nicht fair gegenüber julian. aber nichts davon ist fair. und es ist okay, dass ich das sage, denn wenn ich sage, es ist nicht fair, meine ich, es ist meine schuld.

Ich hörte auf, zu tippen. Nichts davon ging sie mehr an.

Sie hatte mich mal gefragt, wie ich Entscheidungen traf. Ich sagte: Schlecht, und du. Sie sagte, sie schreibe Pro-und-Contra-Listen. «Gewichtete normalerweise», fuhr sie fort, «weil ein paar Pros mehr pro sind als andere und ein paar Contras mehr contra. Und man braucht eine Spalte für die Folgen.»

«Folgen?»

«Potenziell wichtige mittelbare Auswirkungen. Kein richtiges Pro oder Contra, weil man nicht sicher weiß, ob es eintrifft – aber doch so wahrscheinlich, dass man es berücksichtigen sollte. Ich bevorzuge die PMI-Tabelle.»

«Was?»

«Plus, Minus, Interessant.»

Auf einer Serviette hatte sie für mich eine Muster-PMI-Tabelle skizziert. Immer kritzelte sie mir Dinge auf Servietten.

Ich hatte gefragt, warum sie sich für Jura entschieden hatte. Edith antwortete, es sei entweder das oder Medizin gewesen, und bei Jura habe man seinen Abschluss schneller in der Tasche. «Und warum Cambridge?», fragte ich, und sie meinte, ihre Lieblingslehrerin hätte dort studiert. Die schwerste Entscheidung, die sie je hatte treffen müssen, war ihr Coming-out an der Uni. Hongkonger Expatstudenten redeten viel. Wenn irgendjemand ihr Leben hätte zerstören wollen, hätte er es einfach nur den Zhangs erzählen müssen. Aber so wie Edith es sah, würde sie nie glücklich werden, wenn sie sich nicht selbst akzeptierte. Für diese Erkenntnis hatte sie keine PMI-Tabelle gebraucht, doch sie empfahl ihren Gebrauch trotzdem.

In drei Wochen würde ein Kontinent zwischen uns liegen.

In ihrer vorletzten Stunde vor Weihnachten lernten meine Zwölfjährigen, dass britisches Englisch zwischen *bring* und *take* unterscheidet. *Bring* für Dinge, die man hierherholt, z. B. *I'll bring you some biscuits from the other room.* Dagegen war *take* für Dinge, die man dorthinbringt, z. B. *Could you take the biscuits back to the other room?* Im Lehrbuch stand, an der Einhaltung dessen lasse sich eindeutig erkennen, ob es sich um einen Muttersprachler handele oder nicht.

Ich hatte noch nie davon gehört. In Dublin sagte man meistens *bring.* An den «eindeutig abnormalen», «inkorrekten» Beispielsätzen im Lehrbuch war in meinen Augen nichts auszusetzen: *I'll bring you to the airport tomorrow, I'll bring my camera with me when I go to Spain on holiday.* Im Lehrbuch kamen immer bloß europäische Reiseziele vor.

Ich übte im Kopf, damit ich auch ja das richtige Verb verwendete, wenn Julian nächste Woche flog. *Don't forget to take your suitcase. – Will the taxi take you there on time?*

Wir hatten darüber gezankt, ob wir Business oder Eco fliegen sollten. Er sagte, er würde mir das Ticket zahlen, damit er in der Business-Class jemanden zum Reden hatte. Ich sagte, die Leute würden ja glauben, dass ich es selbst bezahlt hätte, und über diese gesellschaftliche Blamage würde ich nie hinwegkommen. Stell dir vor, sagte ich, man wird zu den Leuten gerechnet, die allen Ernstes so viel Geld für einen Sitzplatz bezahlen. Julian entgegnete, keiner würde jemals glauben, dass ich für Business bezahlte. Ich fragte, warum er mir jetzt mit so einem Scheiß kam, er erwiderte, er habe es nur zur Beruhigung gesagt, und dann ging der Streit nicht mehr um Tickets. Am Ende war es egal, weil ich wegen der Arbeit noch eine Woche länger bleiben musste, bis das Visum der neuen Lehrerin durch war.

«Das ist doch nicht dein Problem», meinte Julian. Ich hatte gesagt, nein, es mache mir aber auch nichts aus.

«Ich versteh's immer noch nicht», sagte Tammy Kwan, nachdem ich *bring / take* zum vierten Mal erklärt hatte. Ich fühlte mit Tammy Kwan.

Auf Ediths Serviette gab es nicht genug Platz für eine richtige PMI-Tabelle. Ich ging zu MUJI im Hopewell Centre, um Papier zu kaufen. Bei den Schreibwaren sprühte ein Aromadiffuser Zedernholzöldampf in die Luft. Ich zahlte dreißig Hongkong-Dollar für ein großes Notizbuch aus Recyclingpapier mit rotem Rücken und Blankoseiten. Die Frau an der Kasse meinte, sie möge diese Hefte, weil man sie benutzen konnte, wie man wollte.

In meinem Zimmer schlug ich die erste Seite auf und schrieb: «Es tut mir leid.» Meine zehn- bis zwölfjährigen Schüler hatten mich auf radierbare Tintenroller gebracht. Sie mochten sie, weil man damit seine Fehler tilgen konnte. Ich radierte «Es tut mir leid» aus, schrieb «PMI-Tabelle», unterstrich es mit einem Lineal, auch von MUJI, markierte es mit einem Textmarker, auch von MUJI, und fing an.

Ursprünglich wollten Julian und ich am Sonntag Mitte Dezember an den Strand, doch in den Morgennachrichten hieß es, dass eine aus Festlandgewässern kommende Ölpest die Küste in Mitleidenschaft gezogen habe. Weiß schäumende Klumpen lagen auf dem Sand wie Styropor. Die Behörden waren ratlos, warum China einen Tag gebraucht hatte, um Hongkong über die Schiffskollision zu benachrichtigen, die zu dem Vorfall geführt hatte.

Stattdessen hatten wir Sex. Mir gefiel das gebieterische Klirren, wenn er seinen Gürtel öffnete. Danach rollte ich mich wie eine Kellerassel zusammen und fragte, warum er wollte, dass ich mit ihm kam.

«Ich weiß nicht genau», sagte er. «Vermutlich bin ich gerne mit dir zusammen.»

«Nicht mal ich bin gerne mit mir zusammen.»

«Nein», meinte er, «sieht nicht so aus.»

«Sind wir jetzt also wieder Freunde, oder was?»

«Sind wir doch immer», sagte er. «Herrgott.»

«Du sollst seinen Namen nicht unnütz führen.»

«Du glaubst doch gar nicht daran.»

«Ich habe katholische Schuldgefühle, wenn wir vögeln, aber ich bin nicht sicher, ob Sex mit dir die Schuldursache oder die Buße ist.»

«‹Besser als Ave-Marias.› Kann ich das schriftlich haben?»

Egal wie ätzend ich bei Julian war – letzten Endes untermauerte es nur sein Selbstbild, dass er so etwas abkonnte, sowie die Überzeugung, dass ich das nur ihm zu Gefallen machte. Er genoss meine Bissigkeit in erster Linie deshalb, weil er damit auf Abruf angeben konnte.

«Eigentlich redest du ja ziemlich oft gotteslästerlich», sagte ich. «Im Bett, meine ich. «Babe.»

«Leck mich.»

Er sagte «Leck mich» auf die lächelnde irische Art. Als ich ihn kennenlernte, hatte ich das bewusst heruntergedimmt, «Verpiss dich» und «Du Fotze» ebenfalls, weil die Engländer so was kurioserweise nicht liebevoll finden. Ich fragte mich, welche Sätze er mir noch ausgerupft hatte – als wäre ich ein Vogel, den er für seine Federn hielt. Mir fiel ein, wie ich manchmal auf dem Bauch gelegen und er mir den Rücken gestreichelt hatte, und dachte sehr erwachsen: Dieb. Er mochte irisches Englisch, weil er wusste, dass er die krassesten Ausdrücke nie verwenden würde. Ich verabscheute ihn heftig, war mir gleichzeitig aber sehr wohl bewusst, dass die Lesart, nach der ich seinen inneren Poeten wachrief, wahrscheinlich schmeichelhafter war als jene, dass er sich daran gewöhnt hatte, mich um sich zu haben und ich pflegeleicht war.

Was meine Gefühle für ihn eigentlich ganz gut zusammenfasste.

Ich fing an, mir einzureden, dass es bei mir etwas anderes war, ehe mir klarwurde, dass ich den Gedanken liebte: Wir nutzten uns gegenseitig seelenruhig aus und würden beide zur

Hölle fahren, wenn wir tot waren. Falls er zuerst starb, würde ich einen größeren Vorschuss auf meine Memoiren bekommen. Die wilden Zeiten der kriminellen Banker, würde ich schreiben; und mich dann mit einem in Richmond niederlassen. Er pendelte und erklärte es den Leuten damit, dass ich als Irin so gern im Grünen war. Man konnte eine keltische Seele schlecht nach Canary Wharf pflanzen – oder überhaupt irgendeine Seele, fügte er, natürlich ironisch, hinzu. Er heiratete mich, nahm sich eine Geliebte und kaufte mir einen AGA-Herd. Er leugnete, dass er mit Letzterem seine Seitensprünge wiedergutzumachen versuchte, weil das nämlich bedeuten würde, dass einer von uns Gefühle hatte. Ich aß oft mit seiner Mutter zu Abend.

Da Julian nie mein fester Freund sein würde, würden wir auch nie heiraten. Dass ich mir eine Welt vorstellen konnte, in der wir es doch taten, aber keine, in der wir glücklich waren, war interessant.

Schwer zu sagen, ob er dachte, ich sei nicht gut genug für ihn, ich ihm diese Meinung nur unterstellte, damit ich ihn hassen konnte, oder etwas ganz anderes. Vielleicht war das ganz andere, dass er es mochte, Geld zu haben, und ich es mochte, mit Männern zu können. Keiner von uns beiden mochte sonst viel an sich. Julian wusste, dass er im Vergleich mit seinen Kunden ein kleiner Fisch war, und ich wusste, dass ich Männer vielleicht doch nicht so gut konnte, wenn es sie glücklich und mich todunglücklich machte. Doch wir stärkten uns gegenseitig den Rücken. Unsere Egos blühten davon auf, dass er immerhin der reichste Mann war, mit dem ich jemals gekonnt hatte.

Nicht einmal das war vielleicht der schlimmste Gedanke. Nichts, was sich in Worte fassen ließ, war es. Etwas war in mir. Jedes Mal, wenn es mir bewusst wurde, formte ich es zu etwas Neuem um.

Aber ich würde nach Frankfurt gehen. Wir passten zusammen. Julian war jetzt netter als noch vor einem Jahr, ein positiver Trend, der sich fortsetzen würde, hoffte ich. Ich hatte keinerlei Beweise dafür, dass er sich ändern wollte, und mutmaßte es wahrscheinlich nur deshalb, weil mir an seiner Stelle daran gelegen wäre, was jetzt in den Augen mancher vielleicht dagegen sprechen könnte, mit ihm zusammen zu sein – aber das war mir egal.

Ich fragte: «Haben wir in Frankfurt auch Sex?»

«Ich weiß es nicht» – als ob er sagen wollte: nach allem, was wir wissen, könnten wir auch Hirne in Einmachgläsern sein.

«Wie kannst du ein Theist in Bezug auf Gott sein und ein Agnostiker in der Frage, ob wir Sex haben?»

«Ganz einfach, Ava. Ich wette, viele Menschen glauben an Gott und haben trotzdem keine klare Meinung dazu, ob wir miteinander schlafen sollten oder nicht.»

«Darunter ein paar, die ziemlich sicher finden, Edith und ich sollten es nicht tun.»

Es platzte so aus mir heraus, bevor ich den Gedanken zu Ende gedacht hatte.

Wir taten so, als hätte ich es nicht gesagt.

Noch zwei Wochen, dann wäre ich Tausende Meilen von ihr entfernt.

Ich brauchte Stunden für meine PMI-Tabelle. Für die Gewichtung gab ich Sehr wichtig eine 3, Einigermaßen wichtig eine 2 und Belanglos eine 1.

Als ich die Spalten zusammenzählte, kam ein Unentschieden heraus.

49

Ich packte Julians Hemden nur beim Licht der Nachttischlampe. Sie waren mir so vertraut geworden, dass es mich mit künstlerischem Stolz erfüllte, sie anhand ihrer Schnitte und Stoffarten unterscheiden zu können. Das von COS hatte ein weißes rechteckiges Etikett. Er sagte, er glaube, dass mir dieses Hemd besser gefalle als ihm.

«Nur das Etikett», antwortete ich. «Es ist ein schönes Etikett. Und die Baumwolle riecht so frisch. Welches hast du jetzt an?»

Er wusste es nicht. Ich legte meine Hand auf seinen Nacken und sagte, lass es uns ausziehen und nachschauen.

«Du benimmst dich komisch», sagte er.

Ich sagte: «Ich dachte, das gefällt dir an mir.»

Er sagte, dass ich müde sei und er allein fertig packen würde. Ich stand auf und wollte gerade in mein Zimmer gehen, als er hinzufügte: «Es gibt da was, wofür ich dir danken sollte.»

«Was denn?»

«Auf dem Kaminsims stand früher ein Foto von Kat und mir. Ich habe es aus dem Rahmen genommen, bevor du zum ersten Mal hergekommen bist.»

«Das Dublinbild ist besser», sagte ich.

«Ja.»

«Das andere habe ich nicht gesehen, aber ich weiß, dass ich recht habe.»

«Stimmt.»

«Wir können es mit nach Frankfurt nehmen.»

«Ja, gut. Danke.»

«Ich habe es aus dem Internet ausgedruckt.»

«Ava.»

«Gern geschehen», sagte ich. «Und danke. Danke für alles.»

Er öffnete das Fenster, zündete sich eine Zigarette an, lehnte sich hinaus und sagte: «Bist du sicher, dass du mitkommen willst?»

Ich sagte: «Ja.»

«Ich weiß ja nicht, ob du dir das alles gut überlegt hast.»

«Ich bin erwachsen», erwiderte ich.

In meinem Zimmer räumte ich meine Schubladen auf. Bei den Schals fing ich an: ein paar vom Markt, einer aus Seide von Mam und der, den Edith mir zum Geburtstag geschenkt hatte. Für Frankfurt waren sie alle zu sommerlich. Julian würde mir einen kaufen, obwohl das auch nicht mehr richtig Spaß machte, seit ich dahintergekommen war, dass er damit bloß Gefühle der Leere kompensierte, die er mir nie anvertrauen würde. Ich tippte «wie lange dauert es» in den Browser auf meinem Handy. Autocomplete schlug vor: «über jemanden hinwegzukommen». Algorithmen lernten schnell.

Das Zimmer war kalt. Ich zwängte mich in einen Rollkragenpulli und blieb mit dem Kopf stecken. Ich lachte, dann fragte ich mich, ob ich mich gerade nur vergewissern wollte, dass ich immer noch wusste, wie das ging.

Weil ich nichts dabei finden konnte, ein letztes Mal Autofiktion zu entwerfen, öffnete ich eine Unterhaltung mit Edith und tippte:

ich wünschte, ich wäre früher bereit gewesen, aber ich bin es jetzt. du hast mein leben verändert. daran werde ich immer denken. ich verstehe, falls du nie wieder mit mir reden willst. es bricht mir das herz, wenn wir nicht zusammen sein können. aber es entgeht einem zu viel bei dem versuch, es zu bewahren. julian kann mich nie so tief verletzen wie du, als du damit gedroht hast, schluss zu machen – nicht, weil er es nicht tun würde, sondern weil ers nicht kann. weil nichts auf dem spiel steht. anders als mit dir, und ich habs satt, ein feigling zu sein. es ist schwierig zu sagen, was ich fühle, aber

Ich dachte: Ich bin erwachsen.

Ich drückte die Zurücktaste und scrollte andere Unterhaltungen nach jemandem durch, mit dem ich texten konnte. Joan, letzte Nachricht: Bitte bleib morgen länger & hilf, Kisten zu sortieren. Tom, letzte Nachricht: Zeit, morgen zu telefonieren? – von mir, ohne Antwort. Julian, letzte Message: Kommst du bald nach hause? – auch von mir, auch ohne Antwort.

Drei Punkte schienen unter Ediths Namen auf. Sie tippte. Meine Beine baumelten vom Bett. Ich schloss meine Knie, um sie stillzuhalten, und legte das Handy so behutsam in meinen Schoß, als würde ich eine Zeitbombe zur Seite rücken. Ich blickte zu den gerahmten Londonbildern auf, dann wieder auf meine Beine, mit peinlich genauen Bewegungen – zu den Gebäuden hoch, zu den Punkten runter.

Vielleicht hatte sie sie zuerst unter meinem Namen gesehen.

Edith konnte gerade erst bemerkt haben, dass ich etwas schrieb, oder auch schon zu jedem früheren Zeitpunkt. Durch meine ganzen Romane, meine Aus- und Umformuliererei hindurch könnte sie die Animation gesehen haben.

Punkt, Punkt, Punkt.

Ich wusste, dass Edith tippte, und sah, wie sich die Worte auf ihrer Seite formten, ohne auf meiner aufzutauchen, was sie zum Konjunktiv machte: Wunsch oder Gefühl, Nichtfaktisches. Die Auslassungspunkte bedeuteten eine Leere, ein Nichts unter der Glasglocke, keinen Beweis – keine Textprobe. Die Punkte wellten sich wie Triller auf Chopins Notenlinien, egal wie man sie drehen wollte.

Sie konnte alles tippen. Und sie hatte mich auch ertappt.

Die Aussicht hätte mich mit Schrecken erfüllen sollen. Die Nachrichten, die ich an sie entworfen hatte, bildeten lediglich eine Handvoll von der Gesamtzahl, und alle Entwürfe zusammen offenbarten nur einen Bruchteil dessen, wie oft ich an sie dachte, und ich hatte täglich ein paar verfasst. Wer weiß, nach allem, was ich wusste, konnte Edith mich jedes einzige Mal dabei ertappt haben.

Aber wenn sie die Punkte sah, hieß das auch, dass sie darauf achtgab.

Außerdem wollte ich, dass sie es wusste.

Ich sprach es unhörbar vor mich hin und lachte, richtig diesmal, von dem Rollkragen befreit. Ich liebe Edith, und ich will, dass sie es weiß.

Ich rief an. Das Piepen des Wähltons klang nach vertonten Punkten.

50

In meiner letzten Woche in der Wohnung ließ ich jemanden kommen, um den Wasserhahn zu reparieren. Der Hausverwalter listete erfundene Schäden auf, um sie von der Kaution abzuziehen. Ich unterschrieb. Aus Julians Anweisungen erfuhr ich, dass die Putzfrau Lea hieß und ich ihr Blumen kaufen sollte. «Vielleicht sehen wir uns wieder», sagte sie, und ich sagte: «Vielleicht.» Packen ging schnell. Julians Habseligkeiten hatten größtenteils in seinen Koffer gepasst, und Ediths Sachen hatte ich ja schon vor einiger Zeit weggeräumt.

Ich hatte Sadie, die neue Lehrerin, mitgenommen, damit sie die Kinder kennenlernte. Anders als Madison kam sie tatsächlich aus Madison. Angenehmerweise verlor sie kein Wort über Irland. Die Schüler behaupteten, wir sähen uns ähnlich. Nachdem Sadie wieder gegangen war, vertraute mir Katie Cheung mit Verschwörermiene an, dass ich hübscher sei. Seit dem Haiku-Gate war sie meine Lieblingsschülerin. Viele der Kinder hatten Karten geschrieben, auch die, deren Namen ich dauernd vergaß. Das konnte man so sehen, dass ihre Eltern eine falsche Vorstellung von meinen Arbeitsbedingungen hatten und annahmen, ich hätte beträchtlich mehr Zeit und geistige Energie zur Verfügung, um eine enge Bindung zu ihrem

Kind aufzubauen, als es tatsächlich der Fall war. Oder so, dass es einfach nette Menschen waren und ich ihr Leben stärker geprägt hatte, als mir klar war. Beides, entschied ich. Ich konnte schlecht um einen Arbeitsplatz weinen, der nur Weiße anstellte und uns dann nicht pinkeln gehen ließ, aber ich war froh, dass die Kinder mich gernhatten.

Julian hatte mir Fotos von seiner Frankfurter Wohnung geschickt. Es sah nicht so aus, als hätte dort schon mal jemand gewohnt, aber genauso war es bei der in den Mid-Levels auch. «Es ist komisch ohne dich», hatte er am Telefon gesagt. Später schrieb ich: Fehlt dir die marxistische schmähung oder. Er hatte geantwortet: Zuhause ist, wo es ein irisches Persönchen gibt, das nach deiner Guillotinierung verlangt.

Ich ging bei der Hausverwaltung vorbei, um die Schlüssel abzugeben. «Hatten Sie einen angenehmen Aufenthalt?», fragte der Mann.

Ich bejahte.

Dann ging die richtige Reise los. Es war nach der morgendlichen Rushhour, deshalb fuhr die Rolltreppe aufwärts. Stattdessen lief ich fünfzehn Minuten zur Sai-Ying-Pun-Station. Die Drehkreuze piepsten tautologisch. Ich sah auf der Karte nach, damit ich auch ganz sicher die Island Line nahm. Kehliges Kantonesisch, Mandarin heller klingend, britische Konservenstimme: Der Zug nach Chai Wan fährt ein. *Please let passengers exit first.*

Meine Tasche war leicht. Ich hatte meine Klamotten größtenteils verschenkt. Als ich am Telefon mit Mam über den Umzug sprach, hatte ich laut darüber nachgedacht, sie in den Müllschlucker zu werfen. Sie wandte ein, das sei doch Verschwendung. «Ich weiß», erwiderte ich, «aber das war's schon, als ich sie gekauft habe.» Dann entschied ich, dass die Sachen ihre Vergangenheit schneller ablegen würden, wenn ich sie spendete. Bald würden sie sich um andere Körper spannen und Falten werfen, wo sich Knie und Arme beugten. Wenn ich sie weggeschmissen hätte, hätten sie trotzdem noch mir gepasst.

Kantonesisch, Mandarin, Britisch: Nächster Halt, Central. Ich stieg aus, wie ungefähr halb Hongkong auch. Die Anzüge hatten für mich alle schwarz ausgesehen, bis Julian mal gesagt hatte: Zu formell fürs Büro. Tatsächlich waren sie feiges Grau und Blau. Kinder trugen Schulranzen von der Größe ihrer Oberkörper, und ihre Nannys trugen Instrumente von der Größe der Kinder. Eins, das vor mir lief, ließ sein Hello-Kitty-Kuscheltier fallen und kam mir in die Quere. Ich sah davon ab, mir einen Weg drumherum zu bahnen. Es würde aussehen, als hätte ich es eilig. Allem Anschein nach klopfte ich jedoch mit dem Fuß auf den Boden.

Auf der ersten Rolltreppe hoch zur Bahnhofshalle stand ich rechts und kramte nach meiner Octopus. Wenn ich sie schon bereithielt, würde sie mich nicht am Drehkreuz danach suchen sehen.

In Hongkong aß man auch Oktopus, ein vielseitiges Gericht. In meinem zweiten Monat hier hatte einer von Julians Freunden die Octopus Card beschrieben, einen Gegenstand, den ich besaß, indem er sie mit der Oyster Card verglich, die ich nicht besaß. Dann sagte Julian, die meisten Londoner seien jetzt auf die Nutzung ihrer Bankkarte umgestiegen. Hierauf hatten sie sich lange über England unterhalten, ein Gespräch, zu dem ich nichts beitragen konnte, ausgehend von einer ÖPNV-Chipkarte, die ich täglich nutzte und die mir niemand erklären musste. So waren britische Männer.

Ich hatte keine einzige Anekdote, die damit schloss: So war Edith. Aber mein Fuß klopfte wieder auf den Boden.

Central Station zu verlassen, fühlte sich an, als stiege man in die Wolken hoch. Natürlich grub man sich nur wieder seinen Weg an die Erdoberfläche, aber das konnte ich nie ganz glauben. Ich blickte die Rolltreppen hinauf, die längsten, die ich je gesehen hatte, und dachte, als Nächstes käme der Himmel.

Noch eine Rolltreppe bis zur Bahnhofshalle.

Edith hatte Exit A gesagt, gleich neben der Bank of China. Ich hatte es in meine Notizen getippt, auf Maps gefunden und für den Fall, dass ich kein Netz hatte, einen Screenshot gemacht. Sie würde mich schon erwarten. Ich hatte überlegt, früher anzukommen, aber egal wann ich plante aufzutauchen, sie würde es wissen, und sie würde ein ganz kleines bisschen früher da sein. So würde ich gehen, und sie einfach dastehen.

Der schwarze Pinsel ihrer Haare genau über mir. Und ihre Tasche.

Ich sah sie.

Natürlich – die Rolltreppe hoch. Sie wäre bald oben angelangt und würde weitermarschieren. Genau wie ich – meine Frisur in der Handykamera überprüfend, ehe ich beim Treffpunkt ankam. Sie würde am Ausgang A an der Connaught Road stehen und mit einem überraschten Schmunzeln aufsehen, während ich auf sie zulief. Unsere Mäntel waren beide beige, als hätten wir es so geplant (hauptsächlich, weil es so war). Pinsel zum Malen, Pinsel zum Schreiben – ein lebendes Bild.

Ich drängelte mich zwischen die aufwärtsgehenden Pendler zu meiner Linken. Der Mann hinter mir protestierte, nicht auf Englisch und auch nicht auf Kantonesisch. Edith stand da, eine halbe Rolltreppe weiter oben.

Meine Waden brannten, der Mann vor mir war schnell, der hinter mir holte auf, und ich stieg hoch. Ich lachte darüber, wie nahe ich war. Noch ein wenig schneller, und ich würde ihre

Stufe erreichen. Was würde ich sagen? Ich wusste es nicht. Ich würde sie sehen, und sehen. Sie würde fragen, was ich machte, und ich würde sagen – ich weiß es nicht.

Ich überholte den Mann vor mir, dann den nächsten, und dann gab es Platz zu rennen. Also rannte ich. Es war irgendwie ironisch, eine Rolltreppe hochzusprinten, die gebaut worden war, um mir eben diese Anstrengung zu ersparen. Irgendwie – doch es war mir egal.

Dank

Ich wäre nirgends ohne meine Agentin Harriet Moore. Danke, Lettice Franklin und Megan Lynch, wie auch ihren Teams bei W & N und Ecco. Man hat mir in dieser Zeit vieles ermöglicht, aber Deirdre Madden, Sally Rooney und Ailbhe Malone möchte ich ganz besonders danken.

Zählt man die Phasen der Entstehung zusammen, haben Hunderte dabei geholfen, dieses Buch in die Welt zu bringen und zu verbreiten. Ihnen allen bin ich dankbar. Besonderen Dank den Buchhändler*innen, die härter als alle dafür arbeiten, Bücher an die Leser zu bringen.

Als ich *Aufregende Zeiten* schrieb, hatte ich einen Vollzeitjob, aber ich habe genug zum Leben verdient und hatte keine Fürsorgepflichten. Unter solchen Bedingungen zu schreiben ist viel härter. Jeder hat es verdient, Bücher zu schreiben, wenn er möchte. In einer Welt, in der Milliardäre existieren, wird so etwas nie möglich sein, in einer menschlichen schon; danke an alle, die daran arbeiten und sich darum kümmern, dass wir irgendwann dort hingelangen.

Danke, vor allem, meinen Freunden und meiner Familie.